Helmut Richter

Der Prinzipal

Horst Reiters zweiter Fall

Eine Einbruchserie erschüttert das Vertrauen der Schmachtendorfer Bevölkerung in ihre Polizei. Doch noch während Horst Reiter und sein Team die Einbrüche aufklären können, müssen sie sich mit dem augenscheinlichen Selbstmord des Leiters eines Berufskollegs in Duisburg auseinandersetzen.
Ein weiterer spannender Kriminalfall mit Horst Reiter, in dem die Konzertgitarre *keine* Nebenrolle spielt.

Helmut Richter begann mit 16 Jahren während seiner Ausbildung zum Maschinenschlosser autodidaktisch das Gitarrespiel zu lernen. Ab 1976 Meisterschüler des Gitarristen Siegfried Behrend. 1981 erster Preis beim Regensburger Gitarrenwettbewerb, 1982 Prüfung zum Musikerzieher. Neben den Gitarrenstudien Studium in den Fächern Maschinenbau, Erziehungswissenschaften und Physik, später zusätzliche Studien in Psychologie und Neurobiologie.

Promotion zum Dr. phil. (Berufspädagogik). Zahlreiche CD- und Rundfunkaufnahmen, Buchveröffentlichungen und Veröffentlichungen eigener Kompositionen. Bundesgeschäftsführer der European Guitar Teachers Association. Schulleiter eines Berufskollegs im Ruhrgebiet.

Helmut Richter

Der Prinzipal

Horst Reiters zweiter Fall

Wieder für Gabi

Die Handlung und die handelnden Personen dieses Buches sind absolut frei erfunden. Jede Ähnlichkeit mit toten oder lebenden Personen oder Persönlichkeiten des öffentlichen Lebens ist nicht beabsichtigt und wäre rein zufällig. Was meistens, aber auch nicht immer, stimmt, sind die Orte der Handlung. Die gab bzw. gibt es zum Teil wirklich. Die Geschichten um Horst Reiter und seine Konzertgitarre wollen nicht die Realität getreu abbilden. Sie dienen nur der Unterhaltung der geschätzten Leserschaft.

Die gesperrt gedruckten Texte beziehen sich auf die Gitarrenmusik, die Kommissar Reiter zwischendurch hört. Sie können vom Leser bei fehlendem Interesse getrost übergangen werden, ohne dass für die Lösung des Kriminalfalls wichtige Passagen fehlen. Die Zahlen in eckigen Klammern [ ] beziehen sich auf die Tonspur der zugehörigen CD.

Bibliografische Information der Deutschen Nationalbibliothek: Die Deutsche Nationalbibliothek verzeichnet diese Publikation in der Deutschen Nationalbibliografie; detaillierte bibliografische Daten sind im Internet über www.dnb.de abrufbar.

© 2017 Dr. Helmut Richter
Umschlagkonzept: Helmut Richter
Herstellung und Verlag: BoD – Books on Demand, Norderstedt
Printed in Germany
ISBN: 978-3-74-319594-3

Musikübersicht

#	Komponist	Titel
1	**Attilio Bernardini**	Marsch – Despedida
2		Altes Lied
3		Chôros
	Miguel Llobet	Drei catalanische Weisen
4		El Testament d'Amelia
5		Canco de Lladre
6		El noy de la mare
7	**Thomas Robinson**	Robinson's May
8		Merry Melancholie
9		Grisse his delight
10	**Baden Powell de Aquino**	Sentimentos
11		The shadow of your smile
12		Chanson d'Hiver
	Bruno Szordikowski	Stimmungsbilder für Gitarre
13		Preludio meditativo
14		Regentropfen
15		Classical mood
16		Walzer an einem Sommerabend
17		Memory
18	**Siegfried Behrend**	Hamachidorie
19		Danza amazonica
20		Danza mora
21	**Ernesto Lecuona/José Feliciano**	Malaguena
22	**Heinrich Bohr**	Frühlingsläuten
23		Das klagende Lied
24	**Leo Brouwer**	Un dia de Novembre
25	**Bartolome Calatayud**	Allegre Campina
26		Tango Argentino
27		Zambra
28	**Georg David Weiss**	What a wonderful World
29	**Traditional**	Michael row the boat ashore
30	(Satz P. Ansorge)	Es dunkelt schon in der Heide
31		St. James Infirmary
32		All along the Navajo Trail
33		Those were the days
34		Spanische Romanze
35	**Turlough O' Carolan**	Sheebeg and Sheemore
36	(Satz: B.Szordikowski)	Hewlett
37		Eleanor Plunkett
38		O' Carrolan's Dream
39		Fanny Power
40	**Claude Francois**	My Way

Die Gitarre
Die Klage erhebt sich,
das Weh der Gitarre.
Es brechen die Kelche
des grauenden Morgens.
Die Klage erhebt sich,
das Weh der Gitarre.
Sie zu beschwichten ist unnütz.
Sie zu beschwichten - unmöglich.
So eintönig weint sie
wie weinendes Wasser,
wie weinender Wind
über den Schneewehn.
Sie zu beschwichten - unmöglich.
Dinge beweint sie,
die fern sind.
Beweint des Südwindes Sand, der heiß ist
und weiße Kamelien fordert.
Beweint den Pfeil ohne Ziel,
den Abend ohne den Morgen,
den ersten gestorbnen Vogel
auf dem Gezweig.

O Gitarre!
Du Herz, das von fünf Schwertern
zu Tode verwundet.

Federico Garcia Lorca (1898 - 1936)

Prolog
Duisburg-Rheinhausen, Freitag, 7. März 2008

Sandra Krämer bog in die Sedanstraße ein und stellte ihren Wagen auf dem fast leeren Parkstreifen ab. Es war noch keine sieben Uhr. Die Straße lag im Dunkeln. Die Schüler des Georg-Kerschensteiner-Berufskollegs, an dem sie als Verwaltungsangestellte arbeitete, kamen üblicherweise erst kurz vor Unterrichtsbeginn um halb acht. Der Hausmeister hatte die Vordertür bereits aufgeschlossen und das Licht in den Gängen eingeschaltet.

Sandra nahm ihre Handtasche, verschloss ihren Wagen und ging ihren morgendlichen Weg zum Verwaltungstrakt. Nach dem Betreten des Sekretariats hörte sie den Anrufbeantworter ab. Zwei Lehrer hatten sich krank gemeldet. Die im Ruhrgebiet grassierende Grippewelle ging auch nicht an ihrer Schule vorbei. Sie schrieb die Namen auf einen Zettel, den sie der Lehrerin, die den Vertretungsunterricht organisierte, in ein Postkörbchen legte. Anschließend schaltete sie den Computer ein, um die seit dem Vortag eingetroffenen Mails abzurufen. Während der Wartezeit erhitzte sie in einem Wasserkocher das Wasser für ihren Tee.

Sandra Krämers Chef, Oberstudiendirektor Dr. Rogall, kam meistens erst gegen acht Uhr. Es blieb ihr ein wenig Zeit, einen Blick auf die Briefpost zu werfen, ehe die ersten Lehrer und Schüler zu erwarten waren. Ab 7:15 Uhr hörte sie die ersten Schüler und Lehrer über den Gang laufen.

Um halb acht ertönte das Gongsignal zur ersten Unterrichtsstunde. Das seit einer Viertelstunde geschäftige Treiben in den Fluren ließ allmählich nach. Die letzten Nachzügler – Lehrer sowie Schüler – eilten durch die Gänge, um den Klassenraum noch halbwegs pünktlich zu erreichen. Sandra legte die Post erst einmal beiseite, denn sie hatte bei der ersten Durchsicht nichts Wichtiges entdecken können. Rogall würde in wenigen Minuten eintreffen. Wenn sie es zeitlich schaffte, kochte sie für ihn eine Kanne Kaffee auf der Kaffeemaschine in seinem Büro. Sie füllte eine Kanne mit Wasser an der kleinen Einbauküche in ihrem Büro.

Das Schulleitungsbüro lag direkt neben dem Sekretariat, akustisch abgeschottet durch eine Doppeltür. Als sie die erste Tür öffnete, wunderte sie sich kurz, denn die Tür war nicht wie üblich abgeschlossen. Manchmal vergaß Rogall das Abschließen vor dem Verlassen des Hauses, deshalb dachte sie nicht weiter darüber nach. Nachdem sie die zweite Tür nach innen hin geöffnet hatte, wunderte sie sich erneut. Offensichtlich hatte ihr Chef am Vortag sogar vergessen, das Licht zu löschen. Kopfschüttelnd über diese Nachlässigkeit ging sie zum der Tür gegenüberliegenden Schreibtisch, hinter dem die Kaffeemaschine stand. Sie füllte die Maschine mit Wasser und Kaffeepulver auf und schaltete sie ein. Sie wandte sich um und erstarrte. Hinter der Tür zu ihrem Büro hing ein menschlicher Körper von der Decke herab. Es war ihr Chef, Oberstudiendirektor Dr. Hans Rogall, der leblos mit einem Strick um den Hals im Luftzug leise baumelte.

Oberstudiendirektor Dr. Rogall war tot.

1
Oberhausen-Schmachtendorf, 06. November 2015

Als Horst Reiter sich um 7 Uhr aus dem Bett herauskämpfte, war er noch sehr müde. Er hatte eine anstrengende Woche und ein ebenso arbeitsreiches Wochenende hinter sich. Das war jedoch nicht alleine der Grund für seine Abgeschlagenheit. Er litt seit einigen Jahren an Schlafstörungen und nächtlichen Atemaussetzern, die dazu führten, dass die Nächte alles andere als erholsam waren. Zudem hatte er an den vergangenen Abenden oft bis in die späten Nachtstunden hinein auf seiner stummen Gitarre Fingerübungen gemacht und Konzertetüden gespielt.

Für einen Augenblick blieb er auf der Bettkante sitzen und überlegte, ob er sich nicht krank melden sollte. Er war trotz seiner 53 Jahre nach außen hin erstaunlich gesund; seine letzte Krankmeldung lag über zwei Jahre zurück. Kopfschüttelnd beendete er den kurzen inneren Dialog und stand auf.

Beate, seine Frau, war bereits seit einer halben Stunde aus ihrem Bett heraus. Sie saß in der Küche und las die Tageszeitung. Der Duft des frisch gekochten Kaffees war bereits in der Diele wahrzunehmen.

Nach dem Duschen ging er zurück in sein Zimmer. Beate hatte zwischenzeitlich eine Tasse Kaffee neben sein Bett gestellt. Er nahm sie und setzte sich an den Schreibtisch, der vor dem Fenster stand, und steckte sich einen Zigarillo in Brand. Die Funk-Wetterstation, die Beate ihm zum Geburtstag geschenkt hatte, sagte einen sonnigen, aber kalten Tag voraus. Noch einmal dachte er kurz daran, im Präsidium anzurufen, um für ein oder zwei Tage zu Hause zu bleiben. Eine Rückkehr ins Bett schien ihm auch nach dem Duschen als sehr verlockend. Wieder schüttelte er seinen Kopf. Er trank einen Schluck Kaffee und erhob sich eilends, als wolle er diesen Gedanken endgültig loswerden. Reiter zog sich an, nahm einen letzten Zug an seinem Zigarillo und ging mit der Kaffeetasse in der Hand in die Küche. Beate saß am Küchentisch und studierte aufmerksam die Tageszeitung.

»Guten Morgen, mein lieber Schatz«, sagte er und gab ihr einen Kuss auf die Stirn. »Hast wenigstens *du* gut geschlafen?«

Etwas unwillig sah Beate auf. »Guten Morgen. Ja, das habe ich«, antwortete sie mürrisch. »Wie oft habe ich dir schon gesagt, dass du endlich mal zum Arzt gehen sollst. Also beklage dich jetzt nicht.«

Unterschwellig hatte Horst gehofft, auf ein bisschen Mitleid zu treffen. Seine Schlafstörungen waren seit Jahren immer wieder Anlass für morgendliche Vorwürfe. Seitdem die beiden Mädchen, Daniela und Annika, die gemeinsame Wohnung verlassen hatten, schliefen er und Beate in getrennten Zimmern. Beate konnte ihn trotzdem nachts oft genug selbst durch die geschlossene Tür seines Schlafzimmers schnarchen hören. Dementsprechend genervt reagierte sie auf seine Klagen. Vor einem Jahr hatte Horst einen Anlauf zur ärztlichen Untersuchung unternommen, er hatte sogar schon einmal einen Termin beim Facharzt gehabt. Aber ein Mordfall, bei dessen Aufklärung er fast zu Tode gekommen wäre, hatte ihn daran gehindert, den Termin wahrzunehmen.

»Was sagt mein Horoskop denn für heute?«, fragte er zur Ablenkung.

»Weiche mir nicht wieder aus«, entgegnete Beate unwillig. »Du musst unbedingt etwas gegen deine Schlafstörungen unternehmen, sonst finde ich dich eines Morgens tot im Bett auf.«

Horst reagierte weiterhin nicht auf ihren Vorwurf. Stattdessen lugte er über ihre Schulter. Rechts neben dem Kreuzworträtsel stand das Tageshoroskop. Er schaute bei seinem Sternzeichen, der Waage, nach.

»*Es geschieht nichts Aufregendes, alles verläuft heute zufriedenstellend und in geregelten Bahnen*«, las er laut vor. »Na, das lässt ja hoffen«, kommentierte er. »...und was steht bei dir?«, wollte er wissen. Er suchte nach ihrem Sternzeichen „Krebs". »*Ihre streitlustige Seite könnte heute zeitweise durchkommen und für Tumult sorgen*«, zitierte er halblaut. »Dein Horoskop scheint immerhin zu stimmen«, ergänzte er mit ironischem Unterton.

»Du glaubst doch wohl nicht ernsthaft an solchen Quatsch?« fragte Beate.

Horst schüttelte den Kopf. »Nein, natürlich nicht, aber irgendwie hat man doch das Gefühl einer gewissen vorausschauenden Sicherheit für den kommenden Tag.« Beate sagte nichts dazu. Sie griff kopfschüttelnd nach ihrem Kugelschreiber, um das Kreuzworträtsel und anschließend das Sudoku zu lösen.

»Was liegt denn heute bei dir an?«, fragte sie beiläufig, während sie die ersten Lösungsworte in das Gitter eintrug.

»Nichts Besonderes eigentlich«, antwortete Horst. »Eine Einbruchserie hier in Schmachtendorf macht uns gerade zu schaffen. Die Einwohner fühlen sich nicht mehr so sicher wie früher einmal. Wir Polizisten können nun mal nicht überall sein. Ich bin aber guter Dinge, dass meine Leute und ich die Einbrecher über kurz oder lang erwischen.« Er nahm einen weiteren Schluck aus seiner Kaffeetasse und warf einen Blick auf die Wanduhr. Es war viertel vor acht geworden, höchste Zeit, sich auf den Weg zu machen. Während er seine Jacke anzog fragte er Beate noch nach ihrem Tagesplan.

»Heute ist Freitag«, antwortete sie. »Heute Abend gehe ich nach der Orchesterprobe mit Kerstin und Martina essen. Wahrscheinlich werde ich vor 23 Uhr nicht zu Hause sein.« Sie trug ein weiteres Lösungswort in das Rätsel ein. »Dein Abendessen steht im Kühlschrank«, ergänzte sie.

»Ich komme schon klar«, antwortete er knapp.
Beate spielte hauptberuflich Cello in einem Orchester, zudem hatte sie eine Teilzeitstelle an der Musikschule als Cellolehrerin. Horst und Beate Reiter sahen sich im Lauf der Woche nicht sehr häufig – "*das* Rezept für eine gute Ehe", wie Horst stets mit einem leicht süffisanten Unterton sagte.

Er gab ihr zum Abschied einen weiteren Kuss auf die Stirn. »Bis heute Abend dann«, sagte er beim Herausgehen. »Pass auf dich auf.«

»Du auch«, erwiderte Beate.

Die Luft draußen war kalt und trocken. Reiter musste die Scheiben seines silbernen VW Passat entgegen seiner Erwartung nicht vom Eis befreien. Nachdem er den Motor angelassen hatte schaltete er das Radio ein, um wie jeden Morgen die Andacht im Rundfunk zu hören.

Es ging um Glück und Glücklichsein. Der Pfarrer referierte über Faktoren, die nach seiner Meinung zu einem glücklichen Leben gehörten. Er führte die fünf F's an: Freude, Freunde, Familie, Fitness und Finanzen. Er beklagte, dass in dieser – aus seiner Sicht zu weltlichen – Aufstellung die Spiritualität zu kurz käme.

»Bei mir sowieso«, dachte Reiter, der zwar noch Mitglied der Kirche war, es dabei jedoch bewenden ließ. Bei genauerer Betrachtung stellte er fest, dass die anderen Glücksfaktoren bei ihm gleichermaßen nicht sonderlich ausgeprägt vorhanden waren. Freude kam in seinem Beruf selten auf und seine guten Freunde hatte er in den letzten Jahren sträflich vernachlässigt. Um seine körperliche Fitness war es ebenso schlecht bestellt wie um seine Finanzen. Einzig die Familie war soweit in Ordnung – sofern er sie überhaupt sah.

Viel weiter kam Horst nicht mit seinen selbstkritischen Gedanken. Nach der Morgenandacht wurde zur Überbrückung der Zeit bis zu den Nachrichten ein kurzes Stück Musik gespielt. Heute war es, wie so oft, wieder ein Stück für die Konzertgitarre.

Interessiert hörte Horst Reiter dem Stück „El Mestre" zu. Es war die Vertonung eines alten spanischen Volksliedes, in dem von der Verehrung einer Schülerin für den Gitarrenlehrer erzählt wird, für die Gitarre gesetzt vom spanischen Gitarristen Miguel Llobet. (1878 – 1938). Reiter tippte wie immer auf den Interpreten des Stückes, den er am Klang des Gitarrespiels erkennen konnte. Mit dem Spanier Andrès Segovia behielt er – wie so oft zuvor – Recht. [4-6]

El Mestre
Ich habe einen guten Lehrer,
er liebt mich und ich ihn.
Werde nicht Nonne, sagt er,
sei mein Weib für später hin.

Miguel Llobet in einer Zeichnung von Ramon Casas

2

Reiter stellte seinen Wagen auf dem ihm zugeteilten Parkplatz im Hof des Polizeipräsidiums ab. Früher hatte er oft vor dem Gebäude geparkt, aber seitdem er dort von einem Straftäter angefallen und entführt worden war, parkte er den Wagen lieber im Schutz des bewachten Hofes. Obwohl er das Backsteingebäude direkt durch die Seitentür betreten konnte, ging er zum Haupteingang an der Vorderseite des Präsidiums. Er betrachtete diesen kurzen Weg und die zusätzlich zu steigende Treppe mit 12 Stufen als seinen Frühsport. Sein Büro lag in der ersten Etage, vom Fenster aus hatte er einen Ausblick auf die benachbarte Realschule, die er in seiner Jugend selbst besucht hatte.

Polizeipräsidium Oberhausen-Sterkrade

Noch bevor er den Computer einschaltete, befüllte er die Kaffeemaschine. Er hoffte, mit einer weiteren Tasse Kaffee seine anhaltende bleierne Müdigkeit bekämpfen zu können.

Auf dem Schreibtisch lagen die Ermittlungsunterlagen zu den Wohnungseinbrüchen im Oberhausener Ortsteil Schmachtendorf. Reiter und seine drei Kollegen – Anne Herweg, Michael Becker und Kurt Buller von der Spurensicherung – arbeiteten seit mehreren Wochen fieberhaft an den Fällen. Die örtliche Presse hatte in den vergangenen Tagen einen zunehmend polizeikritischen Tonfall angeschlagen. Im Namen der verunsicherten Bevölkerung drängte sie auf eine umgehende Aufklärung der Raubzüge, die nicht nur materielle, sondern auch psychische Schäden bei den Haus- oder Wohnungseigentümern hinterließen. Seufzend setzte er sich an den Schreibtisch und betrachtete die Tatortfotos. Auf allen Bildern war die gleiche Vorgehensweise der Einbrecher zu erkennen. Schränke und Kommoden waren durchwühlt, Schubladen lagen umgedreht auf dem Boden. In allen bisherigen Einbruchsfällen sah es aus wie nach einem Erdbeben.

Die Kaffeemaschine machte durch glucksende Geräusche auf sich aufmerksam. Mit einem leisen Ächzen stand er auf und goss sich eine große Tasse voll. Gerade, als er den ersten Schluck trinken wollte, klopfte es an der Tür. Ohne ein „Herein" abzuwarten betrat sein Kollege Michael Becker das Büro.

»Guten Morgen, Horst«, sagte er. »Es hat wohl einen erneuten Einbruch unserer Diebesbande in Schmachtendorf gegeben«, setzte er fort, ohne Reiters Gegengruß abzuwarten.

Horst sagte nichts, sondern trank einen Schluck aus seinem Kaffeebecher. Er hasste es, wenn er sofort nach Arbeitsbeginn, noch vor der ersten Tasse Kaffee, mit dienstlichen Problemen belastet wurde. Mit einem Kopfnicken bedeutete er, dass Michael sich an den kleinen Konferenztisch setzen sollte. Ohne Nachfrage nahm Michael sich eine der Kaffeetassen, die neben der Maschine standen und befüllte sie. Danach setzte er sich an den Tisch.

»Dann schieß mal los«, sagte Reiter knapp, setzte sich auf seinen Schreibtischstuhl und sah Michael Becker auffordernd an..

»Gerade hat ein Herr Schröter aus Schmachtendorf angerufen«, begann sein Kollege. »Er hatte bemerkt, dass an einem Einfamilienhaus am Waldhuck die Haustür offen stand. Er ist dann dorthin gegangen, hat aber durch die Tür sehen können, dass im Haus alles nach dem uns bekannten Muster durchwühlt war. Danach hat er uns von seinem Handy aus angerufen.«

»Sind die Kollegen von der Streife und der Spurensicherung schon unterwegs?« wollte Reiter wissen.

»Ja, sicher, ich habe sie sofort losgeschickt«, bestätigte Becker. »Ich denke, angesichts der kritischen Presseberichte sollten wir uns dort ebenfalls sehen lassen«, ergänzte er.

Horst Reiter dachte einen kurzen Moment lang nach. »Du hast recht«, sagte er danach, »wir sollten unsere Präsenz zeigen. Ich trinke nur noch schnell meinen Kaffee aus.«

Für zwei Minuten saßen die beiden schweigend am Konferenztisch und schlürften gedankenverloren aus ihren Tassen. Sie waren sich beide darüber im Klaren, dass die bislang ungeklärten Einbruchsfälle bedrohliche Auswirkungen für das Ansehen der Polizei in der Oberhausener Bevölkerung zu entwickeln begannen.

Kaum hatten sie das Präsidiumsgebäude verlassen, steckte Reiter sich einen Zigarillo in Brand. Sie fuhren mit seinem Privatwagen nach Schmachtendorf. Der Tatort lag in einer abgelegenen Straße nahe dem Waldgebiet. Der Wagen der Kollegen von der Streife war bereits aus großer Entfernung zu erkennen. Reiter stellte seinen Passat hinter dem Streifenwagen ab und legte die letzten Meter zum Tatort zusammen mit Michael Becker zu Fuß zurück. Es war ein Einfamilienhaus, dem Baustil nach zu urteilen stammte es aus den 50er Jahren. Die Haustür stand offen. Reiter blieb einen Augenblick lang stehen und schaute auf das Namensschild an der Klingel. „Sander" stand dort zu lesen. Horst betrat das Haus.

Kurt Buller von der Spurensicherung werkelte im Wohnzimmer des Hauses. Mit einem kurzen Seitenblick nahm er das Eintreffen der beiden Kollegen zur Kenntnis.

»Guten Morgen, Kurt«, begrüßte Reiter seinen Kollegen. »Der Tag scheint gut anzufangen.«

»Hör bloß auf!«, knurrte Buller. »Diese Einbruchserie will offensichtlich kein Ende zu nehmen. Gestern bin ich im „Klumpen Moritz", meiner Stammkneipe, deswegen sogar von der Seite angequatscht worden.«

»Gibt es schon irgendwelche Erkenntnisse?«, wollte Becker wissen, ohne weiter auf die Bemerkung seines Kollegen einzugehen.

Buller schüttelte wortlos seinen Kopf. »Nichts Neues, sofern du das meinst«, setzte Buller fort. »Die gleiche Masche wie bei den anderen Einbrüchen. Das ist alles.« Dabei wies er mit seinem Kopf in Richtung des Chaos im Wohnzimmer.

»Wo sind die Eigentümer?«, fragte Horst Reiter.

»Keine Ahnung«, entgegnete Buller. »Die Haustür stand offen, als wir kamen. Auf mein Rufen hin hat niemand reagiert. Vielleicht sind die Bewohner verreist oder außer Haus.«

»Wir schauen uns einmal um«, sagte Reiter zu Becker. »Gehe du bitte nach oben, ich sehe mir währenddessen das Erdgeschoss an.« Beide zogen sich Gummihandschuhe über die Hände, um eventuell vorhandene Fingerabdrücke nicht zu verwischen.

Michael Becker stieg über eine Holztreppe in das Obergeschoss des Hauses. Reiter ging vom Wohnzimmer aus in die benachbarte Küche. Offensichtlich war diese von den Einbrechern übergangen worden, denn es war keine Unordnung zu erkennen.

Vom Hausflur aus zweigte ein weiterer Raum ab. Horst Reiter öffnete die Tür. Es war das Schlafzimmer. Bereits vom Türrahmen aus konnte er erkennen, dass hier alles durchwühlt war. Vorsichtig stieß er die Tür nach innen hin auf. Die Schubladen waren aus der Kommode herausgezogen, der Kleiderschrank stand offen. Kleidungsstücke lagen auf dem Boden verstreut. Das Bett war zerwühlt. Langsam, auf jede Kleinigkeit achtend, ging er in das Schlafzimmer hinein. Das Fenster lag zum Garten hin mit einem schönen, unverbauten Blick auf den benachbarten Wald. Vorsichtig bahnte er sich einen Weg zum Fenster hin und schaute von dort aus in den gepflegten Garten hinein.

Als er sich umdrehte, um den Raum wieder zu verlassen, sah er, dass sich außer ihm noch jemand im Schlafzimmer befand.

Hinter der Tür baumelte ein lebloser männlicher Körper, aufgehängt an einem Strick um den Hals.

3

»Das sieht stark nach Selbstmord aus«, sagte Buller zu Reiter, nachdem dieser seine Kollegen ins Schlafzimmer gerufen hatte. Er legte seine Hand auf den Arm des Toten, um die Körpertemperatur abzuschätzen. »Der ist höchstens seit drei Stunden tot«, stellte er fest. »Der Körper ist noch sehr warm. Wahrscheinlich war es zwischen 7 und 9 Uhr, als er sich erhängte.« Buller ging zurück ins Wohnzimmer, um seine Digitalkamera zu holen. Währenddessen schauten Becker und Reiter sich im Schlafzimmer um. Auf dem Boden lag ein Fotorahmen. Becker hob ihn auf. Das Foto zeigte einen Mann, etwa 50 Jahre alt, zusammen mit einer Frau und einem jungen Mädchen.

»Offensichtlich ein Familienfoto«, vermutete Becker und übergab den Rahmen an Reiter.

»Es sieht ganz danach aus, dass unser Toter dieser Mann auf dem Foto ist«, stellte Reiter fest, nachdem er das Bild mit dem immer noch am Strick hängenden Toten verglich. Auf dem Foto sah der Mann ein wenig jünger aus. »Das Foto mag um die fünf Jahre alt sein«, setzte er fort, »vielleicht auch ein wenig mehr.« Nachdenklich betrachtete er das Bild. Das junge Mädchen mochte zum Zeitpunkt der Aufnahme um die 15 Jahre alt gewesen sein, also dürfte ihr heutiges Alter um die zwanzig Jahre herum liegen. Ihr Gesicht kam ihm bekannt vor. Er dachte an seine Töchter, die ebenfalls beide um die 20 Jahre alt waren. Vielleicht kannten sie das Mädchen, denn sie waren ja in der Nähe aufgewachsen. Er beschloss, sie bei nächster Gelegenheit danach zu fragen.

Inzwischen hatte Buller seine Kamera aufgebaut und begann, Fotos von der Leiche und vom Fundort zu machen. Nahezu zeitgleich betraten der herbeigerufene Notarzt und zwei Sanitäter das Haus. Nachdem der Tote von der Decke abgenommen und auf den Boden gelegt worden war, stellte der Notarzt seinen Tod fest und stellte den Totenschein aus.

»Dem Foto nach zu urteilen hatte der Tote eine Familie«, sagte Reiter zu Michael Becker. »Finde bitte heraus, wo die Frau und die Tochter sind.«

»Ich werde erst einmal die Nachbarn befragen«, entgegnete Becker. »Vielleicht können die Auskunft geben. In den Zimmern oben war übrigens alles in Ordnung, soweit ich das sehen konnte«, ergänzte er. »Ein offenbar unbewohntes Kinderzimmer, ein Arbeitszimmer und ein Bad habe ich gesehen, bevor du uns gerufen hast. Alle diese Räume scheinen unberührt.«

Horst Reiter nickte. »Ich schaue mir das gleich selbst einmal an«, sagte er, »während du die Nachbarschaft befragst.«

»Okay, mache ich«, sagte Michael und verließ den Raum.

Inzwischen kamen die Sanitäter mit einem Leichensack und einer Trage, um den Toten abzutransportieren. Kurt Buller verlegte seine Spurensicherung ins Schlafzimmer. Reiter ging noch einmal zurück ins Wohnzimmer und schaute aus dem Fenster. Vor dem Haus hatte sich eine kleine Gruppe von Nachbarn angesammelt, die das Geschehen neugierig beobachteten. Er konnte sehen, dass Michael Becker sich mit einigen Personen unterhielt.

Das Wohnzimmer war konservativ und solide eingerichtet. Eichenschrank und Couchgarnitur, eine Essecke, ebenfalls aus Eichenholz. »Gelsenkirchener Barock«, dachte Reiter unwillkürlich. Trotz der durch den Einbruch angerichteten Verwüstungen war zu erkennen, dass in diesem Haus alles seinen festen Platz hatte und dass Wert auf Ordnung gelegt wurde. Das war Reiter schon in der Küche aufgefallen – es war alles geordnet und wohl organisiert.

»Vielleicht hat der Tote das Chaos hier gesehen und im Anschluss daran Selbstmord begangen?«, dachte Reiter. »Oder war er bereits tot, als die Einbrecher kamen, und die sind geflüchtet, als sie ihn gefunden hatten? Vielleicht hat er die Einbrecher auch auf frischer Tat ertappt und sie haben ihn deshalb ermordet?«

Wortlos zuckte Horst nach seinem inneren Monolog die Schultern und ging noch einmal in das Schlafzimmer zurück. Buller sammelte gerade einige der herumliegenden Gegenstände, die er für wichtig hielt, zusammen und verpackte sie in durchsichtige Plastiktüten. Das Seil, an dem Sander gehangen hatte, war von den Sanitätern durchschnitten worden. Bevor Buller die beiden Stücke in die Plastiktüte schob, warf Reiter einen Blick darauf.

»Sieht aus wie eine Wäscheleine aus Jutefasern«, sagte er zu Buller.

»Ja, das denke ich auf den ersten Blick auch«, antwortete Buller. »Meine Mutter hatte auch so eine Wäscheleine, bevor die Kunststoffleinen auf den Markt kamen.«

»Hast du noch weitere Hinweise gefunden, die uns weiterhelfen könnten?«, fragte Reiter. »Einen Abschiedsbrief oder einen Hinweis auf den Selbstmord?«

Ohne aufzusehen schüttelte Buller seinen Kopf. »Nein, nichts, es ist aber möglich, dass in diesem Chaos noch etwas zu finden ist. Das kann noch eine Weile dauern.«

Reiter sah, dass seine Anwesenheit hier eher hinderlich war. »Ich schaue mir die obere Etage an«, sagte er und ging zur Holztreppe, die in das Obergeschoss des Einfamilienhauses führte.

Wie Becker vorher berichtet hatte, befand sich in der oberen Etage ein Badezimmer, das ordentlich und sauber wirkte. Daneben befand sich ein als Jugendzimmer eingerichteter Raum, der jedoch offensichtlich nicht genutzt wurde. Das Bett war hergerichtet und unberührt. Es lagen keine Kleidungsstücke oder Gegenstände herum. Dem Jugendzimmer gegenüber befand sich ein weiterer Raum, der sofort als Arbeitszimmer erkennbar war. Vor dem Fenster an der Dachschräge befand sich ein großer Schreibtisch. Die Wände waren mit Bücherregalen gefüllt. Auf dem Schreibtisch lag ein Stapel Zeitschriften und ein Tagesordner. Ein großes Notebook stand zusammengeklappt auf der linken Seite des Tisches. Reiter nahm nacheinander einige Bücher aus dem Regal. Es handelte sich durchwegs um pädagogische Literatur. »Sander scheint Lehrer gewesen zu sein«, dachte Reiter. Die Zeitschriften auf dem Schreibtisch bestätigten ihn in seinen Vermutungen. »Titel wie „Lehren und Lernen" oder „Der berufliche Bildungsweg" finden sich nur bei Lehrern, dachte er, ansonsten liest das doch kein Mensch.«

In dem Tagesordner befanden sich einige dienstliche Dokumente sowie ein Stapel mit krakelig ausgefüllten DIN A4 - Blättern. Aufmerksam blätterte Reiter den Stapel durch. Es handelte sich offensichtlich um eine Klassenarbeit, in der auch gerechnet werden musste. Mühsam versuchte er, die Texte zu entziffern. *„Ein auszubildender mus seine leerberichte einmal in der woche forzeigen"*, stand da in krakeliger Schrift zu lesen, oder „*Der ausbildungsfertrag muss schriftlich abgefast werden*". Reiter war entsetzt über die mangelnde Orthographie. Die anderen Arbeiten, die Reiter durchblätterte, sahen nicht wesentlich besser aus, sofern er sie überhaupt entziffern konnte. »Die Pisa-Studie hat anscheinend recht mit ihrer Analyse«, murmelte er vor sich hin.

»Sander scheint an einer Berufsschule gearbeitet zu haben«, dachte Reiter und öffnete die Schublade des Schreibtisches. Auf den ersten Blick konnte er nichts Ungewöhnliches entdecken. Schreibgeräte, Taschenrechner, Papier. Wesentlich anders sah es in seinem eigenen Schreibtisch auch nicht aus. Reiter klappte das Notebook auseinander und schaltete es ein. Bis der Rechner hochfuhr schaute er noch einmal auf die Bücher in den Regalen. Neben der pädagogischen Literatur fand er eine ganze Serie von aus dem Schwedischen übersetzten Kriminalromanen sowie einige sehr kostspielig aussehende Kunstbände.

Der Computer meldete sich mit einem Piepen und verlangte ein Passwort. Reiter versuchte erst gar nicht, den Rechner weiter zu starten, sondern schaltete ihn gleich wieder ab. Das würde eine interessante Aufgabe für Buller und seine Kollegen sein.

Bevor er den Raum verließ, schaute Horst aus dem Dachfenster. Es war zur Straße hin gewandt. Er konnte sehen, wie Michael Becker mit einem Notizblock in der Hand weiterhin mit den Schaulustigen vor dem Haus sprach.

Reiter drehte sich um und ließ das Zimmer noch einmal auf sich wirken. »Kein Hinweis auf einen geplanten Selbstmord«, dachte er. »Hier ist augenscheinlich alles so, wie es sein soll.« Dann ging er die Treppe hinunter.

Kurt Buller war mit seinen Arbeiten inzwischen fertig und packte seine Utensilien wieder zurück in seinen „Zauberkoffer", wie Reiter das Arbeitsmaterial von Buller manchmal halb spöttisch, halb bewundernd nannte.

»Ich habe Nichts mehr gefunden«, sagte Buller auf den fragenden Blick von Reiter hin. »Keinen Abschiedsbrief, keinen Hinweis auf einen geplanten Selbstmord.«

»Die obere Etage kannst du dir ersparen«, antwortete Reiter. »Es ist alles offensichtlich vollkommen unberührt. Es sieht danach aus, als hätten die Einbrecher das Gebäude verlassen, bevor sie mit ihrem Beutezug fertig waren.«

»Ich gehe trotzdem einmal hoch«, widersprach Buller, »vielleicht hast du etwas übersehen.«

»Mach' das von mir aus«, entgegnete Reiter gleichgültig. »Ich fahre zurück ins Präsidium, hier kann ich nichts mehr ausrichten.« Er verschwieg, dass er zudem einen heftigen Kaffeedurst verspürte. Außerdem wollte er gerne einen Zigarillo rauchen.

Buller nickte stumm. »Bis später dann«, sagte er, bevor er zur Treppe ging.

Im Flur kam ihm Michael Becker entgegen. »Wir sehen uns im Revier«, sagte Buller zu ihm und stieg die Holztreppe hoch.

Becker begab sich zu Reiter ins Wohnzimmer. »Ich habe Einiges herausgefunden«, eröffnete er.

»Das kannst du mir gerne auf der Rückfahrt erzählen«, fuhr Reiter dazwischen. »Wir fahren zurück zum Präsidium.«

Vor der Haustür steckte Reiter sich einen Zigarillo in Brand und nahm einen tiefen Zug. Er warf einen kurzen Blick auf die Uhr. Es war fast 12 Uhr geworden. Ein leichtes Brennen in der Magengegend erinnerte ihn daran, dass er noch nichts gegessen hatte. Becker und Reiter bahnten sich einen Weg durch die inzwischen größer gewordene Gruppe der Schaulustigen vor dem Haus. Horst startete den Wagen, wendete umständlich auf der engen Straße und fuhr langsam los in Richtung Präsidium.

4

»Dann berichte einmal, was du herausgefunden hast«, forderte Reiter seinen Kollegen Becker auf, nachdem er gestartet war und das Autoradio abgestellt hatte.

»Der Tote ist tatsächlich Klaus Sander«, fing Becker an. »Auf dem Foto ist er mit seiner Frau, Gabriele Sander und seiner Tochter Katharina zu sehen. Allerdings lebte er seit Jahren getrennt von seiner Frau. Seine Tochter studiert in Freiburg und kommt nur selten nach Hause.«

»Wohnte er alleine?«, hakte Reiter nach.

»Ja, es scheint so zu sein. Den Nachbarn zufolge hat Frau Sander ihren Mann vor zwei oder drei Jahren verlassen, seitdem lebte er alleine in dem Haus. Eine „Neue" ist nicht gesehen worden. Sander pflegte nach Aussage der Nachbarn nicht viele Kontakte. Er wurde übereinstimmend als höflich und zurückhaltend beschrieben.«

»Hier auf dem Land wird man noch beobachtet, ich weiß«, warf Reiter mit ironischem Unterton ein.

»Die direkte Nachbarin, Frau Schröter, hat mir die Adressen von Frau und Tochter gegeben. Sander hatte sie dort für Notfälle hinterlegt«, setzte Michael Becker fort.

»Nimm du bitte den Kontakt zu den beiden auf«, sagte Reiter, der höchst ungern schlechte Botschaften überbrachte.

»Muss das sein?«, fragte Michael.

Reiter blieb eine Antwort schuldig, schaute aber stattdessen für einige Sekunden streng in Michaels Richtung.

»Was hat Sander beruflich gemacht?«, fragte er, als wolle er ablenken.

Michael räusperte sich, als hätte er gerade eine Kröte geschluckt. »Er war Lehrer an einer Berufsschule«, antwortete er knapp. »Zuletzt war er als Direktor tätig, hat mir die Nachbarin Schröter gesagt. Sie wusste aber nicht, an welcher Schule er beschäftigt war. Es dürfte kein Problem sein, das herauszubekommen.«

Inzwischen hatte Reiter mit dem Wagen die Brücke über die Autobahn erreicht. Die A 3 war in Richtung Bottrop wieder total überfüllt, der Stopp-and-Go-Verkehr zog sich so weit, wie er sehen konnte.

»Ich lade dich zu einem Kaffee ein«, sagte er zu Becker und bog an der nächsten Kreuzung in Richtung des Einkaufszentrums ab. Horst hatte das Gefühl, bei Becker etwas wieder gut machen zu müssen. Schließlich hatte er ihm einen sehr unangenehmen Auftrag erteilt.

Becker sagte dazu nichts. Er wusste, dass die Einladung seines Chefs einer weiteren dienstlichen Anweisung gleichkam.

»Alle Nachbarn waren entsetzt«, setzte er stattdessen seinen Bericht fort. »Nach ihren Aussagen deutete nichts auf eine Selbstmordabsicht hin. Erst gestern noch hatte Sander sich mit seiner Nachbarin über den Zaun hinweg unterhalten. Es ging um die Pflanzen, die auf der Grundstücksgrenze stehen, wie sie mir erzählte. Die beiden wollten sie am Wochenende gemeinsam niederschneiden.«

Reiter bog auf den Parkplatz des Einkaufszentrums ein und stellte den Wagen ab. Im Foyer des Lebensmittelgeschäftes befand sich ein kleines Café. Reiter bestellte zwei Tassen Kaffee und ein belegtes Brötchen für sich. »Irgendwann muss ich ja mal frühstücken«, sagte er fast entschuldigend zu Becker.

Sie setzten sich an einen Tisch am Fenster mit Blick auf den Parkplatz. Reiter ging gerne in dieses Café, denn er konnte es schnell und ohne großen Umweg vom Präsidium aus erreichen. Manchmal konnte er zwischendurch noch seine Einkäufe erledigen. Außerdem konnte er hier seine Lieblings-Kaffeesorte, eine Kolumbianische Arabica-Mischung in extra starker Röstung, einkaufen. »Teuer, aber gut«, betonte er immer, wenn Beate den hohen Preis des Edelkaffees beklagte.

Eine kurze Weile saßen die beiden schweigend einander gegenüber und schauten nachdenklich aus dem Fenster. Der Anblick einer Leiche ließ sie trotz langer Berufserfahrung nicht unberührt.

»Wie geht's jetzt weiter?«, brach Michael das Schweigen.

»Da es sich wohl um einen Selbstmord handelt«, antwortete Reiter mit einem leichten Schulterzucken, »werden wir in dieser Richtung nicht viel zu ermitteln haben.« Er legte eine kurze Pause ein, um einen Bissen von seinem Brötchen zu nehmen. »Wir müssen vordringlich endlich diese verdammte Einbruchserie klären, sonst werden wir von der Presse öffentlich hingerichtet.« Er nahm einen weiteren Bissen von seinem Brötchen und spülte ihn mit einem Schluck

Kaffee herunter. »Warum schmieren die immer so viel Butter auf das Brötchen?«, sinnierte er. »Das ist ja ekelhaft. Ich will doch nicht gemästet werden.«

»Ich möchte mir gar nicht ausmalen, was passiert, wenn die Einbruchserie mit einem Todesfall in Verbindung gebracht wird«, kehrte er zum Thema zurück. »Weiteres können wir gleich im Präsidium zusammen mit Anne und Kurt besprechen«, ergänzte er nach einem weiteren Bissen ins Brötchen.

Anne, damit meinte er die junge Kollegin Herweg, die vor eineinhalb Jahren mit zu seinem Team gestoßen war. Sie hatte für den heutigen Tag die Telefonbereitschaft übernommen und saß im gemeinsamen Büro von Michael Becker und ihr.

Mit einem Kopfnicken deutete Reiter an, dass es Zeit wurde für die Rückkehr zum Präsidium.

Nachdem er den Wagen angelassen hatte, startete Reiter den CD-Player des Autoradios. »Vielleicht muntert die Musik uns ein bisschen auf«, murmelte er und regelte die Lautstärke ein wenig höher.

Aus den Lautsprechern erklangen Folklore-Stücke des brasilianischen Komponisten Attilio Bernardini. »Das Herz der Gitarre liegt in der Folklore, der Wehmut und der Sehnsucht«, murmelte Reiter vor sich hin. Michael Beckers verständnislosen Blick nahm er nicht wahr. [1-3]

Inzwischen war es fast zwei Uhr geworden. Nachdenklich und schweigend fuhren die beiden Polizisten zurück zum Präsidium.

Attilio Bernardini
(1888-1975)

Attilio Bernardini war ein brasilianischer Komponist und Gitarrist. Er begann im Alter von 15 Jahren mit dem Gitarrenspiel. Nach seinem Studium (Kontrapunkt, Violine) war er als Lehrer für Violine und Gitarre tätig. Er galt zu seiner Zeit als einer der besten Gitarrenlehrer in Sao Paulo. Er schrieb zahlreiche, meist kleinere Stücke für die Konzertgitarre. Leider sind diese klangschönen Miniaturen in heutiger Zeit weitgehend in Vergessenheit geraten.

5

Der Kaffee in der Warmhaltekanne war lauwarm. Horst goss sich einen Becher voll und schüttete den Rest der Kanne in den Abfluss des Waschbeckens in seinem Büro. Er füllte die Kaffeemaschine für einen neuen Aufguss und schaltete sie ein. Er hatte mit Michael Becker verabredet, sich um 15 Uhr zu einer Lagebesprechung mit seinem Team in seinem Büro zu treffen.

Mit dem Druck auf eine Taste der Tastatur seines Computers verschwand der Bildschirmschoner. „Klaus Sander" gab er in die Suchzeile der Suchmaschine ein. 23200 Ergebnisse. Er grenzte seine Eingabe ein: „Klaus Sander", „Berufsschule". Die Suchmaschine meldete immer noch 7800 passende Ergebnisse. Mit dem Zusatz „Lehrer" grenze er noch weiter ein.

Er klickte das erste der verbliebenen 750 Ergebnisse an und gelangte auf die Homepage des Georg-Kerschensteiner-Berufskollegs in Duisburg. Das Foto von Klaus Sander begrüßte ihn auf der Startseite des Internetauftritts der Schule im Duisburger Westen.

Reiter war erstaunt darüber, dass die Schulen, die er aus seiner Jugendzeit als Berufsschule kannte, heute als Berufskolleg bezeichnet wurden. Er hatte den Begriff noch nie gehört. Neugierig klickte er sich durch die Seiten der verschiedenen Bildungsgänge, die an dieser Schule angeboten wurden. »Wahrscheinlich waren die Klassenarbeiten, die ich bei Sander auf dem Schreibtisch gesehen habe, von Schülern der Berufsvorbereitungsklassen«, dachte er. Er suchte weiter im Netz nach Sander und fand ihn noch einige Male. Klaus Sander hatte an einigen Schulbüchern mitgearbeitet und Lehrerfortbildungen zu beruflichen Themen moderiert. Darüber hinaus fand er nichts Außergewöhnliches über den Toten aus Schmachtendorf.

»Vielleicht hat er einfach Depressionen gehabt und einem ihm sinnlos erscheinenden Leben ein Ende gesetzt«, dachte Horst. »Wie dieser nach außen hin höchst erfolgreiche Fußballer vor einiger Zeit. Die Krankheit schleicht sich in ein nach außen hin intaktes Leben. Niemand in der Umgebung bemerkt, wie der Lebenswille im Mitmenschen zunehmend verblasst. Plötzlich können die an Depressionen Leidenden ihr Leben nicht mehr aushalten und machen Schluss. Für Außenstehende ist das ein „von jetzt auf gleich". Das trifft die Hinterbliebenen doppelt hart.«

Als wollte er die Gedanken wegwischen, stand er auf und befüllte seine Tasse mit dem frisch gekochten Kaffee. Manchmal neigte auch er zu Schwermut, aber sich deshalb das Leben nehmen? Niemals. »Man kann sich nicht in andere hineinfühlen«, murmelte er vor sich hin.

Horst Reiter sah auf die Wanduhr in seinem Büro. Bis 15 Uhr blieb noch etwas Zeit. Es lohnte sich nicht, weiter wegen der Einbrüche zu recherchieren. Für ein lange hinausgeschobenes Telefonat reichte die Zeit jedoch vollkommen aus. Er suchte auf seinem Handy nach der Telefonnummer von Klaus-Jürgen Hellmann. Hellmann hatte in der 1980er Jahren einen alle zwei Jahre stattfindenden internationalen Gitarrenwettbewerb für Studenten in Mettmann veranstaltet. Reiter hatte Hellmann damals, als er selbst noch Musik studierte, kennengelernt, im Laufe der Jahre aber aus den Augen verloren. In Verbindung mit Ermittlungsarbeiten in einem Mordfall waren Hellmann und Reiter nach langer Zeit durch Zufall wieder in Kontakt miteinander gekommen. Reiter hatte Hellmann bei ihrem letzten Telefonat vorgeschlagen, einen Wettbewerb nur für ältere Gitarristen ins Leben zu rufen. Sie hatten vereinbart, zu diesem Thema noch einmal miteinander in Kontakt zu treten. Das hatte Reiter nun vor zu tun.

Nach einigen Weitervermittlungen innerhalb des Mettmanner Kulturamtes erreichte er Hellmann.

»Hallo, Horst Reiter hier«, meldete er sich. »Ich hoffe, Sie können sich noch an mich erinnern.«

»Natürlich kann ich das«, antwortete Hellmann hörbar erfreut. »So lange ist es ja nicht her. Wie geht es Ihnen? Haben Sie die Mordfälle klären können?«

Horst berichtete kurz über die abschließenden Ergebnisse der Ermittlungen in den Mordfällen an fünf Gitarristen. Ein im Mettmanner Gitarrenwettbewerb gescheiterter Teilnehmer hatte sich in schrecklicher Art und Weise an den damaligen Jurymitgliedern gerächt.

»Deshalb rufe ich gar nicht an«, schloss er seinen Bericht ab. »Wir wollten uns im Hinblick auf den von mir leicht überspitzt so genannten „Seniorenwettbewerb" zusammensetzen.«

»Ja, sehr gerne«, antwortete Hellmann. »Ich habe inzwischen etwas mehr über ihre Idee nachgedacht und finde sie nach wie vor noch gut, obwohl noch einige schwierige Fragen zu klären sind.«

»Ich habe mir zwischenzeitlich ebenfalls weitere Gedanken dazu gemacht«, entgegnete Reiter erfreut. »Ich denke, es wäre sinnvoll, wenn wir uns in absehbarer Zeit einmal treffen würden.«

»So wird's gemacht«, antwortete Hellmann.

»Wann?«

»Nächste Woche Dienstag wäre bei mir sehr günstig«, erwiderte Horst. »Meine Frau hat ihren wöchentlichen Theaterabend. Sie wird mich nicht verplant haben.«

»Prima, das passt auch bei mir«, gab Hellmann zurück. »Kommen Sie nach Mettmann, dann können wir zusammen beim Italiener gegenüber etwas Gutes essen und dabei Ideen entwickeln.«

Horst notierte sich die Adresse für sein Navigationsgerät. »Also dann bis Dienstag, 19 Uhr«, schloss er das Gespräch. »Ich freue mich darauf.«

»Ich mich auch«, antwortete Hellmann und beendete das Gespräch.

Horst war froh, für seine Idee von einem Musikwettbewerb für ältere Gitarristen einen Mitstreiter gefunden zu haben. Hellmann hatte viel Erfahrung in der Planung und Durchführung großer Wettbewerbe und Kongresse. »Vielleicht komme ich selbst ja auch noch einmal in die Hufe mit dem Gitarrespielen«, dachte er.

Horst Reiter war es inzwischen leid geworden, dauernd nur für sich zu üben. Das heimische Gitarrespiel war zwar sehr entspannend. Nach einem anstrengenden Tag im Präsidium lenkte es ihn von Problemen des Alltags ab. Aber ein Musiker braucht sein Publikum! Er hatte vor dem Polizeidienst einige Semester Gitarre studiert, das Studium jedoch nach einem verlorenen Wettbewerb hingeworfen. Unterschwellig nagte es beharrlich an ihm, dass er seinen Traum von der Musikerkarriere nicht umgesetzt hatte. Tief in sich spürte er die Hoffnung, seine verloren geglaubten Träume in seinem Alter noch erfüllen zu können. Mit einem konkreten Ziel vor Augen würde das Üben ihm auch wieder mehr Freude bereiten.

Beschwingt legte er den Telefonhörer zurück auf die Basisstation. Er hatte noch fünf Minuten bis zur Besprechung mit seinen Kollegen. Zeit genug für einen Zigarillo draußen vor der Tür.

6

Anne Herweg, Michael Becker und Kurt Buller kamen pünktlich um 15 Uhr in Reiters Büro. Sie bedienten sich ohne Nachfrage an Horsts Kaffeemaschine und setzten sich an den kleinen Konferenztisch.

»Bedient euch ruhig an meinem Kaffee«, begrüßte sie Horst mit ironischem Unterton. »Es ist ja genug davon für alle da!«

»Danke für das Angebot, wir haben schon ...«, erwiderte Anne frech, wohl wissend, wie Horst Reiter es gemeint hatte.

Reiter setzte sich grinsend zu den drei anderen an den Tisch. »Hat die Obduktion von Sander bereits stattgefunden?«, fragte er Kurt Buller unvermittelt.

»Nein, aber man hat mir versprochen, diese heute noch in Angriff zu nehmen«, antwortete Buller. »Wahrscheinlich wird die Untersuchung der Leiche keine neuen Erkenntnisse bringen. Alles deutet auf einen Selbstmord hin, obwohl wir keinen direkten Hinweis darauf gefunden haben. Weder einen Abschiedsbrief noch eine sonstige Botschaft, meine ich.«

»Das sehe ich auch so«, bekräftigte Michael Becker. »Ich vermute, diesen Fall können wir schnell abhaken.«

Anne Herweg, die zwischenzeitlich von ihrem Kollegen Becker ins Bild gesetzt worden war, nickte zustimmend. »Psychische Erkrankungen nehmen in den letzten Jahren stetig zu. Insbesondere bei Menschen, die unter hohem Leistungsdruck stehen«, ergänzte sie. »Das mag auch bei Sander der Fall gewesen sein. Viele Menschen kommen mit der zunehmenden Arbeitsverdichtung nicht klar und sehen keinen anderen Ausweg, als sich das Leben zu nehmen.«

»Wir sollten uns hauptsächlich weiter auf die Aufklärung der Einbrüche konzentrieren«, sagte Horst Reiter. »Ich glaube nicht, dass diese irgendetwas mit dem Tod von Sander zu tun haben. Wahrscheinlich war es purer Zufall, dass ausgerechnet zu dem Zeitpunkt bei Sander eingebrochen wurde, als er aus dem Leben scheiden wollte.«

»Michael, hast du seine Frau oder Tochter inzwischen erreicht?«, ergänzte er.

»Nein, beide noch nicht. Ich werde es gleich erneut versuchen«, erwiderte Becker.

Reiter nahm einen Schluck Kaffee und blickte für einen Augenblick nachdenklich vor sich hin.

»Was wir bislang zu den Einbrüchen wissen, ist sehr, sehr mager«, setzte er fort. »Sie alle fanden in Schmachtendorf statt, fast ausschließlich wurde in Einfamilienhäuser oder Eigentumswohnungen eingebrochen. Das Bild des Tatortes ist in allen Fällen das Gleiche: Auf der Suche nach Wertgegenständen wird die Wohnung in das reinste Chaos versetzt. Verwertbare Spuren sind nicht vorhanden. Meistens finden die Einbrüche in den Morgenstunden statt, kurz nachdem die Bewohner das Haus verlassen haben.«

»Das deutet darauf hin, dass die Gewohnheiten der Bewohner den Einbrechern bekannt sind«, folgerte Anne.

»Ja, das stimmt«, pflichtete Michael Becker bei. »Wir müssen auch davon ausgehen, dass es sich um eine organisierte Bande handelt, keine Einzel- oder

Gelegenheitstäter.«

»Bisher ist auch jedes Mal gezielt gestohlen worden«, sagte Kurt Buller. »Unterhaltungselektronik, Geld, Schmuck, Wertsachen. Alles, was sich schnell zu Geld machen lässt.«

»Leute, wir stehen unter Erfolgsdruck«, sagte Reiter, als wollte er seine Kollegen anspornen. »Die Wahrnehmung unserer Arbeit ist in der Öffentlichkeit, besonders in der Presse, zunehmend negativ.«

»Verdammt, wir können doch nicht überall sein«, sagte Anne. »Wozu um alles in der Welt gibt es Alarmanlagen, Sicherheitsschlösser und Einbruchsschutz, wenn die Leute sie nicht bei sich einbauen?«

»*Diese* Frage werden wir sicher leicht klären können«, antwortete Buller. »Es ist nämlich ganz einfach: Das alles kostet Geld. Wer hat schon Lust, Geld für etwas Abstraktes wie die Sicherheit des Eigentums auszugeben? Und sobald das Kind in den Brunnen gefallen ist, kann man die Schuld immer noch der „untätigen Polizei" geben.«

»Ist *deine* Wohnung denn gesichert?«, fragte Reiter in provozierendem Unterton.

Buller sah ihn verblüfft an. »Glaubst du wirklich, dass ich bei dem, was ich beinahe täglich sehe, meine Wohnung ungeschützt lasse? Natürlich habe ich eine Alarmanlage. ...und du?«, stellte er die provozierende Gegenfrage.

»Klar, ich auch«, gab Reiter zurück. »Sogar eine, die mein Handy anruft, falls etwas nicht in Ordnung ist. Leider vergessen Beate und die Kinder ab und zu, sie einzuschalten.« Für einen Augenblick huschte ein Lächeln über sein Gesicht. »Schlimmer noch – häufig genug vergessen sie, sie abzuschalten«, fügte er hinzu. »Dann ist auf meinem Handy die Hölle los.«

»Jetzt fehlt nur noch der übliche Zusatz „Jaja, Frauen und Technik"«, mischte Anne sich mit leicht beleidigtem Tonfall ein.

»Davon habe ich kein Wort gesagt«, verteidigte sich Reiter, obwohl er genau das gedacht hatte, was Anne ihm unterstellte.

»Jetzt wieder im Ernst: Wir werden die Polizeistreifen in Schmachtendorf besonders in den Morgenstunden verstärken. Mehr Präsenz zeigen. Wir sollten zusätzlich über eine Aufklärungsaktion für die Einwohner nachdenken. Wir müssen die Bevölkerung aber auch dazu bringen, für einen besseren Selbstschutz zu sorgen.«

Ehe sie weiter über die Vorgehensweise diskutieren konnten, klingelte Reiters Telefon.

Er nahm den Hörer ab, meldete sich und hörte einige Sekunden aufmerksam zu.

»Sind Sie sicher?«, fragte er in den Hörer hinein. Wieder hörte er kurz zu. »Gut, ich komme in wenigen Minuten, bis gleich dann«, schloss er das Gespräch.

Er legte den Hörer zurück auf die Basisstation. Seine Kollegen sahen ihn gespannt an.

»Das war der Arzt, der Sander obduziert hat«, sagte er. »Für ihn steht es außer Frage, dass der Mann bereits tot war, als er aufgehängt wurde. Es war mit Sicherheit kein Selbstmord. Es sieht mehr nach einem Mord aus.«

»Das hat uns gerade noch gefehlt«, stöhnte Anne auf. »Da kommt einiges an zusätzlicher Arbeit auf uns zu.«

Das betretene Schweigen ihrer Kollegen konnte sie fraglos als klare Zustimmung werten.

7

»Alle Anzeichen deuten darauf hin, dass der Tod von Sander durch Erwürgen eingetreten ist«, sagte Dr. Jansen, der Pathologe, der Sander obduziert hatte. Dabei zog er das Tuch, das den Leichnam bedeckte, bis zum Brustkorb der Leiche herunter.

»Sind Sie sich sicher?«, wollte Horst Reiter wissen.

»Ja, sehr sicher«, erwiderte Jansen ungerührt. »Im Gegensatz zum Erhängen tritt der Tod beim Erwürgen meist durch Ersticken, also durch Sauerstoffentzug, und nicht durch das Abschneiden der cerebralen Blutzufuhr und der daraus resultierenden Blutleere des Gehirns oder durch Genickbruch ein. Postmortale Anzeichen für Erwürgen sind deshalb Brüche von Zungenbein und Kehlkopf und typische Würgemale am Hals. Diese Anzeichen liegen bei Sander eindeutig vor.« Reiter hatte nur die Hälfte dessen, was der Arzt ihm sagte, verstanden. Er fragte nicht weiter nach, denn es war ihm immer unangenehm, Leichen in der Pathologie des Krankenhauses zu begutachten und die Gespräche darüber zu führen. Er war jedes Mal froh, wenn diese Prozedur schnell beendet wurde.

»Haben Sie weitere Hinweise Fremdverschulden gefunden?«, fragte Reiter.

»Nein, leider nicht«, gab Jansen zurück. »Zudem war der Mann körperlich kerngesund, wahrscheinlich hat er regelmäßig Sport betrieben. Offensichtlich Nichtraucher, Idealgewicht – alles bestens und so, wie es sein soll.«

Für einen Augenblick dachte Horst darüber nach, was Jansen über ihn sagen würde, mit Sicherheit wären die Aussagen bei Weitem nicht so positiv.

»Können Sie etwas über den Zeitpunkt des Todes sagen?«, fragte er.

»Eine absolut sichere Aussage ist nicht möglich«, antwortete Jansen und warf unbewusst einen kurzen Blick auf die Wanduhr. »Nach meiner Schätzung muss es gestern in den späten Abendstunden, also vor zirka 10 Stunden gewesen sein.« Er hielt einen Moment inne. »Plus-Minus vier Stunden«, ergänzte er.

Reiter warf ebenfalls einen unwillkürlichen Blick zur Wanduhr. Es war inzwischen 17 Uhr geworden. Außer dem Brötchen in der Mittagszeit hatte er noch nichts gegessen. Er hatte Hunger. Horst erschrak über sich selbst, neben einem Mordopfer stehend an Essen denken zu können.

»Vielen Dank, Sie haben mir sehr geholfen«, sagte er zum Abschied zu Dr. Jansen.

»Keine Ursache, das ist schließlich mein Job«, sagte Jansen lächelnd. »Kommen Sie ruhig auf mich zu, wenn Sie weitere Fragen haben.«

Im Foyer des Krankenhauses sah Reiter ein Hinweisschild auf die hauseigene Cafeteria. Obwohl er den Aufenthalt in Krankenhäusern geradezu verabscheute, entschied er sich dazu, dort eine Kleinigkeit zu essen.

Er bestellte eine Brühwurst mit Senf und Kartoffelsalat, eine Flasche Wasser und einen Kaffee und setzte sich an einen freien Tisch in der Nähe der Tür.

Kaum hatte er sich gesetzt, kam Dr. Jansen in die Cafeteria, holte sich eine Tasse Kaffee und ging auf Reiter zu. »Darf ich mich zu Ihnen setzen?«, fragte er.

Reiter nickte wortlos und Dr. Jansen setzte sich ihm gegenüber.

»Keine Sorge, ich habe meine Hände desinfiziert«, sagte Jansen, dem Reiters Unwohlsein in der

Pathologie nicht verborgen geblieben war.

»Macht es Ihnen denn nichts aus, an Toten herumzuschneiden?«, fragte Reiter entgegen seiner Gewohnheit sehr direkt.

»Gegenfrage: Macht es Ihnen denn nichts aus, tagtäglich mit Verbrechen und Verbrechern zu tun zu haben?«, konterte Jansen mit einem Lächeln. Er wurde ernst. »Um ihre Frage zu beantworten: Früher war es für mich schon belastend, aber ich habe mich daran gewöhnt. Außerdem sind Obduktionen eher die Ausnahme in meiner Tätigkeit. Hauptsächlich arbeite ich als Stationsarzt.«

»Interessant, welche Abteilung?«, wollte Reiter wissen und tunkte beiläufig seine Brühwurst so in den Senf, dass eine große Menge der gelben Paste hängenblieb.

»In der Geriatrie«, antwortete Jansen. »Die Abteilung für die Alten.« Dabei schaute er entgeistert auf die Brühwurst, die Reiter in seiner rechten Hand hielt.

»Ich denke, auch da werden Sie es häufig mit dem Tod zu tun haben«, sagte Reiter und nahm einen weiteren Bissen.

»Ja, das stimmt«, gab Jansen zurück. »Der Tod ist Dauergast bei uns. Ein großer Teil meiner Tätigkeit besteht in Sterbebegleitung und Betreuung der Angehörigen.«

Für eine kurze Weile saßen sich die beiden Männer schweigend gegenüber. Reiter tunkte die Wurst erneut in den Senf. Der irritierte Blick des Arztes war ihm nicht entgangen.

»Der Senf ist das Leckerste an der Wurst«, murmelte er beiläufig.

»Es ist interessant und lehrreich, mit den Menschen zu sprechen, die an der Schwelle des Todes stehen«, setzte der Arzt fort, ohne auf Reiters Bemerkung einzugehen. »Viele blicken dankbar auf ihr Leben zurück und sind zufrieden. Was ich aber auch oft von den Patienten höre, ist eine Unzufriedenheit mit der eigenen Lebensplanung und -gestaltung.«

»Wie meinen Sie das?«, fragte Reiter.

»Nun, am Ende des Lebens denken viele, sofern sie es noch können, darüber nach, was sie hätten besser machen können oder was sie versäumt haben«, erklärte Jansen. »Es gibt einige Dinge, die sehr, sehr häufig genannt werden.«

»Als da sind ...«, bohrte Reiter nach.

»An erster Stelle steht der fehlende Mut, sein eigenes Leben zu leben. Viele beklagen, zu häufig versucht zu haben, die Erwartungen anderer zu erfüllen, anstatt den eigenen Wünschen und Lebensträumen nachzugehen.«

»Das kann ich mir gut vorstellen«, kommentierte Reiter. »Wenn ich an die Zwänge denke, in denen wir alle stecken. Außerdem will man ein anerkanntes Mitglied der Gesellschaft sein, zur Not eben auch unter Aufgabe der eigenen Ziele und Interessen.«

»...und nachher, am Ende der Reise, wird es in der Regel bereut«, ergänzte Jansen. »Aber dann ist es zu spät.«

»Bei den Männern kommt an zweiter Stelle noch hinzu, dass sie in der Rückschau bedauern, zu viel ihrer Lebenszeit im Arbeitsleben, also für die berufliche Karriere verbracht zu haben. Viele haben Kinder, Frau und Freunde darüber vernachlässigt und bereuen das am Ende ihrer Zeit.«

»In diese Kategorie dürfte ich wohl auch fallen«, merkte Reiter nachdenklich an. »Ich habe einen großen Teil der Kindheit und Jugend meiner Kinder einfach verpasst. Diese Zeit kann ich niemals nachholen. Vielleicht gelingt es mir bei den Enkeln, sofern denn welche kommen.«

»Gute Einsicht. Sie können sich hier und heute ändern«, antwortete Jansen. »Denn dafür ist es nie zu spät. Es sei denn, Sie liegen bei mir auf der Station.«

Reiter blieb eine Antwort schuldig, nickte nur kurz als Zeichen dafür, dass er verstanden hatte, was der Arzt ihm nahelegen wollte.

»Was wird noch genannt?«, fragte er neugierig.

»Ein weiterer Knackpunkt für die Sterbenden sind häufig die verlorenen Freundschaften. Viele bereuen, diese nicht besser gepflegt zu haben.«

»Bingo!«, sagte Reiter. »Das geht mir auch so. Immer wieder nehme ich mir vor, meine Freundschaften besser zu pflegen. Leider frisst mich der Alltag häufig einfach auf. Oft genug bin ich abends zu müde, zu leer, um mich noch mit Freunden zu treffen.«

»Jede Reise beginnt mit dem ersten Schritt«, kommentierte Dr. Jansen. »Fangen Sie doch einfach heute an. Nicht morgen, heute, im Hier und Jetzt.«

Horst trank einen Schluck Kaffee und schüttelte den Kopf. »Das wird nicht gehen«, sagte er. »Der Mordfall muss gelöst werden, zudem macht mir eine Einbruchserie zu schaffen. Da bleibt keine Zeit für Freunde.«

»Sie sind gefangen im Hamsterrad des Alltags, wie die meisten von uns«, sagte Jansen ruhig und sah sein Gegenüber ernst an. »Die Entscheidung für Glück und Freude im Leben liegt ganz allein bei Ihnen«, setzte er fort. »Wer außer Ihnen selbst soll über ihr Lebensglück entscheiden? Bei genauer Betrachtung ist doch alles recht einfach. Sie selbst sein, Familie und Freunde pflegen, Freude haben, vielleicht auch einmal fröhlich oder sogar albern sein. Das reicht schon fürs Erste.«

»Ich werde darüber nachdenken«, erwiderte Reiter. Er wusste, dass Jansen vollkommen recht hatte.

»Nicht nachdenken, sondern einfach machen«, schloss Jansen seine Ausführungen ab. »Noch einmal: Letztendlich entscheiden Sie über das, was Sie als Lebensglück suchen!«

Er nahm den letzten Schluck aus seiner Tasse und erhob sich.

»Übrigens, ehe ich es vergesse«, sagte er im Stehen. »Eine australische Sterbebegleiterin, die Hunderte von Menschen in den Tod begleitet hat, hat kürzlich ein Buch darüber geschrieben, was diese Menschen auf dem Sterbebett am Ende ihres Daseins am meisten bereuen. Ihre Erkenntnisse sind deckungsgleich mit meinen. Die Lebensversäumnisse scheinen keine Landesgrenzen zu kennen.«

Jansen drehte sich um und ging in Richtung der Tür. Kurz vor dem Ausgang wendete er den Kopf. »In diesem Sinne: Auf Wiedersehen«, sagte er und kniff sein rechtes Auge zu.

Draußen vor der Tür steckte Reiter sich einen Zigarillo in Brand. Es war fast 18 Uhr. Ihm fiel die Morgenandacht ein, die er im Autoradio auf der Fahrt zum Präsidium gehört hatte. Der Pfarrer hatte sich ähnlich geäußert wie Dr. Jansen. »Ist das ein Zeichen?«, fragte er sich.

Er beschloss, noch einmal kurz zum Präsidium zu fahren, von dort aus aber schnellstmöglich zurück nach Hause.

Auf dem kurzen Weg zum Präsidium hörte Horst Reiter zwei kurze Lautenstücke aus der Feder des englischen Komponisten und Lautenisten Thomas Robinson (* um 1560 in England; † nach 1609 ?).

Über Thomas Robinsons Leben ist nur sehr wenig bekannt, seine Lebensdaten konnten bislang nur indirekt ermittelt werden. Sein zu seiner Zeit wie heute bekanntestes Werk ist „The Schoole of Musicke". Dieses war damals ein neues Lehrbuch hauptsächlich für Laute, aber auch für Pandora, Orpheoreon (diese beiden Instrumente gehören zur Familie der Cister, sind aber wie eine Laute gestimmt) sowie für Viola da Gamba und Gesang. Es wurde zu seinen Lebzeiten offenbar zum bedeutendsten Lehrwerk für Laute in England. [7-9]

Aus einem Lautenbuch von Thomas Robinson

8

Es war kurz nach 19 Uhr, als Horst Reiter die Haustür zu seiner Wohnung an der Kempkenstraße aufschloss. Beate war noch nicht zu Hause. Missmutig öffnete er den Kühlschrank. Einige Essenreste vom Wochenende, Wurst, Käse, mehr konnte er nicht finden. In der Obstschale lag eine Packung Königsberger Klopse mit Reis. Er schob das Fertiggericht in die Mikrowelle und stellte die Zeitschaltuhr auf sieben Minuten ein. Beate hatte die Post zusammen mit der Tageszeitung wie immer auf den Küchentisch gelegt. Außer einiger Rechnungen war nichts für ihn Interessantes dabei. Er ging kurz ins Bad und wusch sich gründlich die Hände, als müsste er alle Überreste aus der Pathologie des Krankenhauses entfernen.

Der Mikrowellenherd gab ein Klingelsignal ab. Reiter füllte den Inhalt der Plastikschale auf einen Porzellanteller und setzte sich an den Küchentisch. Beim Essen las er die Tageszeitung, insbesondere den Lokalteil für Oberhausen. In großer Aufmachung wurde von der Einbruchserie in Schmachtendorf berichtet. Reiter überflog den Artikel nur kurz, er endete mit der Frage: „Wo bleibt unsere Polizei?". Verärgert blätterte er weiter bis zum allgemeinen Teil. Beate hatte das Sudoku und das Kreuzworträtsel bereits gelöst. Noch einmal las er sein Horoskop: *Es geschieht nichts Aufregendes, alles verläuft heute zufriedenstellend und in geregelten Bahnen.* »So ein Mist«, dachte er vor dem Hintergrund der Geschehnisse des Tages, »noch nicht einmal darauf kann man sich verlassen«.

Das Fernsehprogramm für den Abend sah öde aus, es gab nichts, was ihn interessierte. Nachdem er die

Klopse aufgegessen hatte, ging er in sein Schlafzimmer. Er setzte sich an den kleinen Schreibtisch, der neben seinem Bett stand und schaltete sein Notebook ein. Während es hochfuhr schaute er die auf dem Schreibtisch liegenden Notenstapel durch. Er hatte seit vielen Jahren die Angewohnheit, in der Weihnachtszeit ein „Übe-Programm" für das kommende Jahr zusammenzustellen. Für dieses Jahr hatte er den Schwerpunkt *Folkloristische Gitarrenmusik* gewählt. Es blieben noch einige Stücke übrig, die er noch nicht geübt hatte.

Aus einem Impuls heraus stand er auf und zog sein Handy aus seiner Jackentasche hervor. Er suchte aus seinen Kontakten die Telefonnummer von Annika, seiner jüngeren Tochter, heraus und ließ sich mit ihr verbinden. Annika studierte Physik an der TU-Dortmund und wohnte dort mit ihrer Freundin zusammen in einer kleinen Wohngemeinschaft.

Annika meldete sich schnell.

»Hallo Pops, was gibt's?«, fragte sie fröhlich.

»Hallo Annika, mein Schatz«, antwortete Reiter, der jedes Mal irritiert war, dass dank der neuen Technologie der Angerufene durch die Anzeige auf dem Display wusste, wer ihn anrief. »Ist bei dir alles in Ordnung?«, wollte er wissen.

»Ja klar«, entgegnete Annika. »Hat Mama dir nicht erzählt, dass ich die Klausur in Thermodynamik mit einer glatten eins gemacht habe?«

Reiter konnte sich beim besten Willen nicht daran erinnern, dass Beate etwas davon erwähnt hatte. »Mensch, Klasse, mein Mädchen!«, antwortete er deshalb ausweichend. »Es gibt aber einen anderen Grund, weshalb ich anrufe«, setzte er fort. »Kennst du eine Katharina Sander?«

»Ja!«, antwortete Annika. »Sie war in meiner Jahrgangsstufe an der Schule. Wir haben zusammen Abitur gemacht. Warum willst du das wissen?«

Allmählich kamen Reiters Erinnerungen wieder zurück. Jetzt wusste er, wo er das Mädchen schon einmal gesehen hatte – eben auf der Abiturfeier seiner jüngeren Tochter.

»Hast du noch Kontakt mit ihr?«, fragte er.

»Nicht wirklich«, antwortete Annika. »Wir hatten in der Schule nicht viel Gemeinsames. Ich bin aber, wenn ich mich recht erinnere, auf Facebook mit ihr befreundet.«

»Nach meinem Kenntnisstand bedeutet das nicht viel«, antwortete er. »Weißt du denn, was sie heute macht?«

»Ich schaue mal eben nach. Mom, Pops«, erwiderte Annika und Reiter hörte, wie sie die Tastatur ihres Notebooks benutzte, um in einem Online-Portal zu suchen. Reiter kannte das aus den Zeiten, als seine Kinder noch bei ihm und Beate wohnten: sie konnten mehrere Dinge gleichzeitig erledigen. Oft genug hatten sie im Wohnzimmer gesessen, das Notebook auf den Oberschenkeln, das Handy zwischen Kopf und Schulter eingeklemmt, am anderen Ohr den MP3-Player und die Fernbedienung des Fernsehers in der linken Hand. Alle Kommunikation lief mehr oder weniger gleichzeitig ab. Er hatte ihnen oft genug einen Vortrag zum Thema „Mit dem Kopf da sein, wo der Körper ist" gehalten. Offensichtlich vergeblich.

»Da habe ich sie«, meldete Annika sich zurück.

»Katharina studiert Musik in Freiburg«, sagte Annika. »Gitarre, so wie du damals. Sie hat schon während unserer Schulzeit auf den jährlichen Sommerkonzerten gespielt.«

»Ah, nun kann ich mich wieder erinnern«, sagte Reiter zu Annika. »Ich habe sie mehrmals gehört in den Konzerten, in denen du gesungen hast.«

»Pops, erinnere mich nicht daran«, gab Annika in beleidigtem Tonfall am anderen Ende der Leitung zurück. »Das war doch mehr als peinlich.«

»Das fand ich gar nicht, ich war und bin immer wieder stolz auf meine Tochter. Du hast wunderschön gesungen.«

Horst Reiter konnte sich mittlerweile wieder besser an Katharina Sander erinnern. Sie hatte in den Schulkonzerten nicht schlecht Konzertgitarre gespielt, technisch nahezu perfekt, auch die schwierigen Passagen der Stücke gelangen ihr scheinbar mühelos. Er hatte keine Ahnung, wer aktuell in Freiburg die Professur für Gitarre innehatte. Mit Sicherheit würde derjenige keine großen Probleme mit Sanders Tochter haben.

»Ja, das sagtest du immer«, wurde er von Annika aus seinen Gedanken zurückgeholt. »Warum willst du das von Katharina wissen?«

»Es geht um einen Mordfall hier in Schmachtendorf«, antwortete Reiter ausweichend. »In diesem Zusammenhang fiel ihr Name und ich konnte mich entsinnen, ihn schon einmal gehört zu haben. Jetzt kann ich mich dank deiner Hilfe wieder an sie erinnern.«

»Kann ich sonst noch etwas für dich tun?«, fragte Annika.

»Ja, es wäre schön, wenn du bald mal wieder bei uns vorbeikommen würdest«, antwortete Reiter.

»Ich komme am nächsten Wochenende, hat Mama dir das nicht gesagt?«

Wieder konnte er sich nicht erinnern. »Ich freue

mich darauf«, entgegnete er erneut ausweichend und beendete das Gespräch.

Obwohl er sehr müde war, holte er sich eine Flasche Bier aus dem Kühlschrank und spielte zur Entspannung einige der Notenausgaben, die auf seinem Schreibtisch lagen, durch.

Kurz nach 22 Uhr hörte er, wie der Schlüssel in der Wohnungstür herumgedreht wurde. Beate kam sofort in Reiters Zimmer und begrüßte ihn mit einem Kuss auf die Stirn.

»Du siehst müde aus«, begann sie unvermittelt. »Hattest du einen anstrengenden Tag?«

Reiter nickte seufzend und berichtete ihr von dem vermeintlichen Selbstmord, der sich zu einem Mordfall entwickelt hatte.

»Sander?«, fragte sie. »Ist das nicht der mit der Gitarre spielenden Tochter?«

»Ihr Frauen wisst auch immer alles«, antwortete Reiter mit nölendem Unterton. »Ich hab' deswegen Annika angerufen. Ich soll dich schön grüßen. Sie will am Wochenende kommen.«

Beate nickte. »Ich weiß. Das habe ich dir doch vorgestern gesagt! Du solltest besser zuhören.«

»Ich glaube, es geht gar nicht um das bessere Zuhören«, wich Reiter aus. »Ich habe den Kopf einfach zu voll mit anderen Dingen.«

»Du solltest für dich entscheiden, was wichtiger ist. Dein Beruf oder deine Familie«, entgegnete Beate. »Bislang stand dein Job ständig im Vordergrund.«

Reiter dachte daran, gerade ein weiteres Déjà-vu zu haben. War es in dem Gespräch mit Dr. Jansen und in der Morgenandacht nicht genau darum gegangen?

»Wie war denn dein Tag?«, fragte er, um das Thema zu wechseln.

»Nichts Besonderes, nur die Orchesterprobe hat heute sehr lange gedauert. Das geplante Abendessen haben Kerstin, Martina und ich verschoben. Ich gehe jetzt sofort ins Bett. Das solltest du auch machen, so, wie du aussiehst.«

»Ich spiele noch ein bisschen, danach lege ich mich auch hin«, antwortete Horst Reiter. »Gute Nacht dann, mein Schatz.«

Als Beate in ihrem Schlafzimmer verschwunden war, holte er sich eine weitere Flasche Bier aus dem Kühlschrank. Das Wochenende hatte begonnen, und er freute sich, an zwei Tagen ausschlafen zu können. Er nahm seine stumme Gitarre und setzte den Kopfhörer auf. Die stumme Gitarre hatte keinen Klangkörper und war beim Spielen kaum hörbar. So konnte er üben, ohne Beate oder die Nachbarn zu stören.

*Horst klaubte aus dem Notenregal einen grünen Aktenordner aus Kunststoff hervor. In diesem Ordner befanden sich Kopien von Noten, die Horst in seiner Jugend häufig gespielt hatte. Später stellte er daraus eine Art Programm mit Stücken zusammen, die er bei allen möglichen Gelegenheiten ohne viel zu Üben spielen konnte. In Musikerkreisen sagt man dazu „runternudeln". Irgendwann hatte Beate einmal gefragt „Nudelst du wieder aus deinem Ordner?". Seitdem hat dieser die familieninterne Bezeichnung „**Der Nudelordner**". Horst war immer bemüht, das Repertoire des Nudelordners zu erweitern und suchte immer wieder nach neuen Stücken, die er in diesem Ordner abheften konnte.*

Er übte das Stück „Sentimentos" des brasilianischen Gitarristen Baden Powell de Aquino. Den Vornamen „Baden Powell" erhielt er von seinem Vater, einem glühenden Verehrer des Gründers der Pfadfinder, Roberto Baden Powell.

Das wehmütige Stück „Sentimentos" trägt den Zusatz „Se voce pergunta, nuca vai saber" (Gefühle – wenn du nach ihnen fragst, wirst du sie nie erleben) im Titel. Eine große Weisheit in einem kleinen Satz!

Sentimentos ist ein Chôro, ein Tanz, wie er Ende des 19. Jahrhunderts in Brasilien modern und beliebt war. Das Wort Chôro kommt von chorar = Weinen. Es sind traurige, wehmütige, sentimentale Melodien, die oft auch als Serenaden von brasilianischen Musikern auf den Straßen gespielt wurden. [10-12]

Baden Powell de Aquino
mit seiner Gitarre von Rainaldo DiGiorgio

9
Montag, 09. November 2015

Es war doch wieder spät, sehr spät geworden. Als der Wecker um 7 Uhr morgens piepte, fühlte Reiter sich wie gerädert. Schlaftrunken wankte er ins Bad, um sich zu duschen. Als er in sein Zimmer zurückkehrte, hatte Beate bereits eine Tasse Kaffee auf seinen Nachttisch gestellt. Er nahm einen Schluck, setzte sich an seinen Schreibtisch und entzündete einen Zigarillo. Seine funkgesteuerte Wetterstation versprach einen nicht allzu kühlen und trockenen Tag. Reiter löschte den halb aufgerauchten Zigarillo und zog sich an. Er hatte am vergangenen Wochenende versucht, auszuschlafen, war aber dafür sehr spät zu Bett gegangen. »In der Gesamtsumme zu wenig Schlaf«, dachte er, »und montags habe ich dann zur Strafe regelmäßig Probleme, in den richtigen Rhythmus zu kommen. Ich sollte das ändern.«

Beate brütete in der Küche an der schwierigen Form des Sudoku der Tageszeitung.

»Guten Morgen, Schatz«, sagte sie spitz, als er die Küche betrat. »Es ist wohl mal wieder spät geworden?«

Horst knurrte etwas Unverständliches und goss sich Kaffee in seine Tasse. Er lugte ihr über die Schulter, um sein Tageshoroskop lesen zu können.

»*Bis mittags hängen Sie noch etwas durch und vielleicht auch negativen Gedanken nach. Am Nachmittag wird sich Ihre Stimmung heben*«, las er halblaut vor.

»Da hast du dir einen üblen Quatsch angewöhnt«, tadelte Beate. »Diese Texte werden von Computern erstellt. Das hat doch alles nichts mit der Wirklichkeit zu tun.«

»Das mit dem Durchhängen, das stimmt aber genau«, verteidigte Reiter den Text, obwohl er wusste, dass seine Frau vollkommen recht hatte.

»Gehe einfach endlich zum Arzt«, entgegnete Beate vorwurfsvoll. »Dann brauchst du keinen Hokuspokus zur Rechtfertigung.«

Horst hatte kein Interesse an der mittlerweile fast ritualisierten morgendlichen Diskussion und ging mit seiner Kaffeetasse in der Hand noch einmal zurück in sein Schlafzimmer. Er räumte seinen kleinen Schreibtisch auf und legte die Noten des Stückes „Sentimentos" von Baden Powell zuoberst auf den Notenstapel.

»Ich komme heute Abend erst spät wieder«, sagte Beate, als er sich verabschiedete. »Ich habe eine zusätzliche Theaterprobe, denn bald ist die Uraufführung. Bitte denke daran, dass du dir am 20. November nichts vornimmst!«

»Ich werde es versuchen«, sagte Reiter und verließ die Wohnung.

Beate hatte sich vor zwei oder drei Jahren einer Laienspielgruppe angeschlossen. Dienstag war ihr Probentag. Sie hatte in der Gruppe einige Freundschaften gefunden, die sie intensiv pflegte.

»Sie macht das viel besser mit den Freundschaften als ich«, dachte Reiter, als er seinen silberfarbenen Passat aufschloss.

Nach der Morgenandacht, die Reiter auf dem Weg zum Präsidium hörte, wurde eine Klaviersonate von Scarlatti gespielt. Reiter hörte sofort, dass der Interpret unverkennbar der kanadische Pianist Glenn Gould war.

Pünktlich um 8 Uhr bog er mit seinem Wagen auf den Parkplatz des Polizeipräsidiums ein. Im Rückspiegel sah er, wie Anne Herweg mit ihrem signalroten Hollandrad durch das Tor zum Hof radelte. Sie lehnte das Fahrrad gerade an die Hauswand, als er an ihr vorbeikam.

»Hej«, begrüßte er sie. »So schnell sieht man sich wieder.« Horst meinte, einen guten Witz gemacht zu haben.

Als Anne Herweg sich zu ihm wendete, sah er ihre rotgeweinten Augen.

»Was ist mit dir?«, fragte er erschrocken.

Anne schüttelte nur ihren Kopf. Sie weinte so sehr, dass sie nicht sprechen konnte.

»Kann ich dir helfen?«, fragte er mitfühlend. Horst hatte immer seine Probleme mit weinenden Frauen. Er fühlte sich angesichts des Tränenstroms seiner Kollegin hilflos. Umständlich suchte er in seiner Jackentasche nach einer Packung Papiertaschentücher und hielt sie Anne hin. Sie nahm die ganze Packung, zog ein Taschentuch heraus und trocknete ihre Tränen. Ihr Weinen ließ nach.

»Martin hat Schluss gemacht mit mir«, sagte sie mit tränenerstickter Stimme. »Nach drei Jahren! Einfach Schluss gemacht. Ohne Grund! Ohne Vorankündigung!«

Horst wusste, dass es in diesem Fall kaum tröstende Worte gab. Wortlos nahm er seine Kollegin in den Arm.

»Das Schlimmste ist, dass er es heute mitten in der Nacht per SMS gemacht hat, dieser Feigling«, setzte sie mit bebender Stimme fort. »Stell' dir vor, per SMS! **Das verletzt mich so sehr.**«

Sie zog ihr Handy aus ihrer Jackentasche und hielt das Display so, dass Horst es lesen konnte. *Lass uns das hier beenden*, konnte er lesen, *ich will dich nicht mehr sehen. Ruf mich nicht mehr an.*

»Drei Jahre mit wenigen Worten per SMS weggewischt«, dachte Horst. »Was sind das nur für Sitten?«

»Willst du für ein oder zwei Tage Urlaub nehmen?«, fragte er mitfühlend. »Wir kommen für kurze Zeit auch ohne dich klar, wenn es sein muss«, log er.

Anne schüttelte ihren Kopf. »Nein, lass mal, zu Hause fällt mir doch nur die Decke auf den Kopf.«

»Dann gehe bitte noch einmal durch den Volkspark«, sagte Reiter. »Ein bisschen frische Luft wird dir guttun.«

»Ja, das mache ich«, schluchzte Anne. »Wann treffen wir uns?«

»Um 9 Uhr in meinem Büro«, antwortete Reiter. »Aber geh nach Hause, wenn du das willst«, erneuerte er sein Angebot.

»Nein, nein, lass mal, es geht schon«, lehnte Anne erneut ab. Schluchzend wandte sie sich um und ging in Richtung des benachbarten Volksgartens.

Horst Reiter zündete sich einen Zigarillo an und blieb für ein paar Minuten vor dem Backsteingebäude des Polizeipräsidiums stehen. Vor einigen Tagen hatte er sich auf YouTube einen Kriminalfilm aus der Serie „Stahlnetz" aus den 60er Jahren angesehen. Nahezu jeder Darsteller des Filmes qualmte, was das Zeug hielt. Während der Lagebesprechung im Dienstzimmer des Fernsehkommissars wurden die Zigaretten in Kette geraucht, dementsprechend vernebelt war das Büro. Die Kamera war damals kaum dazu in der Lage, gute Bilder einzufangen. »Wie sich die Zeiten ändern...«, dachte Horst und war sich nicht ganz sicher, ob alle Zeitenwandel wirklich nur schlecht waren. Der Nichtraucherschutz hatte in seinen Augen seine Berechtigung, aber so radikal? »Dafür komme ich ab und zu mal an die frische Luft, das ist doch auch etwas«, murmelte er und drückte seinen Zigarillo aus. Danach stieg er die Treppe an der Vorderseite des Gebäudes hoch.

Pünktlich um 9 Uhr kamen Anne Herweg, Michael Becker und Kurt Buller zu Reiter ins Büro. Nachdem sie sich mit Kaffee versorgt hatten, setzten sie sich an den kleinen Konferenztisch und schauten ihren Chef gespannt an. Anne hatte sich ein wenig beruhigt, aber ihre roten Wangen und die verweinten Augen waren nicht zu übersehen. An der Mimik von Michael und Kurt konnte Horst Reiter erkennen, dass sie über Annes Liebesleid informiert waren.

»Ich war am Freitagnachmittag im Krankenhaus und habe mit dem obduzierenden Arzt, Dr. Jansen, gesprochen«, begann er seine Ausführungen. »Ohne euch mit medizinischen Details zu behelligen – Sander hat mit Sicherheit keinen Selbstmord begangen. Er ist eindeutig ermordet, genauer gesagt erdrosselt worden.«

»Können das die Einbrecher gewesen sein?«, wollte Buller wissen.

»Das würde nicht ins Muster passen«, antwortete Reiter. »Ein Mord passt überhaupt nicht zu den bisherigen Einbrüchen. Ausschließen kann man es nicht, aber mein Instinkt sagt mir, dass es nicht so ist.«

Anne saß schweigend am Tisch und wärmte ihre Hände an der Kaffeetasse. Horst hatte vor, sie für heute in Ruhe zu lassen.

»Hast du Frau Sander inzwischen erreichen können?«, fragte er an Becker gewandt.

»Leider nein«, antwortete Michael. »Sie wohnt in München. Ich habe die Münchener Kollegen gebeten, Frau Sander aufzusuchen. Bislang konnte sie nicht erreicht werden. Nach Aussagen der Nachbarn ist sie seit einigen Tagen dienstlich verreist.«

»In diesem Fall kommt sie als Täterin schon einmal nicht in Frage«, murmelte Anne.

Ihre drei Kollegen nickten zustimmend, obwohl das, was sie sagte, eine Binsenweisheit war. Vielleicht konnten sie ihr durch ihre Bestätigung ein Gefühl der Unterstützung vermitteln, so hofften sie.

»...und die Tochter Katharina?«, fragte Reiter.

»Die Tochter studiert in Freiburg«, antwortete Becker. »Die Kollegen dort haben sie informiert. Sie war offensichtlich nicht schwer getroffen von der Todesnachricht. Sie hatte vor, ihre Mutter zu benachrichtigen und anschließend nach Oberhausen zu kommen. Wahrscheinlich morgen schon.«

»Ja, sie studiert dort. Musik. Konzertgitarre, um genau zu sein. Meine jüngere Tochter kennt sie noch aus Schulzeiten, daher weiß ich das«, bestätigte Reiter. »Ich habe sie auch einige Male gesehen, in den Sommerkonzerten der Schule und auf dem Abiball meiner Kleinen.«

»Wie geht es jetzt weiter?«, wollte Michael Becker wissen.

»Das Übliche. Wir werden unsere Ermittlungen aufnehmen«, antwortete Horst. »Bislang haben wir allerdings exakt null Anhaltspunkte.«

»...und die Einbrüche?«, wollte Kurt wissen. »Wir stehen unter Erfolgsdruck, das wisst ihr.«

»Wir müssen versuchen, beides parallel zu bearbeiten«, stimmte Reiter zu. »Anne, du bearbeitest zusammen mit Kurt die Einbrüche, Michael und ich bearbeiten schwerpunktmäßig den Mordfall Sander. Michael, bitte kümmere du dich noch einmal um die Nachbarn von Sander. Vielleicht ergeben sich neue

Aspekte. Ich selbst werde zu seiner Schule nach Duisburg fahren und mich mit seinen Kollegen unterhalten. Wir treffen uns wieder hier um 15 Uhr.«

Für einen kurzen Augenblick trat betretenes Schweigen ein. Alle wussten, dass es kein leichter Tag werden würde, hinzu kam Annes traurige Grundstimmung, welche die Stimmung ihrer Kollegen negativ beeinflusste.

Schweigend standen die vier auf.

»Nehmt verdammt noch mal eure Kaffeetassen mit«, rief Reiter, als seine Kollegen sein Büro verlassen wollten. »Muss ich denn ständig hinter euch herräumen?«

Es war fast 10 Uhr geworden. Horst suchte im Internet nach der Adresse der Georg-Kerschensteiner-Schule, die Sander als Direktor geleitet hatte. Im Anschluss fuhr er seinen Computer herunter, zog seine Jacke an und ging zum Parkplatz.

Für die Fahrt nach Duisburg schob er eine CD in den Player seines Autoradios.

Auf dem Weg nach Duisburg hörte Reiter die „Stimmungsbilder für Gitarre" des Duisburger Komponisten und Gitarristen Bruno Szordikowski. In den Stücken sind klassische Formelemente mit Harmonien aus der Jazz-Musik verbunden. Horst kannte Szordikowski gut „aus alten Zeiten" und spielte die Stücke seines Freundes selbst ganz gerne aus seinem „Nudelordner". [13-17]

10

Das Georg-Kerschensteiner-Berufskolleg lag in einer grünen, parkähnlichen Umgebung im Duisburger Westen. Horst Reiter stelle seinen Wagen gegenüber dem Haupteingang ab und überquerte die Straße. Vor der Tür des Gebäudes standen zahlreiche Schülerinnen und Schüler. Offensichtlich war gerade eine Unterrichtspause. Bereits auf den ersten Blick konnte Reiter erkennen, dass hier eine Vielzahl von Nationalitäten versammelt war. »Bei dem hohen Anteil von Migranten, die wir im Ruhrgebiet und besonders in Duisburg haben, ist das kein Wunder«, dachte er.

»Können Sie mir sagen, wie ich hier zum Schulbüro komme?«, fragte er einen Schüler, der gerade die Treppe des Haupteingangs herunter kam.

Der junge Mann schaute ihn verständnislos an. »Weiß isch doch nischt«, sagte er und wandte sich seinem Nachbarn zu. »Ey, Alder, weischt du, wo Schulbüro is?«

»Wat is Schulbüro?«, fragte der Angesprochene zurück.

»Is da, wo Direktor is«, gab der andere zurück. »Du warst doch da, wegen Ordnungsmaßnahme oder so.«

»Ach so, jezz weiß ich Bescheid«, sagte der Mitschüler verständig und streckte seinen Arm aus. »Musse durch die Tür gehen, noch 'ne Tür und noch 'ne Tür, bisken Treppe hoch und dann is dat da, Alder.«

Mit leichtem Kopfschütteln über die sprachlichen Fähigkeiten der Jugendlichen betrat Reiter das Backsteingebäude aus den 70er Jahren. Er musste tatsächlich zwei Glastüren passieren und einige Treppenstufen nehmen, ehe er vor dem Sekretariat der Schule stand. „Sandra Krämer, Verwaltungsfachangestellte" stand auf dem Schild links neben der Tür.

Er klopfte an und ging hinein. Hinter einer Theke saß in zwei Metern Entfernung eine Frau mittleren Alters. Reiter sah, dass sie rotgeweinte Augen hatte.

»Mein Name ist Reiter, Horst Reiter, Kriminalpolizei Oberhausen«, stellte er sich vor und zeigte dabei seinen Polizeiausweis.

»Was kann ich für Sie tun?«, fragte Sandra Krämer mit gedrückter Stimme. »Der Chef ist nicht da, er wird auch nicht mehr kommen.« Sie brach in Tränen aus.

»Deshalb bin ich hier«, sagte Reiter ruhig. »Sie haben die Todesbotschaft also schon erhalten?« Statt einer Antwort nickte Frau Krämer nur. Reiter hätte sie gerne getröstet, sein Unwohlsein bei weiblichen Tränen meldete sich erneut. »Was für ein Tag«, dachte er, »Tränen über Tränen überall dort, wo ich hinkomme.«

Sandra Krämer trocknete ihre Augen, so gut es ging. »Entschuldigen Sie bitte«, sagte sie. »Ich habe es gerade erst erfahren, dass unser Chef tot ist. Ich kann es noch gar nicht fassen. Am Freitag war er noch hier.«

»Wie haben Sie es erfahren?« wollte er wissen.

»Der Chef – Herr Sander – war eigentlich nie krank. Freitag ist er nicht gekommen. Sein Stellvertreter, Herr Heintze, hatte versucht, ihn zu erreichen, aber es ging niemand ans Telefon. Deshalb ist Herr Heintze nach Schulschluss bei Herrn Sander vorbeigefahren. Herr Heintze wohnt auch in Oberhausen. Die Nachbarn haben ihm erzählt, dass Herr Sander ...«

Weiter kam Sandra Krämer nicht, weil sie erneut in Tränen ausbrach.

»Ich würde gerne mit Herrn Heintze sprechen«, sagte Reiter, als er merkte, dass er hier nicht weiterkam.

»Herr Heintze ist nicht mehr im Haus«, antwortete Sandra Krämer. »Er ist vor über einer Stunde zur Bezirksregierung gefahren, um zu klären, was nun zu tun ist.«

Es ertönte ein Gong. Die Pause war zu Ende und Reiter hörte, wie die Schüler durch die Gänge strömten.

»Geht es hier zum Büro von Herrn Sander?«, fragte er und wies auf die Doppeltür, die links von ihm lag. Frau Krämer bestätigte durch stummes Kopfnicken.

»Ich gehe hinein und schaue mich um«, sagte Reiter bestimmt. Sandra Krämer nickte kurz und nahm ein neues Papiertaschentuch.

Sanders Büro war groß, ungefähr 60 Quadratmeter. Neben dem Schreibtisch stand ein großer Konferenztisch, in der Nähe der Fenster befand sich eine Sitzecke mit einer Ledercouch und zwei Sesseln. An der Wand hingen zahlreiche Bilder, davon zahlreiche Fotos von der englischen Hauptstadt London. Neugierig blätterte Reiter die Unterlagen auf dem Schreibtisch durch. Es war nichts Ungewöhnliches dabei. Aktennotizen, mit Kritzeleien verzierte Telefonnotizen, amtliche Schreiben. Neben dem Computer stand ein Bild mit Sander, seiner Frau und seiner Tochter. Das gleiche Bild, das Reiter in Sanders Wohnzimmer gefunden hatte.

Sandra Krämer klopfte leise an die Tür. Sie blieb im Türrahmen stehen und schaute in Sanders Büro hinein. »Möchten Sie einen Kaffee trinken?«, fragte sie. »Ja, gerne«, antwortete Reiter.

Nach wenigen Sekunden kam die Sekretärin mit einer Tasse Kaffee zurück. »Milch, Zucker?«, wollte sie wissen.

»Nein danke, schwarz bitte«, antwortete er beiläufig, während er die Fotos betrachtete.

»Haben die Fotos von London eine bestimmte Bedeutung?«, fragte er.

»Sander ist...Herr Sander war ein England-Fan«, antwortete Frau Krämer. »Er versuchte, mindestens einmal pro Jahr dort zu sein.«

Reiter trank einen Schluck. »Wussten Sie von Feinden oder Gegnern, die Sander gehabt haben könnte?«, fragte er unvermittelt.

»Sie meinen, dass er in den Selbstmord getrieben wurde?«, wollte Sandra Krämer wissen.

Reiter bemerkte, dass die Sekretärin noch davon ausging, dass Sander Selbstmord begangen hatte. Er entschied, sie vorerst in diesem Glauben zu belassen. »Ja«, sagte er. »Hatte Sander Feinde hier in der Stadt oder an der Schule?«

Sandra Krämer dachte für einen Augenblick nach, dann schüttelte sie ihren Kopf. »Nein, nicht dass ich wüsste«, sagte sie. »Natürlich waren nicht alle hier im Haus seine Freunde, aber richtige Gegner hat er nicht gehabt.« Sie trat einen Schritt vor, als wolle sie ihren Worten mehr Gewicht geben. »Es ist alles so schlimm«, setzte sie fort. »Ich habe keine Ahnung, wie es nun weitergehen soll. Es ist wie vor acht Jahren, genau die gleiche Situation...«

Reiter wurde hellhörig. »Was meinen Sie damit?«, hakte er nach.

»Sanders Vorgänger, Herr Rogall, hat sich vor acht Jahren ebenfalls erhängt«, erklärte Sandra Krämer. »Hier im Büro. Ich habe ihn damals gefunden. Er hing dort hinter der Tür an der Decke. Es war schrecklich, einfach nur schrecklich.«

»Ach, das ist ja interessant«, sagte Reiter. »Wissen Sie, warum der Mann sich erhängte?« Stumm schüttelte die Sekretärin ihren Kopf. »Nein, es war uns auch damals allen ein Rätsel. Ein Abschiedsbrief wurde nicht gefunden. Der Selbstmord von Herrn Rogall kam für uns – wie beim Chef jetzt auch – aus heiterem Himmel. Es dauerte sehr lange, bis ich das verarbeitet hatte.«

Reiter beschloss, die Unterlagen zu dem Suizid des Schulleiters aus dem Jahr 2008 bei seinen Duisburger Kollegen anzufordern.

»Es ist wahrscheinlich, dass ich mich noch einmal bei Ihnen melde«, schloss Reiter seine Besichtigung ab. »Vielleicht möchte ich auch noch mit einzelnen Lehrern sprechen, das wird sich in den nächsten Tagen zeigen.«

Reiter verabschiedete sich von der Sekretärin und verließ das Schulbüro.

Draußen vor der Tür standen vier Schüler, die in türkischer Sprache miteinander diskutierten. Als sie ihn sahen, unterbrachen sie ihr angeregtes Gespräch und sahen ihn erwartungsvoll an.

»Ey, bisse Bulle oder wat?«, fragte einer von ihnen. Reiter war erstaunt, wie schnell sein Beruf per Augenschein erkannt werden konnte. »Wir haben nix gemacht«, setzte der Junge fort. »Ehrlich, Scheff.«

Reiter war wenig geneigt, ihm blindlings Glauben zu schenken, aber er hatte andere Probleme und ging wortlos weiter.

Vor dem Gebäude der Schule sah Reiter einige Schüler, die mit Zange und Eimer ausgestattet die Überreste der vorangegangenen Pause auflasen. »Sowas Bescheuertes«, dachte er. »Die Schüler brauchen ihren Müll doch einfach nur in die Papierkörbe zu werfen.« Aber er kannte das gesellschaftliche Phänomen – es wurde nicht entsorgt, sondern einfach fallengelassen. Kopfschüttelnd ging er zu seinem Wagen.

Im Auto hörte Reiter weiter die CD mit Stücken des Duisburger Komponisten Bruno Szordikowski. »Duisburger Musik in Duisburg, das passt doch gut!«, dachte er. [13-17]

11

Auf dem Weg zurück zum Präsidium legte Reiter einen Zwischenstopp an einer Bäckerei für ein Frühstück ein. Er hatte noch Zeit bis zum Treffen mit seinen Kollegen um 15 Uhr. Das trockene Wetter erlaubte es ihm, draußen an einem kleinen Tisch im Freien zu sitzen. Kleine Gasöfen sorgten für die notwendige Wärme. Er genoss den Augenblick der Ruhe und beobachtete die Passanten, die an dem Café vorbeiliefen. Der Anteil der Migranten in diesem Duisburger Stadtteil lag sichtbar höher als in Sterkrade, dort, wo Horst Reiter wohnte. Besonders fielen ihm die Sinti und Roma ins Auge, von deren Zuzug nach Duisburg er in den vorigen Monaten häufig in der Zeitung gelesen hatte.

»Die Zeiten ändern sich, dieses Land ändert sich«, dachte er. »Meine Kinder werden, wenn sie so alt sind wie ich es heute bin, in einer vollkommen anderen Gesellschaft leben. Dinge, mit denen meine Generation wie selbstverständlich aufwuchs, verschwinden zusehends. Die Rente ist nicht mehr sicher, der Arbeitsplatz wechselt, die Gesellschaft verroht und die

Schere zwischen Arm und Reich geht stetig weiter auseinander«.

Er trank einen weiteren Schluck Kaffee und sah sich um. Auf der gegenüber liegenden Straßenseite durchwühlte ein alter Mann die Mülltonne nach verwertbarem Leergut. »Das war früher undenkbar«, murmelte Reiter vor sich hin. »Wohin soll das noch führen?«

Die Autobahn A59 in Richtung Dinslaken war hoffnungslos überfüllt, als Horst Reiter sich vom Café aus auf den Weg zurück ins Präsidium aufmachte. Er mochte es nicht, unpünktlich zu Verabredungen zu erscheinen. Nur mit knapper Not gelangte er zeitgerecht nach Sterkrade und ging sofort in sein Büro. Anne Herweg und Michael Becker warteten auf ihn, Kurt Buller traf wenige Augenblicke später ein.

Anne sah weiterhin angeschlagen aus, aber sie hatte mit dem Weinen aufgehört. Horst sah sie mitleidig an. »Willst du nicht doch lieber ein paar Tage Urlaub nehmen?«, fragte er erneut.

Anne schüttelte stumm ihren Kopf.

»Dann fange ich an zu berichten«, setzte Horst fort. »Die Sekretärin an Sanders Schule war sehr hilfreich, obwohl sie mit ihrer Fassung zu ringen hatte. Bemerkenswert ist, dass Sanders Vorgänger, ein gewisser Rogall, ebenfalls durch Erhängen zu Tode gekommen ist.«

Anne und Michael sahen ihn fragend an.

»Die Schulsekretärin fand diesen Rogall vor acht Jahren in seinem Büro vor. Erhängt. Man ging damals von einem Selbstmord aus.«

»Vielleicht war es auch so«, warf Michael Becker ein. »Nicht jeder erhängte Schulleiter muss ermordet worden sein.«

»Du hast vollkommen recht«, bestätigte Reiter. »Trotzdem werde ich mir den Untersuchungsbericht von unseren Duisburger Kollegen zukommen lassen. In Sanders Schule geht man übrigens nach wie vor davon aus, dass der Direktor einen Suizid verübt hat. Ich möchte, dass das noch eine Weile so bleibt.«

»An der Schule habe ich auch einige Schüler erleben dürfen«, setzte er fort. »Manchmal wird mir angst und bange, wenn ich sehe, wer dereinst einmal für unsere Rente aufkommen soll. Die Lehrer an unseren Schulen sind wirklich zu bewundern. Aber das nur am Rande.«

»Waren wir denn früher besser?«, fragte Michael provokativ.

»Besser vielleicht nicht, und auch ich habe einigen Unsinn verzapft«, antwortete Reiter nachdenklich. »Aber wir hatten so etwas wie Anstand und Respekt, wenn ich diese altmodischen Begriffe verwenden darf. Und wir hatten einen Lebensentwurf, einen – wenngleich auch sehr vagen – Plan für die eigene Zukunft. Und wir hatten Wertvorstellungen. Das scheint mir heute nicht mehr durchgängig der Fall zu sein.«

»Das ist aber auch ein Versagen unserer Generation«, hielt Becker dagegen. »Wir haben vor lauter Karrierestress und Hedonismus unsere eigenen Kinder einfach vergessen, wie es mir manchmal scheint. Schau dir doch einmal an, in welchen emotional verwahrlosten Verhältnissen diese Jugendlichen heranwachsen. Was willst du anderes von ihnen erwarten?«

»Ja, du hast recht«, gab Reiter zurück. »Im Grunde genommen machen die doch nur nach, was die Gesellschaft ihnen vormacht. Wenn ich mir beispielsweise unser Fernsehprogramm ansehe, wird mir regelmäßig schlecht, ganz abgesehen davon, was da durch das Internet geistert. Gut, dass ich ein so intensives Hobby habe. Für den medialen Schwachsinn habe ich Gott sei Dank keine Zeit.«

»Was fehlt, sind sinnvolle Freizeitangebote«, mischte Anne sich ein. »Zumindest habe ich das in meiner eigenen Jugend so wahrgenommen. Wirkliche Alternativen zum Fernsehen und zu den sozialen Medien werden doch kaum noch geboten.«

»Deine eigene Jugend?«, fragte Reiter mit einem breiten Lächeln. »Deine Jugend ist doch gerade erst zu Ende.« Er freute sich darüber, seine junge Mitarbeiterin mit seiner Bemerkung zum Lächeln gebracht zu haben.

»Das erinnert mich an den pensionierten Kollegen Hartig«, setzt Reiter mit einem Schmunzeln fort. »Der hat immer gesagt: „Nur ein müder Junge ist ein guter Junge". Damit meinte er, dass ein Jugendlicher, der sich nachmittags auf dem Sportplatz oder im Schwimmbad abgearbeitet hat, abends nicht mehr auf dumme Gedanken kommt.«

»Damit wird er wohl richtig gelegen haben«, erwiderte Anne. »Diese Angebote gibt es nun mal nicht mehr. Unsere Gesellschaft wird andere Wege finden müssen, um Heranwachsenden ein Angebot abseits der Netzwerke zu machen.«

»Wir schweifen ab«, mahnte Reiter. »Ändern können wir die Gesellschaft sowieso nur in unserer direkten Umgebung. Jeder kehre da vor der eigenen Haustür, im eigenen Amt oder im eigenen Klassenzimmer. Für die Entwicklung unserer Gesellschaft und unserer Werte trägt jeder von uns die Verantwortung.«

Er trank einen Schluck Kaffee und kam zum Ausgangsthema zurück.

»Seid ihr in Sachen Einbrüche weitergekommen?«, fragte er an Anne und Kurt gewandt.

»Nicht wirklich«, musste Anne zugeben. »Die Orte der Einbrüche folgen keinem Muster. Es geht unvorhersehbar kreuz und quer durch Schmachtendorf. Eine magere Spur haben wir aber gefunden: Anwohner an zwei Tatorten haben jeweils einen weißen Kleintransporter mit ausländischem Kennzeichen gesehen. So eine von diesen Klapperkisten, die an Sperrmülltagen unsere Straßen verstopfen.«

»Ach, das wird ja bald vorbei sein«, kommentierte Buller. »Der Sperrmüll wird demnächst nur noch auf Anforderung abgeholt.«

»Das hat wie so häufig im Leben zwei Seiten«, sagte Reiter. »Immerhin hatten die armen Leute vom Sammeln und von der Auswertung des Sperrmülls eine Lebensgrundlage. Die ist nun entfallen. Direkten Schaden haben die ja nicht angerichtet. Wenn man sich ansieht, was von unserer Wohlstandsgesellschaft alles einfach weggeworfen wird ... Aber wir weichen schon wieder vom Thema ab. Vielleicht liegt es an unserer Ratlosigkeit?«

Für einen Augenblick trat betretenes Schweigen ein. Reiter hatte den wunden Punkt getroffen.

»Die meisten Einbrüche fanden in den frühen Morgenstunden statt«, fasste Reiter erneut zusammen. »Wir werden die Streifen intensivieren, zudem sollen die Kollegen verstärkt auf verdächtige Kleintransporter achten.«

»Wir sollten auch einige Zivilstreifen einsetzen«, ergänzte Becker, »damit die Diebe nicht gewarnt werden.«

»So wird's gemacht!«, schloss Reiter das Thema ab.

»Michael und ich werden uns noch einmal um die Schule von Sander kümmern«, setzte er fort. »Vielleicht können wir im Kollegium mehr in Erfahrung bringen. Außerdem werden wir uns mit dem Suizid seines Vorgängers beschäftigen.«

Reiter schloss die Besprechung um halb fünf. Sie verabredeten sich für den nächsten Morgen um neun Uhr. Anne Herweg hatte vor, am Abend zu einer Freundin zu fahren, um mit ihr gemeinsam den Verlust ihres Freundes zu verarbeiten. Kurt Buller hatte für den Abend eine Verabredung mit Freunden zum Dartspiel und Michael Becker hatte drei Freunde zu einem Doppelkopfabend eingeladen. Horst Reiter hatte vor, das Gitarrenstück von Baden Powell weiter zu üben.

Beate kam erst spät nach Hause. Die Probe mit der Theatergruppe hatte wie erwartet länger gedauert als sonst. Vorsichtig und leise öffnete sie die Tür zu Horsts Schlafzimmer. Er saß an seinem Schreibtisch, über die stumme Gitarre gebeugt. Horst war wieder einmal beim Üben über seinem Instrument eingeschlafen. Vor ihm lag aufgeschlagen der Nudelordner. Behutsam weckte sie ihn und half ihm, im Halbschlaf ins Bett zu kommen. »So geht das auf keinen Fall weiter«, dachte sie, nahm die leere Bierflasche von Horsts Schreibtisch mit und schloss die Tür hinter sich.

12
Dienstag, 10 November 2015

Horst hatte die optimale Schlafposition in dieser unruhigen Nacht nicht gefunden. Seine Knochen schmerzten, als er aufstand. Gebeugt wie ein alter Mann schleppte er sich ins Bad, duschte und kehrte in sein Zimmer zurück. »Jeden, der sagt, dass Altwerden ihm nichts ausmacht, kann man nur auslachen«, dachte er. Für ein paar Minuten legte er sich noch einmal ins warme Bett, bis Beate ihm den Kaffee brachte.

»Danke, Schatz«, murmelte er schlaftrunken.

»Horst, bleib' doch einfach mal zu Hause«, sagte Beate. »Ich sorge mich um dich!«

»Ach, es geht schon«, gab er zurück. »Ich möchte nur noch ein bisschen vor mich hin dösen.«

»Wir müssen das mal in Ruhe bereden«, antwortete Beate in ruhigem Ton. »So geht es nicht weiter mit dir. Das ist doch kein Leben. Du denkst nur noch an die Arbeit. Du lebst zu ungesund, körperlich und geistig.«

»Später, Schatz. Später«, murmelte er und schloss noch einmal seine Augen.

Nach fünf Minuten stand er endgültig auf und wollte sich ankleiden. Zu seinem großen Ärger hatte er versäumt, seine Kleidung am Vorabend zurechtzulegen. Mürrisch suchte er alles zusammen und kleidete sich an. Das Wetter versprach laut seiner Wetterstation für diese Jahreszeit ungewöhnlich warm zu werden. Er setzte sich an seinen Schreibtisch und zündete ein Zigarillo an. »Beate hat recht«, dachte er. »Ich kann dunkel ahnen, dass ich das Leben, so wie ich es führe, nicht mehr lange durchhalte.« Er beschloss, in den nächsten Tagen einen erneuten Anlauf zu einem Arztbesuch zu nehmen.

Die Vorboten des Alters machten Horst seit einigen Jahren zu schaffen. Er hatte immer mehr Mühe, morgens aus dem Bett oder aus gebückter Haltung wieder hoch zu kommen. Die Koordination der Bewegungen seiner Hände beim Gitarrespielen fiel ihm zunehmend schwer. Hinzu kam die anhaltende Müdigkeit, die ihn manchmal übermannte. »Mein einziger wirklicher Gegner ist mein eigener Körper«, dachte er. »Gegen jeden anderen Gegner, gegen jede Bedrohung von außen kann man sich zur Wehr setzen, auch in Fällen, in denen es aussichtslos erscheint. Man kann kämpfen. Nur gegen den eigenen Körper kann man sich nicht zur Wehr setzen. Der bringt jeden irgendwann um. Mit Sicherheit und unerbittlich. Jeden.«

Beate hatte das Sudoku gelöst und sich dem Kreuzworträtsel zugewandt.

»Was sagt mein Horoskop für heute?«, fragte er und lugte seiner Frau wie jeden Morgen über die Schulter.

»Hör' endlich auf mit dem esoterischen Quatsch«, schimpfe sie. »Kümmere dich lieber um deine Realitäten.«

»Deine pädagogischen Anwandlungen sind zu schwierig für mich am frühen Morgen«, sagte er und las den Text des Horoskops laut vor: »*Schon der kleinste Windstoß kann Sie derzeit umhauen. Sie sind kraftlos und schlapp und brauchen dringend mal eine Auszeit. Nutzen Sie das und genießen Sie mal wieder die Natur und die angenehmen Seiten des Lebens.*«

»Na, hörst du, das klingt doch so wie meine Realität«, kommentierte er.

»Der Text trifft in dieser Jahreszeit auf mindestens jeden zweiten Zeitungsleser zu«, antwortete Beate trocken. »Die Urlaubszeit ist lange vorbei und die Menschen powern langsam aus.«

Reiter blieb eine Antwort schuldig und trank noch einen Schluck aus seiner Kaffeetasse. »Ich hoffe, dass es heute nicht so spät wird wie gestern«, sagte er. »Was meinst du, sollen wir uns heute Abend beim Chinesen verwöhnen lassen?«

»Das weiß ich noch nicht«, erwiderte Beate. »Lass uns darüber reden, wenn ich nach Hause komme.«

Der Chor der Regensburger Domspatzen leitete die Morgenandacht im Autoradio ein. Anschließend sprach der katholische Priester erneut über persönliches Lebensglück und Lebensgestaltung. »Das scheint so eine Art Themenwoche zu sein«, dachte Reiter. In den Ausführungen wurde deutlich, dass das Glücklichsein nichts mit Geld und Besitz zu tun habe, sondern mit Angenommen sein, Zugehörigkeit, Dabeisein, Freundschaft und Nähe. »Sieh' an«, dachte Horst. »Das deckt sich doch mit dem, was ich mit dem Arzt im Krankenhaus besprochen habe.«

Nach der Morgenandacht spielte der Sender wieder, wie so oft, ein kurzes Gitarrenstück. Diesmal war es eine Melodie, die durch den französischen Spielfilm „Verbotene Spiele" (Jeux Interdits) gegen Ende der 50er Jahre um die Welt ging. Reiter hörte sofort, dass hier der spanische Gitarrist Narciso Yepes am Werk war. [34]

Anne hatte ihr auffälliges Fahrrad bereits an der Seitenwand des Präsidiums abgestellt. »Wahrscheinlich hat sie nicht schlafen können«, vermutete Reiter, »und ist deswegen früher gekommen«.

»Hej«, begrüßte ihn Anne Herweg in seinem Büro. Ihre Stimme hatte die gewohnte Fröhlichkeit verloren. »Ich habe dir einen Kaffee gekocht. Ich bin schon über einer halben Stunde hier. Ich konnte sowieso nicht mehr schlafen.«

»Bingo«, dachte Reiter und erinnerte sich an seine eigenen Liebeskummer-Erfahrungen.

Anne goss ihm einen großen Becher voll, den er dankbar annahm.

»Hej. Wie geht es dir denn heute?«, fragte er teilnehmend.

»Och joo, es geht so«, antwortete sie gedehnt. »Der Teeabend mit meiner Freundin hat mir ganz gut getan. So bin ich wenigstens auf andere Gedanken gekommen.«

Reiter nickte verständnisvoll und nahm vorsichtig einen Schluck von dem noch sehr heißen Kaffee.

»Ich werde Martin nie verzeihen, dass er nicht Kerl genug war, mit mir zu reden«, setzte Anne fort. »Per SMS Schluss zu machen, zudem noch in diesem Tonfall, das ist doch das Allerletzte.«

Horst freute sich, dass Anne mittlerweile wieder ohne Tränenfluss reden konnte.

Michael Becker und Kurt Buller kamen zusammen in Reiters Büro.

»Es ist noch keine 9 Uhr«, sagte Michael Becker nachdem er Reiter begrüßt hatte, »aber der Kaffee ist fertig, also können wir schon anfangen. Umso länger ist der Tag danach«, fügte er grinsend hinzu.

»Okay, wenn ihr nach Arbeit schreit«, entgegnete Kurt, »dann können wir jetzt anfangen.«

Sie setzten sich, nachdem sie sich mit Kaffee versorgt hatten, an den kleinen Konferenztisch. Horst holte einige farbige Pappkarten und einen Filzschreiber aus seiner Schreibtischschublade. »Schauen wir mal, was wir bis zu diesem Moment wissen«, sagte er dabei.

»Wir haben zwei schwierige Fälle, die wir parallel lösen müssen«, dozierte er. »Wahrscheinlich haben die beiden nichts miteinander zu tun, vielleicht aber doch. Fangen wir mit der Einbruchserie an.«

»Wir haben bis jetzt absolut keine gesicherten Erkenntnisse«, setzte Kurt Buller fort. »Wir haben nur die Vermutung, dass ein weißer Kleintransporter mit ausländischem Kennzeichen damit zu tun hat.«

»Dann halten wir das fest!« Horst notierte „weißer Kleintransporter?" auf einer Karte, auf eine weitere „Ausländer?" und heftete die beiden Karten an die rechte Seite seiner neuen Pinnwand, die er speziell für seine Fahndungskarten angeschafft hatte. Er schaute fragend in die Runde.

»Das war's«, kommentierte Anne. »Mehr wissen wir nicht.«

Reiter zog die rechte Augenbraue hoch. »Das muss schnell mehr werden, sonst werden wir öffentlich hingerichtet«, sagte er knapp. »Werfen wir einen Blick auf unsere andere Baustelle. Wesentlich besser scheint es dort auch nicht zu sein.«

„Sander kein Suizid. Mord" schrieb er auf die nächste Karte und hängte sie auf die linke Seite der Pinnwand. Auf die folgende Karte schrieb er „Rogall Suizid?"

»Wieder Ende im Gelände«, kommentierte Becker resigniert. »Mehr haben wir nicht außer diesen Fragezeichen.«

»Eine Karte weiß ich noch«, erwiderte Reiter. Er schrieb auf eine weitere Karte „Zusammenhang?" und heftete sie mit einer Heftzwecke gut sichtbar in die Mitte der Pinnwand.

»Noch ein Fragezeichen mehr, na danke«, knurrte Buller.

»Ihr wolltet die Arbeit früh beginnen, nun ist sie da!«, sagte Horst Reiter. »Wir müssen zusehen, wie wir die Fragezeichen in Ausrufezeichen umwandeln. Das werden wir heute beginnen und nicht eher locker lassen, bis die Fälle *beide* gelöst sind.«

»Dann verteile die Arbeit«, sagte Kurt. »Du bist schließlich der Chef im Ring.«

»Anne und du, ihr kümmert euch weiter um die Einbrüche. Dreht in Schmachtendorf von mir aus jeden Stein herum«, begann Horst Reiter. »Michael, bitte kümmere du dich um die Akte Rogall. Hat der Mann tatsächlich mit absoluter Sicherheit Selbstmord verübt? Um den Fall Sander werde ich mich kümmern. Ich fahre noch einmal nach Duisburg, um mit den Kollegen zu sprechen.«

»Na, dann mal viel Spaß«, kommentierte Buller, der froh war, dass ihm diese Gespräche erspart blieben. Er war ein eher verschlossener, einzelgängerischer Typ.

»Wann treffen wir uns wieder?«, wollte Anne wissen.

»Ich hoffe, bis 14 Uhr meinen Job in Duisburg erledigt zu haben«, antwortete Reiter. »Wir können uns danach hier kurz treffen, dann haben wir noch den ganzen Nachmittag zur weiteren Verfügung.«

»Es hat doch seine Vorteile, wenn man früh beginnt«, kommentierte Anne, obwohl sie wusste, dass ihr Chef absolut kein Frühaufsteher war.

Reiter verstand die kleine Spitze sofort, und zog seinen Mundwinkel schief. »Der frühe Vogel kann mich mal«, murmelte er. »Oder auch: Der späte Wurm entgeht dem frühen Vogel.«

13

Reiter stieg um zehn nach neun in seinen Wagen. In den Verkehrsnachrichten um 9 Uhr hatte er im Büro gehört, dass die A 59 in Richtung Duisburg total überlastet war. Er beschloss, durch die Innenstadt nach Duisburg zum Georg-Kerschensteiner-Berufskolleg zu fahren. Bevor er losfuhr, schob er eine neue CD in den CD-Player seines Autoradios.

Er wählte eine CD mit Aufnahmen von Gitarrenstücken von Siegfried Behrend (1933-1990), gespielt vom Komponisten selbst.

Siegfried Behrend war besonders in den 60er und 70er Jahren einer der führenden Gitarristen weltweit. Horst Reiter hatte gegen Ende der 70er Jahre – vor seinem Gitarrestudium – einige von Behrend durchgeführte Meisterkurse besucht. Er konnte sich gut daran erinnern, dass Behrend einen Zigarillo nach dem anderen rauchte. Während der Unterrichtsstunden stand ein mit Wasser gefüllter Blecheimer neben ihm, in den er die abgebrannten Zigarillos warf. [18-20]

Siegfried Behrend

Mit dem Zischen der Behrendschen Zigarillos im Ohr griff Horst Reiter in seine Tasche und holte die Blechschachtel mit seinen Zigarillos hervor. Er steckte sich einen in Brand und fuhr nach Duisburg los.

Die Mülheimer Straße in Richtung Oberhausen-Mitte war auch gut besetzt. »Wahrscheinlich sind noch mehr auf die gleiche Idee gekommen wie ich«, dachte er.

In Alstaden bog er auf die Autobahn A 40 in Richtung Duisburg ein. Wenigstens hier hatte er fast freie Bahn. Versonnen lauschte er den Klängen japanischer Lieder, die Behrend für die Konzertgitarre aufbereitet hatte. Plötzlich wurde er durch laute POP-Musik in die Wirklichkeit zurückgeholt. Der Sender des Verkehrsfunks war an seinem Radio so eingestellt, dass die Meldungen um einige Stufen lauter wiedergegeben wurden. Leider hatten die Rundfunkredakteure die schlechte Angewohnheit, zu früh auf den Knopf zu drücken, der den Verkehrsfunk aktivierte. Er ärgerte sich immer wieder darüber, wenn sich mitten in „seiner" Musik dieses laute Gedudel einmischte.

Verärgert drückte er auf die Taste, die den Verkehrsfunk abschaltete.

Reiter erreichte das Berufskolleg um kurz vor 10 Uhr. Anders als am Vortag standen keine Schüler vor der Tür. Er betrat die Schule durch den Haupteingang. Gerade, als er die erste Glastür auf dem Weg zum Sekretariat öffnete, wurde er angesprochen. »Kann ich Ihnen helfen?«, fragte ein Mann, ungefähr in Reiters Alter. Es war unverkennbar der Hausmeister der Schule. Horst Reiter stellte sich vor und zeigte seinen Dienstausweis, der von dem Hausmeister sorgfältig geprüft wurde. »Wissen Sie, hier kann jeder ein- und ausgehen«, sagte der Hausmeister, der sich als Hans

Weinert vorgestellt hatte, fast entschuldigend. »Nehmen Sie es nicht persönlich.«

»Nein, nein, ist schon gut«, wiegelte Reiter ab. »Aber da ich gerade mit Ihnen rede: Können Sie mir etwas über den Schulleiter Sander sagen?«

»Das ist eine schreckliche Geschichte«, antwortete Weinert. »Ich hätte nie erwartet, dass der Mann Selbstmord begeht. Ich bin gut mit ihm ausgekommen.«

»Das habe ich bereits von Frau Krämer, der Verwaltungsfachangestellten, gehört«, gab Reiter zurück. »Hatte Sander Sorgen oder Feinde im Haus, die ihm das Leben schwer gemacht haben?«, wollte er wissen.

»Nicht, dass ich wüsste«, sagte der Hausmeister. »Natürlich gab es ab und zu Reibereien, aber nichts Ernsthaftes. Außerdem wusste Sander gut zwischen dienstlichem und persönlichem Verhalten zu unterscheiden, wenn Sie verstehen, was ich meine. Insgesamt war er beliebt bei seinen Kollegen, aber auch bei den Schülern.« Reiter ließ den Hausmeister über die wahre Todesursache seines Chefs weiterhin im Unklaren.

»Sie sehen also keinen Anhaltspunkt für einen Selbstmord?«, hakte er stattdessen nach.

Weinert dachte kurz nach und schüttelte dann seinen Kopf. »Nein, wirklich nicht. Der war auch meistens gut gelaunt, nicht depressiv oder sowas.«

Eine Gruppe von drei Jugendlichen polterte lautstark durch die Glastür, an der Reiter und Weinert standen. »Heh, heh, wat soll dat?«, fragte Weinert mit erhobener Stimme. »Seid leise, ihr stört den Unterricht.« Die jungen Männer nahmen ihn kaum zur Kenntnis. »So sind die Jungs heute«, sagte Weinert resignierend. »Laut und frech. Zuhören können die auch nicht. Sie können mir glauben: Lehrer sein ist heute alles andere als leicht. Tauschen möchte ich da nicht. Niemals!«

»Kannten Sie auch Sanders Vorgänger, den Herrn Rogall?«, setzte Reiter fort, nachdem er eine Weile kopfschüttelnd den Jugendlichen hinterhergeschaut hatte.

«Ja klar!«, antwortete Weinert. »Schließlich arbeite ich mittlerweile seit über zwanzig Jahren hier. Der hat sich auch aufgehängt. Da hinten, in seinem Büro.«

»Das habe ich gestern schon von Frau Krämer erfahren«, bestätigte Reiter. »Was für ein Typ war dieser Rogall denn?«

»Sein Selbstmord hat mich noch mehr gewundert als der von Herrn Sander«, entgegnete Weinert. »Rogall war ein ganz fröhlicher Typ, so'n Kumpel halt. Sander war als Mensch eine gute Portion distanzierter. Rogall aber war überall dabei und immer mittendrin. Eigentlich kein Typ, der sich so einfach aufhängt. Das habe ich damals bereits mehrfach gesagt.«

Horst Reiter wurde hellhörig. Er sagte nichts, um Weinerts Redefluss über seine Erinnerungen nicht zu unterbrechen. Er schaute ihn nur neugierig an.

»Außerdem habe ich nicht verstanden, warum er sich in seinem Büro aufgehängt hat. Er hatte ein gutes Verhältnis zu Frau Krämer – und dann tut er ihr sowas an? Er muss doch gewusst haben, dass sie ihn dort findet. Sie hat sich monatelang nicht beruhigen können. Heute noch geht sie nicht gerne alleine ins Schulleitungsbüro, ihr ist es lieber, dass jemand mit dabei ist.«

»Wie ist es denn damals weiter gelaufen? Waren Sie im Haus?«, wollte Reiter wissen.

»Ich habe noch keinen einzigen Tag gefehlt, keinen einzigen in zwanzig Jahren«, antwortete Weinert fast entrüstet. »Nachdem Frau Krämer den Notruf betätigt hatte, kam ein Krankenwagen und ein Notarzt. Die Sanitäter haben Rogall abgeschnitten und auf eine Trage gelegt. Das war, als ich mit dazu kam. Der Notarzt hat dann den Tod festgestellt. Danach wurde Rogall abtransportiert.«

»Gab es keine weiteren Untersuchungen?«, fragte Reiter.

Weinert schüttelte seinen Kopf. »Nicht, dass ich wüsste.«

»Haben Sie noch Ungewöhnliches in Erinnerung?«

Weinert dachte einen Augenblick lang nach und nickte dann kurz. »Was ich bis heute nicht weiß ist, wo der Schlüssel von Rogall abgeblieben ist. Er muss die Schule ja aufgeschlossen haben, um hier hereinzukommen. Er hatte seinen Tresorschlüssel wie immer in seiner Jackentasche. Aber den Haustürschlüssel haben wir nie gefunden.«

»Gibt es keine andere Möglichkeit, am Wochenende ins Gebäude zu gelangen?«, forschte Reiter nach.

»Sie können es ja mal versuchen«, entgegnete Weinert statt einer direkten Antwort. »So leicht ist das nicht, alles ist verrammelt und vergittert. Hier in der Gegend wird einfach zu viel geklaut. Deshalb ist das Gebäude gut gesichert.«

»Haben Sie das mit dem Schlüssel der Polizei erzählt?«, fragte Reiter.

»Na klar, aber ich hatte den Eindruck, dass die das überhaupt nicht interessierte. Die nahmen an, dass Rogall den Schlüssel irgendwo abgelegt und ein Schüler ihn am nächsten Morgen mitgenommen hatte.«

»Das wäre eine wahrscheinliche Lösung«, sinnierte Reiter, »sofern man von einem Selbstmord ausgeht. Dann ist einem der Verbleib des Schlüssels egal, denke ich.«

»Meinen Sie damit, dass es vielleicht gar kein Selbstmord war?« Hausmeister Weinert war aufmerksam geworden.

»Ich meine gar nichts«, wich Reiter aus. »Ich denke nur in alle möglichen Richtungen.«

Erneut wurde die Glastür geöffnet. Diesmal lief ein glatzköpfiger Mann mit grauem Rauschebart auf den Ausgang zu. An seiner Schulter hing eine prallvolle Tasche aus hellbraunem Naturleder, an der er sichtbar schwer zu tragen hatte. Er trug eine verwaschene Jeans und ausgelatschte Sandalen. Sein schmuddeliges Hemd hing aus der Hose heraus. Er grüßte die beiden mit einem knappen Kopfnicken. Reiter sah ihm leicht verwundert hinterher.

»Das war Studienrat Walter«, sagte Weinert, nachdem der Mann das Haus verlassen hatte. »Der ist ein eigenwilliger Typ, wie man sieht.«

Reiter sagte nichts dazu, dachte aber nur kurz daran, was man in seiner Behörde sagen würde, wenn ein Kriminalrat in dieser Aufmachung durch das Präsidium laufen würde.

»War das Gebäude damals abgeschlossen, als Sie morgens in die Schule kamen?«, wollte er wissen.

»Ja. Ich schließe morgens um kurz vor 7 alle Türen auf. Sie waren alle verschlossen. Rogall muss die Eingangstür von innen wieder verschlossen haben.«

»Danke, Sie haben mir sehr geholfen«, schloss Reiter das Gespräch ab. Für den Fall, dass ich noch Fragen haben sollte, werde ich mich wieder an Sie wenden.«

»Machen Sie das gerne«, entgegnete Weinert und ging zurück in seine Hausmeisterloge.

Horst Reiter setzte seinen Weg zum Sekretariat fort.

»Guten Tag, da bin ich noch einmal«, sagte er, nachdem er das Sekretariat betreten hatte.

Sandra Krämer, die Verwaltungsfachangestellte, hatte immer noch Trauer in den Augen. Neben ihr saß eine zweite Frau mit ebenfalls roten Augen am Schreibtisch.

»Das ist meine Kollegin Pia Siebold«, stellte Sandra die Frau vor. »Wir teilen uns die Sekretariatsstelle. Wir überlegen gerade, was wir nun alles unternehmen müssen, jetzt, da der Chef ...«

»Ich möchte mit Ihnen gerne über die letzten Tage von Herrn Sander hier in der Schule sprechen«, sagte Reiter, nachdem er sich selbst vorgestellt hatte. »Vielleicht finden wir einen Anhaltspunkt für den Selbstmord.«

»Warten Sie, ich schaue einmal nach, was in der letzten Woche alles gelaufen ist«, antwortete Frau Krämer und wandte sich ihrem Computer zu. »Wir haben einen elektronischen Terminkalender.«

Sie klickte einige Male mit der Maus. »Da haben wir es«, sagte sie. »Am Montag der vergangenen Woche hatte er vier Stunden Unterricht. Danach Entscheidungen über Ordnungsmaßnahmen in der Teilkonferenz. Danach ...«

»Ordnungsmaßnahmen in der Teilkonferenz?«, unterbrach Reiter. »Was ist damit gemeint?«

»Die Teilkonferenz ist ein Gremium, das unter dem Vorsitz des Schulleiters im Fall von Ordnungswidrigkeiten durch die Schüler zusammentritt. In den meisten Fällen geht es um unentschuldigte Fehltage.

Leider kommen diese immer wieder vor. Ab und zu, aber eigentlich eher selten, geht es auch um Mobbing und Beleidigung«, erklärte Frau Siebold.

»Was wird da entschieden?«, fragte Reiter nach.

»Das kommt darauf an, worum es geht«, wich die Sekretärin aus. »In den meisten Fällen gibt es einen schriftlichen Verweis oder die Androhung der Entlassung aus der Schule. Manchmal, in schweren Fällen, wird auch die Entlassung aus der Schule ausgesprochen.«

»Können Sie nachvollziehen, welche Fälle am letzten Montag verhandelt wurden?«

»Ja, das ist kein Problem.« Sandra Krämer rief ein anderes Programm auf und blätterte sich durch einige Listen. »Es handelte sich in allen Fällen um unentschuldigte Fehlzeiten. Es gab am Montag nur schriftliche Verweise«, sagte sie dann.

»Also nichts Gravierendes?«, hakte Reiter nach. »...und in der Woche davor?«

Erneut suchte sie in ihren elektronischen Unterlagen. »In den zwei Wochen davor haben überhaupt keine Teilkonferenzen stattgefunden«, stellte sie fest.

»Das Schuljahr läuft gerade erst seit ein paar Wochen. Da sind noch nicht so viele Fälle aufgelaufen«, erläuterte Frau Siebold. »Im zweiten Schulhalbjahr wird es dann erfahrungsgemäß wesentlich mehr.«

»Wie ging es am Montag weiter?«

»Um 15 Uhr hatte Herr Sander noch eine Konferenz. Die ging bis 17 Uhr. Das war es am Montag«, gab Frau Krämer zur Antwort. Sie blätterte weiter im virtuellen Terminkalender.

»Am Dienstag«, setzte sie fort, »hatte Sander den ganzen Tag über ein Beförderungsverfahren hier im Haus. Es ging um eine A14-Stelle, die er ausgeschrieben hatte. Am Nachmittag hatte er noch einen Gesprächstermin bei der Bezirksregierung in Düsseldorf.«

»Wie ist das Beförderungsverfahren ausgegangen?«, fragte Reiter.

»Genau kann ich Ihnen das nicht sagen. Sander war in dieser Beziehung sehr diskret, auch uns vom Sekretariat gegenüber. Aber den Gesichtern der Beteiligten zufolge war das Ergebnis nicht positiv. Mit der Zeit kennt man die Mimik, wenn man so lange zusammengearbeitet...«

»Wer sollte denn befördert werden?«, hakte Reiter nach.

Sie griff nach einem Taschentuch und wischte ihre Tränen weg. »Studienrat Walter«, antwortete sie knapp. »Der ist schon seit langer Zeit Lehrer an unserer Schule.«

Reiter erinnerte sich an den eigenwillig gekleideten Lehrer mit dem Rauschebart, den er im Eingangsbereich gesehen hatte.

»Welche Fächer unterrichtet er?«, wollte Reiter wissen.

»Englisch und Metalltechnik. Eine seltene Kombination.«

»Am Mittwoch«, setzte Sandra Krämer das Lesen des Terminkalenders fort, »hatte Sander erst zwei Stunden Unterricht, im Anschluss daran ein Mitarbeitergespräch, danach eine Sitzung mit der Schulentwicklungsgruppe. Anschließend war er beim Schulträger wegen Neuanschaffungen.«

»Schulentwicklungsgruppe«, dachte Reiter. »Was es alles gibt auf der Welt! Vielleicht sollten wir einmal über eine Polizeientwicklungsgruppe nachdenken. Das wäre sicher spaßig.«

»Mitarbeitergespräche!«, sagte er lächelnd. »Die gibt es bei der Polizei auch. Mit wem hat er das geführt?«

»Mit Frau Dr. el Saloum. Sie ist Lehrerin für Biologie und Deutsch an unserer Schule.«

»Eine Deutschlehrerin mit arabisch klingendem Namen?«, wunderte sich Reiter.

»Ja, ich habe mich anfangs auch gewundert. Frau Dr. el Saloum wohnt seit ihrer Geburt in Duisburg, wie sie mir einmal unter vier Augen erzählt hat.«

»Was war am Donnerstag?«, fragte Reiter.

»Am Donnerstag war Sander nur kurz hier, dann war er ganztägig außer Haus. Er hat sich mit einem anderen Schulleiter aus Duisburg getroffen.«

»Wissen Sie, warum er den anderen Schulleiter traf?«

»Das weiß ich nicht, aber Herr Korbat, Herrn Sanders Gesprächspartner, kann Ihnen sicher Auskunft geben.«

»Wo finde ich ihn?«

»Er ist Schulleiter des Berufskollegs an der Krusestraße.«

Reiter machte sich einige Notizen und sagte dann: »Es bleibt noch der Freitag.«

»Freitagmorgen hatte Herr Sander seinen Lieblingstermin«, antwortete Frau Krämer. »Er traf sich immer mit den Referendaren, um über die vergangene Schulwoche zu reden. Es wurde sehr viel gelacht in der Runde, wenn die Referendare von ihren Erlebnissen mit den Schülern erzählten. Er sagte gerne: Die Referendare sind die Lehrer der Zukunft. Wir müssen versuchen, ihnen Freude an ihrem schönen Beruf zu vermitteln.«

»Im Anschluss daran traf er sich regelmäßig mit

den Abteilungsleitern, der sogenannten „erweiterten Schulleitung", zur Planung der kommenden Woche. Danach traf er sich oft noch mit dem Lehrerrat, um Probleme im Kollegium in Erfahrung zu bringen«, ergänzte Frau Siebold.

»Gab es aktuelle Probleme zu besprechen?«, hakte Reiter nach.

»Ja, es gab einige Unruhen im Kollegium wegen erneuter Gerüchte, dass unsere Schule geschlossen wird. Sander aber sagte immer „Solange ich hier bin, wird hier nichts geschlossen ..." Für einen Augenblick hielt Pia Siebold inne, dann murmelte sie »...und jetzt, jetzt ist er nicht mehr da. Ich weiß nicht, wie es weitergeht.«

»Das wird schon werden«, versuchte Reiter zu trösten. Er kannte die Situation der Schulen in seiner Heimatstadt Oberhausen. Aufgrund des demographischen Wandels blieben die Schüler aus und einzelne Schulen mussten geschlossen werden. Das würde in Duisburg nicht anders sein.

Reiter beschloss, die Gesprächstermine der Sander'schen Woche nachzuvollziehen.

»Studienrat Walter ist nicht mehr im Haus«, sagte Pia Siebold. »Ich habe ihn nach der Pause auf dem Gang gesehen. Er hat sich bis morgen von mir verabschiedet.«

»Ja, ich habe ihn die Schule verlassen sehen«, bestätigte Horst. »Ist diese Frau Dr. el ...«

»Frau Dr. el Saloum«, ergänzte Sandra Krämer.

»Gut, ist die Frau Dr. el Saloum noch im Haus?«

Pia Siebold schaute auf ihren Monitor. »Ja, sie hat bis zur Pause noch Unterricht. Soll ich sie ausrufen lassen? «

»Wann ist denn Pause?«, fragte er.

»In 10 Minuten.«

»Ich warte solange«, entschied Reiter. »Wo kann ich auf sie warten?«

»Wenn es ihnen nichts ausmacht, können Sie sich ins Schulleitungsbüro setzen«, antwortete Frau Krämer. »Möchten Sie einen Kaffee?«

»Ja, sehr gerne. Schwarz bitte.« Reiter war froh, endlich einen Kaffee zu bekommen. Sandra Krämer führte ihn in das Schulleitungsbüro, ihre Kollegin Siebold ging in ihr Büro zurück. Horst setzte sich an den großen Konferenztisch. »Es ist eigentlich wie bei mir im Büro«, dachte er. »Nur größer. Viel größer«. Nach wenigen Minuten hatte er eine Tasse Kaffee vor sich stehen. Dankbar nahm er einen Schluck. Er kämpfte weiterhin mit seiner Müdigkeit und hoffte, dass der Kaffee ihn wachhalten würde.

Ein Gong ertönte als Zeichen für den Pausenanfang.

14

Frau Dr. el Saloum war eine gutaussehende, sympathische Frau in mittlerem Alter. Ihre orientalischen Wurzeln waren unverkennbar. Sie hatte lange schwarze Haare und dunkelbraune, wache Augen.

»Worum geht es?«, kam sie nach der Vorstellung ohne Umschweife zur Sache. »Was kann ich für Sie tun?«

»Sie hatten am vergangenen Mittwoch ein Mitarbeitergespräch mit Herrn Sander?«, fragte Reiter direkt.

»Ja, Herr Sander führte solche Gespräche in regelmäßigen Abständen.«

»Worum ging es in diesem Gespräch?«

»Ich dachte, Herr Sander hat Selbstmord begangen«, wich Frau el Saloum aus. »Was hat mein Mitarbeitergespräch damit zu tun?«

»Ich möchte herausfinden, ob es irgendeinen Anlass für den Suizid gab«, log Reiter. »Vielleicht ist in dem Gespräch mit Ihnen etwas offenbar geworden?«

»Nein«, gab sie bestimmt zurück. »Er war wie immer. Es war mein drittes Mitarbeitergespräch mit ihm. Am Mittwoch war er nicht anders als in denen zuvor.«

»Worum ging es inhaltlich?«, hakte Reiter nach.

»In erster Linie sprachen wir über meine beruflichen Entwicklungsperspektiven. Meine Kinder sind aus dem Gröbsten heraus, sie sind alt genug, dass sie alleine klarkommen. Nun möchte ich zusehen, dass ich an der Schule vorwärts komme.«

»Was streben Sie an, wenn ich fragen darf?«

»Ich würde mir sehr wohl zutrauen, eine Abteilung zu leiten«, gab sie selbstbewusst zur Antwort.

»Das glaube ich Ihnen gerne«, erwiderte Reiter. Dr. el Saloum entsprach in keiner Weise dem Bild einer weltfremden Lehrerin, sie stand offensichtlich mit beiden Beinen auf dem Boden.

»...und wie waren Sie verblieben?«, ergänzte er.

»Wir hatten verabredet, dass ich die Stellvertretung in meiner Abteilung übernehme. Der Abteilungsleiter, Herr Horstmann, wird in zwei Jahren pensioniert. In dieser Zeit könnte ich mich einarbeiten.«

»Das klingt nach einer guten Personalentwicklung«, kommentierte Reiter. »Die gelingt in Behörden nicht immer. Ich könnte ein Lied davon singen.«

»Das sehe ich auch so«, bestätigte Frau el Saloum knapp. »Er bot mir die nächste A14-Stelle an«, fuhr sie fort. »Er machte mir Hoffnung, dass es sehr bald etwas damit werden würde. Das ist jetzt wohl alles hinfällig.«

»Das wird sich zeigen«, sagte Reiter. »Vielleicht hält sich der Nachfolger an die Verabredungen.«

»Sofern es überhaupt einen Nachfolger gibt«, gab el Saloum zu bedenken. »Unsere Schule wird es nicht leicht haben. Ohne Schulleitung kann vieles, auch eine Schließung, leichter beschlossen werden.«

»Ja, darüber habe ich auch schon mit Frau Krämer und Frau Siebold gesprochen«, sagte Reiter, um zu zeigen, dass er im Bilde war. »Aber kommen wir noch einmal auf ihr Gespräch mit Herrn Sander zurück. Haben Sie irgendwelche Anhaltspunkte für den bevorstehenden Selbstmord wahrgenommen?«

»Nein, wie bereits gesagt, absolut nicht. Herr Sander war wie sonst. Zum Schluss des Gespräches erzählte er mir von seiner Tochter und von seinen Urlaubsplänen für die bevorstehenden Herbstferien.«

»Was hatte er vor?«, fragte Reiter neugierig.

»Er hatte vor, für einige Tage an die Nordsee zu fahren. „Sich vom kalten Wind kräftig durchpusten lassen", so hatte er das formuliert. Solche Pläne weisen nach meinem Empfinden nicht auf einen bevorstehenden Suizid hin.«

Reiter nickte zustimmend.

»Ihnen bleibt vorerst nichts anderes übrig als die weitere Entwicklung an dieser Schule abzuwarten«, sagte er mitfühlend.

»So schnell gebe ich nicht auf«, sagte die Lehrerin mit einem selbstbewussten Lächeln. »Vielleicht bewerbe ich mich auch an einer anderen Schule, mal sehen, was kommt.«

»Vielen Dank, dass Sie sich die Zeit für mich genommen haben«, schloss Reiter das Gespräch. »Es war immerhin ihre wohlverdiente Pause.«

»Ach, das macht nichts«, gab el Saloum zurück. »Ich unterrichte gerne. Für mich ist der Unterricht eine Erholung.«

»Das hört man selten«, sagte Reiter nachdenklich. »Viele Lehrer klagen über ihre Belastung.«

»Das stimmt. In manchen Bildungsgängen ist die Arbeit wirklich kein Zuckerschlecken. Ich habe auch zwei solcher Klassen. Aber in der Summe ist unsere Jugend ganz okay – und die guten Klassen geben mir die Kraft für die schwierigen Gruppen.«

»Ich wünsche Ihnen für ihre berufliche Zukunft alles Gute«, sagte Reiter und erhob sich. »Eventuell komme ich noch einmal auf Sie zu.«

»Das können Sie gerne machen«, sagte Frau Dr. el Saloum und verließ das Schulleitungsbüro.

Horst Reiter sah auf seine Armbanduhr. Es war wenige Minuten nach 11 Uhr. Die Unterrichtspause dauerte noch an.

»Ich gehe einmal kurz vor die Tür«, sagte er zu Sandra Krämer. »...und können Sie mir sagen, wo ich die Toiletten finde?«

Die Verwaltungsfachangestellte gab ihm den Schlüssel und beschrieb den Weg zur Herrentoilette.

Reiter ging zuerst zum Haupteingang des Gebäudes. Vor der Tür standen Schüler, die in der Pause rauchen wollten. Er steckte sich einen Zigarillo in Brand und stellte sich einige Meter abseits von den Jugendlichen neben einen Papierkorb.

Die lauten Gespräche der Jugendlichen wurden schlagartig leiser. Reiter wurde misstrauisch beäugt.

»Man sieht mir nun mal an, dass ich Polizist bin«, dachte Reiter. »Das Amt prägt den Menschen.«

»Ey, Leude, wir gehen nach dahinden«, sagte einer der Jungs laut. Langsam setzte der Trupp sich in Bewegung. Nach einer halben Minute stand Reiter allein auf der Treppe des Haupteingangs.

»Soviel zum Thema „Dein Freund und Helfer"«, murmelte Reiter vor sich hin und nahm einen tiefen Zug an seinem Zigarillo.

15

Als Horst Reiter von der Toilette zurückkehrte, war die Unterrichtspause beendet. Zwei Lehrer huschten noch eilig aus dem Lehrerzimmer heraus, einige Schüler beeilten sich ebenfalls, um noch halbwegs pünktlich in den Unterricht zu kommen.

»Ich würde heute noch gerne mit Angehörigen der erweiterten Schulleitung sprechen«, sagte er zu Sandra Krämer. »Ist das möglich?«

Die Sekretärin schaute auf dem Monitor nach. »Herr Heintze, Sanders ständiger Vertreter, ist gerade unterrichtsfrei«, sagte sie. »Soll ich ihn holen?«

»Ja gerne«, antwortete Reiter und ging ins Schulleitungsbüro.

Nach wenigen Minuten steckte Frau Krämer den Kopf durch die Doppeltür. »Herr Heintze ist auf dem Weg«, sagte sie. »Möchten Sie noch einen Kaffee?«

»Oh ja, gerne.«

Jörg Heintze war ein großer, hagerer Mann. Reiter schätzte sein Alter um die 60 Jahre ein. Nachdem er sich auf einen freien Stuhl am Konferenztisch hingesetzt hatte, eröffnete Reiter das Gespräch.

»Ich suche nach Gründen für den Selbstmord ihres Kollegen«, leitete er das Gespräch ein, nachdem er sich vorgestellt hatte. »Haben Sie in den vergangenen Wochen Signale wahrgenommen, die auf Selbstmordabsichten hindeuten könnten?«

Heintze überlegte einen Augenblick und antwortete dann mit einem bestimmten »Nein.«

Horst nahm einen Schluck aus der frisch gefüllten Kaffeetasse. »Hatte Herr Sander Schwierigkeiten im Kollegium?«, wollte Reiter als nächstes wissen.

Heintze verneinte erneut. »Nein, Herr Sander hatte keine größeren Probleme, abgesehen von den üblichen kleinen Reibereien, die im beruflichen Alltag fast zwangsläufig auftreten.«

»Frau Krämer berichtete mir, dass Herr Sander am vergangenen Dienstag ein Beförderungsverfahren durchführte. Wissen Sie, wie das ausgegangen ist?«

»Natürlich, ich war bei den Unterrichtsbesuchen mit dabei«, antwortete Heintze. »Um es kurz zu fassen: Beide Unterrichtsstunden des Herrn Walter genügten nicht den Erwartungen. Das nachfolgende Kolloquium war ebenfalls in der Qualität sehr durchwachsen.«

»Mit welchem Ergebnis?«, fragte Reiter.

»Mit dem Ergebnis, dass Herr Sander dem Bewerber am Donnerstag mitteilte, dass er noch nicht befördert werden würde. Es ist ihm nicht leicht gefallen, es war aber notwendig.«

»Wie hat ihr Kollege Walter die Nachricht aufgenommen?«

»Er sah das ganz anders. Herr Walter meinte, dass seine gezeigten Unterrichtsstunden mustergültig gewesen seien. Er hatte eine vollkommen falsche Selbsteinschätzung in dieser Beziehung. So etwas erlebt man leider ab und zu.«

»Wie sollte die Sache weitergehen?«, hakte Reiter nach.

»Herr Sander war sofort am Dienstag zum zuständigen Dezernenten nach Düsseldorf gefahren, um die weitere Vorgehensweise mit ihm abzustimmen. Nach meinem Kenntnisstand sollte die Stelle neu ausgeschrieben werden. So, dass eine junge Kollegin aus dem Haus sich darauf bewerben könnte.«

»Frau Dr. el Sa...« Reiter ärgerte sich – wie schon oft zuvor – über sein schlechtes Namensgedächtnis.

»Ja, Frau Dr. el Saloum«, bestätigte Heintze. »Die Kollegin hat sicher noch einen erfolgreichen Berufsweg vor sich.«

»Das sehe ich auch so. Ich habe gerade mit ihr gesprochen. Eine beeindruckende Person. Kannten Sie den Vorgänger von Herrn Sander?«, fragte Reiter unvermittelt.

»Natürlich kannte ich Rogall, sehr gut sogar. Wir hatten zusammen die Referendarzeit verbracht, anschließend waren wir Kollegen an dieser Schule. Sein Selbstmord vor acht Jahren hat mich tief erschüttert, zumal ich ihn niemals erwartet hätte.«

»Ähnliches habe ich bereits von anderen Mitarbeitern gehört«, kommentierte Reiter.

»Er war ein durch und durch positiver Mensch, im Kollegium ebenso beliebt wie bei seinen Schülern. Es trifft einen hart, wenn so ein guter Kollege und Freund freiwillig aus dem Leben scheidet. Ohne Abschiedsbrief, ohne vorherigen Hinweis...«

»Hat es damals eine Untersuchung gegeben?«, wollte Reiter wissen.

»Ja, aber die ist nach meinem Ermessen sehr oberflächlich ausgeführt worden. Ihre Kollegen gingen von einem Selbstmord aus und forschten nicht weiter nach. Nicht so, wie Sie das jetzt tun.«

Reiter tat so, als hätte er das nicht gehört.

»Sie werden vorerst die Schule leiten?«, fragte er stattdessen.

»Ja, bis ein neuer Schulleiter gewählt wird oder... Man muss sehen, was die Zukunft bringt. Aber wir haben eine gute erweiterte Schulleitung, die mich unterstützen wird.«

»Was mich wundert«, wechselte Reiter das Thema, weil ihn eine Antwort interessierte, »ist, dass Beförderungsverfahren und andere schulorganisatorischen Dinge vom Schulleiter durchgeführt werden. Ich kann mich erinnern, dass zu meiner Schulzeit früher der Schulrat kam, wenn ein Lehrer zu beurteilen war.«

»Ach, das ist sehr lange her«, winkte Heintze ab. »Heutzutage liegt vieles in den Händen der Schulleitung beziehungsweise der Lehrerschaft, zusammengefasst unter dem Oberbegriff „Selbstständige Schule".«

Horst Reiter sah ihn erstaunt an.

»Das heißt, Beförderungsverfahren, Einstellungen, Finanzfragen und so weiter werden in der Schule vom

Schulleiter selbstständig geregelt. Das reicht so weit, dass selbst die Lehrpläne, die so genannten „didaktischen Jahresplanungen" in den Schulen von den Lehrerinnen und Lehrern nach den Rahmenvorgabe selbst entwickelt werden. Gleiches gilt übrigens für die Aufbereitung der Unterrichtsinhalte, die so genannten „Lernsituationen".«

Horst Reiter kam aus dem Staunen nicht heraus. »Das wäre so, als würden die Dienstordnungen und Verfahrensanweisungen in jeder Polizeiwache selbst erarbeitet?«, fragte er.

»Ja, so ungefähr«, antwortete Heintze. »Vielleicht ist es besser vergleichbar mit einem Lebensmitteldiscounter. Stellen Sie sich vor, dass die Angebote und die Verkaufskonzepte in jeder Filiale eigenständig entwickelt und umgesetzt werden würden.«

»Effektivität geht anders, denke ich«, sagte Reiter.

»Wenn Sie das sagen, wird es wohl stimmen«, sagte Heintze ausweichend. »Man darf übrigens nicht vergessen, dass die Verlagerung von Aufgaben an die Schulen zu keiner Verringerung der Unterrichtsverpflichtungen geführt hat. Ich bin Wirtschaftswissenschaftler. Wir von unserer Zunft bezeichnen das, was uns als „Job-Enrichment" angepriesen wird, als „Job-Enlargement".«

Horst war erstaunt über das breite Tätigkeitsfeld der Lehrerschaft an einem Berufskolleg.

»Zum Ausgleich der hohen Mehrbelastung hat man uns im Laufe der Jahre das Urlaubsgeld gestrichen und das Weihnachtsgeld stark gekürzt. In der letzten Lohnrunde sollten wir komplett übergangen werden«, ergänzte Heintze ironisch.

»Herr Heintze, vielen Dank. Sie haben mir sehr geholfen«, sagte Reiter, um das Gespräch zu beenden.

Nachdenklich trank Horst Reiter den letzten Rest des Kaffees aus, nachdem Heintze das Büro verlassen hatte. Gespräche mit dem Lehrerrat und der Schulentwicklungsgruppe würden wahrscheinlich keine neuen Erkenntnisse bringen. Er verschob die Gespräche auf einen späteren Zeitpunkt – wenn er sie überhaupt durchführte.

Er bedankte sich bei Sandra Krämer und Pia Siebold für die Bewirtung, verabschiedete sich und verließ das Gebäude durch den Haupteingang.

Er fühlte, dass er nicht wesentlich vorwärts gekommen war, aber er hatte ein Gespür für diesen Fall bekommen. Das war ihm mindestens ebenso wichtig.

Zwischendurch nutzte Reiter die Gelegenheit, seinen brennenden Magen mit einem Brötchen, das er in einem Café gekauft hatte, zu beruhigen.

Auf der Rückfahrt nach Oberhausen hörte er weiter die CD mit Kompositionen von Siegfried Behrend. Der Gitarrist hatte in den Anfängen seiner Weltkarriere große Erfolge mit folkloristischer Gitarrenmusik. Später wandte er sich der Avantgardemusik zu. Zusammen mit seiner Frau, der Schauspielerin Claudia Brodzinska-Behrend, erregte er Aufsehen in der Fachwelt mit Kompositionen für Sprechstimme und Gitarre.

Charakteristisch für sein Gitarrespiel waren seine silbrige Tongebung, die an den Klang eines Cembalos erinnerte sowie der von seinen Freunden so genannte „Behrend-Wuppdich". Diese Form des Non-Legato-Spiels resultierte aus dem kurzzeitigen Abheben der Finger der linken Hand von den Saiten. Mit diesem Trick vermied er Spielgeräusche, die durch Reibung der Fingerkuppen auf den mit Silberdraht umsponne-

nen entstehen konnten. Heutzutage kann man geschliffene Saiten verwenden, die fast keine Spielgeräusche mehr erzeugen. [18-20]

Siegfried und Claudia Behrend

16

»Fehlanzeige auf ganzer Linie«, klagte Anne Herweg zur Eröffnung der Lagebesprechung. »Kurt und ich, wir haben buchstäblich mit fast jedem zweiten Schmachtendorfer gesprochen. Ohne jeden Erfolg.«

»Diese Diebesbande scheint sich gut tarnen zu können. Sie brechen ja nicht nur in einsam stehende Häuser ein, sondern in ganz normale Wohnhäuser«, ergänzte Kurt Buller. »Es ist einfach nur ätzend.«

»Dann versuchen wir es ab morgen in den frühen Morgenstunden«, schlug Horst Reiter vor. »Das war bisher die von den Einbrechern bevorzugte Zeit. Wir fahren mit Zivilwagen Streife. So groß ist Schmachtendorf ja nun wirklich nicht. Irgendwann, da bin ich sicher, werden wir die Bande stellen.«

»Bei mir war es ähnlich, nämlich wenig erfolgreich«, sagte Michael Becker, als er an der Reihe war. »Die Akte der Untersuchung liegt noch bei den Kollegen in Duisburg. Der Totenschein ist damals wegen eines erfolgreichen Suizids ausgestellt worden. Allerdings hatte der untersuchende Arzt dem Bericht zufolge einen Bruch des Zungenbeins festgestellt. Er hatte das auf eine zu hohe Fallhöhe zurückgeführt.«

»Ein gebrochenes Zungenbein wäre nach Aussage von Dr. Jansen ein Indiz für einen gewaltsamen Tod«, sagte Reiter. »Er hatte mir erklärt, dass solche Brüche beim Erhängen höchst selten auftreten.«

»Das heißt...?«, fragte Anne Herweg nach.

»Das heißt ganz einfach, dass Rogall wahrscheinlich ebenfalls schon tot war, bevor er in seinem Büro aufgehängt wurde. Das würde auch erklären, warum Rogalls Schlüssel nicht gefunden wurden.«

Die drei anderen Polizisten sahen ihn fragend an. Horst Reiter berichtete kurz von den Gesprächen, die er in der Schule geführt hatte.

»... und der Hausmeister wunderte sich über den Verbleib des Schlüsselbundes«, endete er. »Falls tatsächlich Fremdverschulden am Tod von Rogall vorliegt, dann muss der Täter das Gebäude mit Hilfe von Rogalls Schlüssel verlassen haben. Wahrscheinlich hat er ihn, nachdem er die Schule wieder verschlossen hatte, weggeworfen.«

»Das wäre eine schlüssige Erklärung«, meinte Anne.

»Wir gehen also aktuell davon aus, dass beide Schulleiter ermordet wurden. Im Fall von Sander wissen wir es, im Fall Rogall gehen wir stark davon aus«, fasste Reiter zusammen. »Was hinzu kommt, ist, dass keine der Personen, mit der ich gesprochen habe, einen Suizid für wahrscheinlich hielt«, ergänzte er. »Also sind wir doch ein ganzes Stück weitergekommen, meint ihr nicht?«

»Wenn du das so siehst ...«, zweifelte Kurt Buller. »Das ist sehr positiv gedacht. Die Lösung sehe ich noch lange nicht.«

»Die sehe ich auch noch nicht, aber ein großes Teil vom Puzzle scheint zu passen«, antwortete Reiter und trank einen Schluck Kaffee aus seiner Tasse. »Und nebenbei: Positives Denken hilft, die gute Laune nicht zu verlieren.«

»Wäre es möglich, die Leiche von Rogall zu exhumieren und genauer zu untersuchen, nur um sicher zu gehen?«, wollte Buller wissen.

»Nein, leider nicht«, antwortete Michael Becker. »Die Leiche von Rogall ist damals eingeäschert worden.«

»Michael, ist die Tochter von Sander inzwischen in Oberhausen eingetroffen?«, fragte Reiter noch nach.

«Ich habe vorhin mit ihr telefoniert. Sie kommt erst heute Abend mit dem Zug an. Sie wird bei einer Freundin übernachten. Sie will nicht alleine in dem Haus sein, in dem ihr Vater tot aufgefunden wurde.«

»Das kann ich gut verstehen«, sagte Anne Herweg mitfühlend.

Horst Reiter sah Anne prüfend an. Er hatte ihren Liebeskummer im Lauf des Tages vollkommen vergessen. Offensichtlich hatte ihr Rezept „durch Arbeiten verarbeiten" einigermaßen geholfen. Zwar wirkte sie noch leicht angeschlagen, war aber wach und aufmerksam dabei.

»Ich habe Katharina Sander gebeten, sich für ein Gespräch mit dir bereit zu halten, wenn sie in Oberhausen ist«, ergänzte Michael Becker. »Ihre Mutter soll ihren Angaben zufolge ebenfalls auf dem Weg nach Oberhausen sein.«

»Ich glaube kaum, dass die beiden uns weiterbringen«, sagte Horst. »Aber einen Versuch ist es allemal wert.«

»Wie verbleiben wir?«, fragte Kurt Buller leicht ungeduldig. Er wollte zurück in sein Büro.

»In den beiden Fällen kommen wir heute nicht weiter«, sagte Michael Becker. »Wir haben noch genügend Akten auf den Schreibtischen liegen. Das Tagesgeschäft will auch aufgearbeitet und erledigt werden.«

»Ja, macht das so«, bestätigte Reiter. »Ich werde bis 16 Uhr einen Einsatz- und Aktionsplan für die Morgenstunden der nächsten Tage zusammenstellen. Ich bringe Euch den Plan nachher vorbei.«

Die drei ergriffen ihre Kaffeetassen und verließen Horsts Büro.

Anne Herweg bewegte sich so, dass sie einen Moment allein mit Reiter im Raum war. »Horst, du siehst sehr müde aus. Du solltest mehr schlafen. Ich habe den Liebeskummer, nicht du!«

Horst lächelte unbeholfen. »Jaja, ich werde es versuchen«, murmelte er.

Nachdem sie den Raum verlassen hatte, öffnete sie noch einmal die Tür einen Spalt breit. »...und Danke für dein Verständnis«, sagte sie. »Das findet man nicht überall.«

»Das gehört dazu«, sagte er leise. »Denke daran, wenn ein anderer es in ähnlicher Weise von dir braucht.«

Reiter nahm sich noch einen Kaffee, setzte sich an seinen Computer und erstellte eine Tabelle, in der er die Namen seiner Kollegen und der Streifenpolizisten mit Uhrzeiten und Gebieten in Schmachtendorf verknüpfte.

»Euch kriegen wir«, dachte er. »Das Netz habe ich gerade geknüpft, nun werfe ich es aus.«

17

Horst war, nachdem er den Aktionsplan für die folgenden Tage fertiggestellt und verteilt hatte, schnell zu seiner Wohnung an der Kempkenstraße gefahren. Beate war noch nicht zu Hause.

Er füllte eine Kaffeemaschine auf. Während der Kaffee durchlief, ging er ins Bad und machte sich frisch. Obwohl er den ganzen Tag über eigentlich nur geredet hatte, war er müde. Für einen Augenblick dachte er darüber nach, sich auf das Bett zu legen und eine Viertelstunde zu schlafen. Er entschied sich dagegen, weil er wusste, dass er nach dem Aufstehen gar nicht mehr richtig munter werden würde.

Auf dem Schreibtisch lagen neben den Noten seine Entwürfe für den Gitarrenwettbewerb, den er zusammen mit Hellmann auf den Weg bringen wollte. Er hatte nach seiner Ansicht alles gut durchdacht und geplant. Sogar über die Zusammensetzung der Jury hatte er sich zwischenzeitlich seine Gedanken gemacht.

Zum konsequenten Üben war er schon seit längerem nicht gekommen. Er spielte immer wieder mal einige Stücke durch, aber für ein konzertreifes Spiel war ein anderes Üben notwendig. Jeder Bewegungsablauf, jeder Fingersatz musste genau durchdacht werden. Zugleich wurde an der musikalischen Gestaltung des Stückes gearbeitet. Bereits als Student hatte er das Üben als Schwerstarbeit empfunden. Er war bereits in jungen Jahren zu der Erkenntnis gelangt, dass die ersten 90 Prozent der Spielsicherheit bei einem Musikstück schnell zu erreichen waren. Problematisch waren die letzten 10 Prozent, die zur technischen und musikalischen Perfektion fehlten.

In dieser Hinsicht war er innerlich zerrissen. Einerseits hatte er den Drang zur absoluten Perfektion, auf der anderen Seite wusste er, dass er nie wieder auf der Bühne sitzen würde. Sich selbst ein Musikstück perfekt vorspielen? Das hatte keinen Sinn in seinen Augen. Vielleicht war er deswegen auf die Idee des Wettbewerbs für über 50-jährige gekommen. Er vermutete, dass es vielen Altersgenossen seiner Generation nicht anders ging.

Als Beate um 23 Uhr nach Hause kam, fand sie ihren Horst vornübergebeugt auf dem Schreibtisch schlafend vor.

Behutsam nahm sie die zwei leeren Bierflaschen, die neben seinem Kopf standen, an sich und stellte sie beiseite. Dann weckte sie ihn und half ihm dabei, schnellstmöglich ins Bett zu kommen. »Das mit dem chinesischen Essen müssen wir auf Morgen verschieben. Es ist leider zu spät bei mir geworden. Tut mir leid.«, sagte sie leise, als sie Horsts Zimmer verließ. Sie war nicht sicher, ob er es noch mitbekommen hatte.

18
Mittwoch, 11. November 2015

Anne Herweg traf um viertel nach fünf morgens am Präsidium ein. Sie war mit Michael Becker, Kurt Buller und Heinz Wermekes, einem Streifenpolizisten, für die erste Observierungstour in Schmachtendorf eingeteilt. Sie kochte eine Kanne Kaffee und füllte die Hälfte davon in eine Thermoskanne, die sie mit in den Wagen nehmen wollte. Als ihre Kollegen eingetroffen waren, tranken sie noch eine Tasse Kaffee und studierten schweigend ihren Einsatzplan. Um viertel vor sechs waren sie zur Abfahrt bereit. Es war noch dunkel und die Stadt erwachte nur allmählich aus ihrem Schlaf.

Sie stiegen jeweils zu zweit in Zivilwagen, um kein Aufsehen zu erregen. Reiter hatte genaue Routen festgelegt, die bis 8 Uhr langsam und unauffällig durchfahren werden sollten. Die Routen durch Schmachtendorf waren so angelegt, dass ein möglichst großes Gebiet observiert werden konnte.

»Ich bin gespannt, ob das hier etwas bringt«, sagte Anne Herweg zu Michael Becker, mit dem sie zusammen eingeteilt war.

»Ich glaube kaum, dass wir eine Alternative haben«, antwortete Becker. Langsam bogen sie von der Hiesfelder Straße aus in die Eichendorffstraße ein. Hier standen Ein- und Zweifamilienhäuser, die sicher ein lohnendes Ziel für die Diebesbande darstellten.

Über die Polizeifunkanlage hielten sie Kontakt mit ihren Kollegen im zweiten Wagen. Kurt Buller und Heinz Wermekes beobachteten den nördlichen Teil von Schmachtendorf an der Hühnerheide, ebenfalls ein Wohngebiet mit zahlreichen Einfamilienhäusern.

Horst Reiter hatte die Routen so angelegt, dass sie sich zwischenzeitlich in den Beobachtungsgebieten abwechselten. Damit sollte vermieden werden, dass man auf sie aufmerksam wurde. Die ersten Bewohner verließen ihre Häuser, um zur Arbeit zu fahren. Der Straßenverkehr nahm merklich zu.

Anne und Michael hatten inzwischen den Marktplatz von Schmachtendorf erreicht. Die Tankstelle lag noch im Dunkeln und an den Bushaltestellen standen nur wenige Fahrgäste. Mittwoch war Markttag in Schmachtendorf. Die ersten Händler trafen ein und begannen damit, ihre Stände aufzubauen.

Sie fuhren über die Forststraße in Richtung Dinslaken. An der Kempkenstraße bogen sie nach rechts in das Wohngebiet ein. Sie kamen an Horst Reiters Wohnung vorbei, bogen an der Ferdinandstraße nach rechts ab und fuhren über den Tüsselbeck zurück zur Forststraße.

»Alles ist ruhig und unauffällig«, meldete Anne in das Funkgerät zu ihren Kollegen.

»Bei uns auch, wir haben nichts Ungewöhnliches gesehen«, meldete Kurt Buller aus dem zweiten Wagen zurück.

Auf der Forststraße trafen sie sich, grüßten einander per Handzeichen und wechselten ihre Reviere.

So kreuzten sie bis halb 9 Uhr durch den Oberhausener Stadtteil, ohne dass sie auch nur die kleinste Unregelmäßigkeit feststellten.

Mit einem Gefühl der Zerrissenheit zwischen Frustration und Erleichterung fuhren sie zurück zum Präsidium.

19

Horst Reiter traf pünktlich um 8 Uhr am Polizeipräsidium ein. Er war allein in seiner Abteilung, denn seine Kollegen befanden sich auf der Observierungstour in Schmachtendorf.

Nachdem er seine Kaffeemaschine eingeschaltet hatte, startete er den Computer.

Horst hatte in der Nacht unruhig geschlafen und fühlte sich müde und nicht erholt.

Als der Computer hochgefahren war, googelte er nach dem Berufskolleg an der Krusestraße in Duisburg. Er notierte sich die Telefonnummer der Schule auf einen Zettel, bevor er sie wählte. Er vereinbarte einen Gesprächstermin um 10 Uhr mit Herrn Korbat, dem Leiter des Berufskollegs.

Kurz vor 9 Uhr kamen Michael Becker und Anne Herweg in sein Büro.

»Totale Fehlanzeige«, begann Anne zu berichten. »Nicht einmal einen Fußgänger, der bei Rot über die Ampel ging, haben wir gesehen.«

»Es war auch nicht zu erwarten, dass unsere Diebesbande uns die Freude macht, sofort bei der ersten Observierung aktiv zu werden«, kommentierte Horst. »Wir machen einfach so lange weiter, bis wir sie haben«, setzte er fort. »Es wird nicht lange dauern, bis wir sie haben«, prophezeite er.

»Was liegt heute sonst noch an?«, fragte Michael.

»Ich werde gleich nach Duisburg fahren und mich mit dem Schulleiterkollegen von Sander, Herrn Korbat, zu unterhalten«, antwortete Reiter. »Die beiden standen in Kontakt miteinander. Eventuell kann er uns weiterhelfen. Ihr könnt inzwischen einiges vom Tagesgeschäft erledigen. In den beiden anderen Fällen kommen wir im Augenblick nicht vorwärts.«

„Tagesgeschäft". Damit meinte Horst die unerledigten Fälle wie Ladendiebstähle oder Drogenkonsum, die auf ihre Bearbeitung warteten.

Um viertel nach neun setzte Horst sich in seinen Wagen. Dem Verkehrslagebericht zufolge waren die Autobahnen frei. Er hoffte, noch vor 10 Uhr an der Krusestraße einzutreffen.

Für die Fahrt wählte er eine CD mit dem puertoricanischen Gitarristen und Sänger José Feliciano (* 1945). Der von Geburt an blinde Musiker feierte in den 1970er Jahren weltweite Erfolge, so beispielsweise mit dem Hit „Light my fire". Feliciano ist aktuell noch immer aktiv auf der Bühne. Bis heute gilt er als einer der besten (und schnellsten) Gitarristen seiner Zunft. Horst hatte ihn in einer Live-Aufnahme im Londoner Palladium im Jahr 1974 erstmals auf einer Langspielplatte bei seinem früh verstorbenen Freund Gunther Goldbaum (1954 – 1978) in Dinslaken gehört. Besonders Felicianos Bearbeitung der Malaguena (Tanz aus Malaga) des Komponisten Ernesto Lecuona hatte ihn beeindruckt. Mühevoll hatte er sich das Stück von der CD heruntergehört, aufgeschrieben und seinem „Nudelordner" einverleibt. [21]

José Feliciano

20

Oberstudiendirektor Korbat war eine gewichtige Erscheinung. Horst schätzte die Masse des Mannes auf mindestens 150 Kilogramm.

»Kommen Sie herein«, wurde Horst von dem Schulleiter begrüßt.

Korbats Büro stand in einem krassen Gegensatz zu dem, was Reiter im Georg-Kerschensteiner-Berufskolleg gesehen hatte. Hier herrschte eine nüchterne, fast asketische Arbeitsatmosphäre. Die Wände waren kahl, keine Pflanzen auf den Fensterbänken. Die Möblierung bestand aus einem alten Schreibtisch, einem Stuhl und einem einfachen Besuchertisch mit vier zerschlissenen Stühlen. Auf einem Sideboard aus den 70er Jahren lagen, ebenso wie auf dem Schreibtisch, stapelweise Akten.

»Schreckliche Sache, das mit dem Kollegen Sander«, begann Korbat unvermittelt. »Ich hätte nie gedacht, dass er ...« Korbat beendete den Satz nicht, stattdessen starrte er gedankenverloren vor sich hin.

»Es scheint sich schnell herumgesprochen zu haben. Sie hatten als Schulleiterkollege sicher häufig mit ihm zu tun?«, versuchte Reiter ihn zurück ins Gespräch zu führen.

»Ja, doch...«, erwiderte Korbat. Wieder versank er in Schweigen.

»Ist Ihnen in Gesprächen oder in gemeinsamen Sitzungen eine Verhaltensänderung bei Sander aufgefallen?«, hakte Reiter nach.

»Nein«, antwortete Korbat und fügte ein »Never ever« hinzu.

Horst war verwundert über den geistesabwesend wirkenden, wortkargen Schulleiter. »Dem muss man ja die Würmer einzeln aus der Nase ziehen«, dachte er. Zudem ärgerte er sich darüber, dass ihm kein Kaffee angeboten worden war.

»Wann hatten Sie denn den letzten Kontakt mit ihm?«, bohrte Horst weiter.

Korbat überlegte einen Augenblick, dann sagte er »Das ist gar nicht so lange her, vor wenigen Tagen hat er mich hier besucht.«

»Worum ging es?«

»Um eine dienstliche Angelegenheit, um ein Beförderungsverfahren in seiner Schule.«

»Sieh an, sieh an, er kann doch in ganzen Sätzen reden«, dachte Horst und setzte das Frage- und Antwortspiel fort. »Ich glaube, ich habe davon gehört«, sagte er. »War es ein Beförderungsverfahren zum Oberstudienrat?«

»Ja, so war es«, bestätigte Korbat.

»Was wollte Herr Sander von ihnen wissen?«

»Das Beurteilungsverfahren lief wohl nicht optimal«, antwortete Korbat. »Ich hatte schon mehrfach ähnliche Fälle. Kollege Sander wollte bei mir in Erfahrung bringen, wie ich in diesen eine gerichtsfeste negative Beurteilung geschrieben habe.«

Horst kannte die Problematik aus dem Polizeidienst. Dienstliche Beurteilungen mit negativem Ergebnis mussten rechtssicher formuliert werden, damit ein eventuell eingelegter Widerspruch keine Aussicht auf Erfolg hatte. Das war für jemanden, der über keine juristische Grundbildung verfügte, nicht ohne Weiteres leicht zu bewerkstelligen.

»Wie sind Sie miteinander verblieben?«, hakte Reiter nach.

»Ich hatte ihm zugesagt, einige Textbausteine an seine Schule zu faxen, damit er sie verwenden kann.

Ich hatte sie nicht hier im Büro, sonst hätte ich sie ihm mitgegeben.«

Horst Reiter war wenig verwundert, dass an Schulen – ebenso wie in Polizeibehörden – Textbausteine verwendet wurden. Das sparte Zeit und garantierte eine gewisse Rechtssicherheit. Aus reinem Interesse heraus fragte er »Darf ich die einmal sehen?«

»Die habe ich gestern meiner Sekretärin zum Faxen gegeben«, antwortete Korbat und wandte sich ohne einen weiteren Kommentar hin zur Tür, die zum Sekretariat führte. Er verschwand für einen Augenblick im Nachbarraum. Horst hörte, wie Korbat seine Sekretärin beschimpfte. Er kam mit einem Papier in der Hand zurück. »Sie«, schnaubte er und meinte damit offensichtlich seine Sekretärin, »hat das Fax noch gar nicht abgeschickt. Sie dachte, dass man einem Toten kein Fax schicken muss. Sie dachte! Sie soll nicht denken, sondern einfach nur meine Anweisungen ausführen.«

Ohne weiteren Kommentar reichte er Horst das Blatt mit den Textbausteinen. »Das können sie behalten!« Korbats Gesicht war rot angelaufen und der Schweiß lief ihm von der Stirn. »Alles Bekloppte und Verwirrte hier an der Schule«, grunzte er. »Geisterfahrer! Alles Geisterfahrer!« Korbat versank nach dem Wutausbruch in erneutes Schweigen.

Unwillkürlich musste Horst an den Witz mit dem Geisterfahrer denken „*Durchsage im Autoradio: Vorsicht, Ihnen kommt ein Geisterfahrer entgegen. Ein Autofahrer denkt: Ein Geisterfahrer? Das sind doch ganz viele.*" Er verkniff es sich, Korbat den Witz zu erzählen.

Der Schulleiter schnaubte nur noch schwer durch die Nase und schwieg weiter. Horst hatte das Gefühl, dass von Korbats Seite aus das Gespräch als beendet angesehen wurde. »Besten Dank«, sagte er und steckte das Blatt ein. »Vielleicht kann ich es einmal gebrauchen.«

Korbat streckte ihm wortlos die Hand zum Abschied entgegen. Nachdem Horst ihm die Hand gereicht hatte, wandte Korbat sich ohne weitere Worte in Richtung seines Schreibtisches um, als hätte er Reiters Anwesenheit von einem Augenblick zum anderen vergessen. Mit einem leichten Kopfschütteln verließ Horst das Schulleitungsbüro. »Gut, dass der Typ nicht mein Chef ist«, dachte er, als er zum Ausgang des Schulgebäudes ging. »Ich hätte täglich schlechte Laune und würde mit einem Affen auf der Schulter ins Präsidium fahren.«

Auf dem Weg stieß er mit einem Schüler zusammen, der gedankenverloren auf das Display seines Handys starrte. Der junge Mann setzte seinen Weg fort, ohne auch die geringste Notiz von Reiter zu nehmen. »Es hat sich bislang in der Evolution als sinnvoll erwiesen, in die Richtung zu schauen, in die man gerade geht«, dachte Reiter, als er das Gebäude verließ, um zurück nach Sterkrade zu fahren. »Wohin soll das nur führen?«

21

»Sonderlich erfolgreich im Hinblick auf unsere Fälle war der Tag wohl nicht«, begann Reiter das nachmittägliche Treffen mit seinen Kollegen.

Anne, Kurt und Michael nickten zur Bestätigung. »Immerhin haben wir einiges vom Tagesgeschäft abarbeiten können«, tröstete Anne. »Das ist doch schon etwas.«

»Gönnen wir uns einen ruhigen Abend«, schlug Horst vor. »Morgen geht's dann mit frischer Kraft voran. Ich schreibe noch einen neuen Einsatzplan für unsere verstärkte Kontrolle in Schmachtendorf, anschließend werde ich auch etwas entspannen.«

Mit einer Verabredung für den frühen Morgen beendete er die kurze Besprechung. Er setzte sich an seinen Schreibtisch, um seinen Computer hochzufahren. Für einen Augenblick hielt er inne. »Den Plan kann ich auch genauso gut zu Hause schreiben«, dachte er, stand auf und machte sich auf den Weg zu seiner Wohnung. Während der Fahrt erinnerte er sich daran, dass er mit Beate zum Chinesen Essen gehen wollte. Er hatte Hunger und freute sich im Voraus auf eine Loempia und sein Lieblingsgericht „Huhn Koon-Po".

Das Abendessen mit Beate verlief entspannt. Beide wussten, dass sie eigentlich viel mehr Zeit miteinander verbringen sollten, aber es war immer wieder schwierig, gemeinsame freie Zeit zu finden. Beate erzählte einige Erlebnisse aus ihrem Musikschulunterricht. Es ging zügig auf die Weihnachtszeit zu. Mitte November war es sinnvoll, mit dem Üben von Weihnachtsliedern zu beginnen, damit der hoffnungsvolle Musikernachwuchs seinen musikalischen Beitrag zum Fest leisten konnte.

»Stell' dir vor, was heute passiert ist«, begann sie. »Da kam der Vater einer muslimischen Schülerin zu mir, um mir zu untersagen, mit der Kindergruppe Weihnachtslieder einzustudieren.«

»Wie hast du reagiert?«, fragte Horst und fischte währenddessen mit den Essstäbchen ein Stück Hähnchenbrust von ihrem Teller.

»Der Mann war ziemlich aggressiv und fordernd«, setzte Beate fort. »Es war nicht einfach, mit ihm zu reden. Ich versuchte ruhig zu bleiben und zu argumentieren, aber er war partout nicht damit einverstanden, dass seine Tochter mit unseren Weihnachtsbräuchen konfrontiert wird.«

»Welche Lösung habt ihr gefunden?«, fragte Horst. »Müssen jetzt alle Kinder der Gruppe auf das Spielen von Weihnachtsliedern verzichten? «

»Das wäre ja noch schöner«, antwortete Beate. »In dem Fall hätte ich den Ärger auf der anderen Seite.«

Horst sah sie fragend an.

»Nun gut, wir sind so verblieben, dass seine Tochter bei den Weihnachtsliedern nicht mitspielt, ich bringe ihr andere Lieder mit. Am Zuhören kommt sie aber nicht vorbei.«

»Es sei denn, sie hält sich ihre Ohren zu, während die anderen Kinder ihre Lieder spielen«, feixte Horst und angelte sich ein weiteres Stück Fleisch von Beates Teller. »Ich würde es gerne einmal erleben, was passieren würde, wenn wir umgekehrt so etwas im Heimatland deiner Schülerin versuchen würden. Wahrscheinlich hätten wir sofort den Staatsschutz an den Fersen.«

Horst erzählte noch kurz von seinen Tageserlebnissen, insbesondere von der Begegnung mit dem etwas merkwürdigen Schulleiter des Berufskollegs an der Krusestraße. »Heute Abend muss ich nur noch einen Einsatzplan für die Kontrollfahrten erstellen, anschließend übe ich noch ein bisschen auf der Gitarre«, schloss er ab.

»Geh' doch einfach einmal früher Schlafen«, schlug Beate vor, »dann bist du morgen früh nicht so müde wie sonst.« Sie wusste genau, dass ihr Vorschlag ins Leere gehen würde.

Am heimischen Schreibtisch erstellte Horst noch

eine Tabelle mit Beobachtungspunkten und -zeiten für den kommenden Tag. Anschließend machte er einige Fingerübungen auf seiner stummen Gitarre und übte danach noch einige kleine Stückchen von Heinrich Bohr aus dem Nudelordner. Schließlich folgte er Beates Vorschlag und ging früher als sonst zu Bett. Innerhalb weniger Sekunden schlief er ein.

Heinrich Bohr (1884 – 1961) war Gitarrenlehrer in Wien. Er hatte zusammen mit Luise Walker und Karl Scheit bei Jakob Ortner studiert. Bohr schrieb kleine, klangschöne Stücke für die Konzertgitarre, die von seinem kenntnisreichen Umgang mit dem Instrument zeugen. Horst hatte in den vergangenen Wochen intensiven Mailkontakt mit einem der Schüler Bohrs. Dieser – inzwischen 96 Jahre alt, aber gitarristisch und beruflich als Psychotherapeut immer noch voll aktiv – schickte Reiter zahlreiche Handschriften des Komponisten, die er sukzessive in den Nudelordner hineinübte. [22,23]

Heinrich Bohr
(1884 – 1961)

22
Donnerstag, 12. November 2015

Als der Wecker in den frühen Morgenstunden piepte, wachte Horst Reiter sofort auf. Für einen Augenblick horchte er in sich hinein. Er fühlte sich ausgeruht wie seit langem nicht mehr. »Vielleicht bringt das frühe Zubettgehen doch etwas Positives«, dachte er und stand auf.

Zu Beate sagte er nichts, sie aber merkte, dass es heute anders war als an den meisten Tagen. »Na, bitte«, knurrte sie nur, als Horst ihr wie jeden Morgen über die Schulter blickte, um sein Tageshoroskop in der vor Beate liegenden Zeitung zu lesen. »*Sie werden Kontakt zu einem Menschen aufnehmen, der Ihnen für die Zukunft sehr von Nutzen sein wird,*« las er halblaut vor. Beate verkniff sich einen weiteren Kommentar und schaute ihn nur kurz an. Dann wandte sie sich wieder ihrem Kreuzworträtsel zu. »Ich muss heute ebenfalls früh weg. Elke, Barbara und ich haben uns zum Frühstück verabredet«, sagte sie und trug beiläufig ein noch fehlendes Wort in das Rätselgitter ein. »Zwischendurch komme ich noch einmal kurz nach Hause, anschließend muss ich zur Musikschule bis 20 Uhr.«

»Volles Programm!«, stellte Kurt ungerührt fest. »Viel Spaß dabei.« Er leere seine Kaffeetasse, verabschiedete sich von Beate und machte sich für den Weg ins Präsidium fertig.

Obwohl es erst Mitte November war, musste er Raureif von seiner Autoscheibe herunterwischen, ehe er losfahren konnte. Auf dem Weg zum Präsidium überquerte er die Autobahn A3, die wie jeden Morgen in beiden Fahrtrichtungen total überfüllt war. »Diesen Weg muss Sander auf dem Weg zum Berufskolleg jeden Tag genommen haben«, dachte er. »Darauf hätte ich keine Lust, so viele Stunden meiner Lebenszeit im Stau zu verbringen.« An der Tankstelle legte er einen kurzen Zwischenstopp ein und kaufte sich eine Schachtel Zigarillos.

Als er sein Büro im Präsidium betrat, schlug er sich mit der flachen Hand gegen die Stirn. Er hatte den Einsatzplan, den er am Vorabend geschrieben hatte, auf dem heimischen Schreibtisch liegen gelassen. Für einen Augenblick überlegte er, dann ging er zu Annes und Michaels Büro.

»Guten Morgen«, sagte er, nachdem er die Tür geöffnet hatte. »Ich habe die Einsatzpläne zu Hause liegen gelassen und fahre noch einmal kurz zurück. Ich bin in 20 Minuten wieder hier – wenn einer von euch inzwischen den Kaffee kocht ...«.

»Hej Chef! Wird gemacht«, antwortete Anne. Ihre Stimme hatte den traurigen Ton verloren und hörte sich schon wieder fast normal an – selbstbewusst und fröhlich.

»OK, wir treffen uns in einer halben Stunde bei mir im Büro«, antwortete Horst und verließ mit schnellen Schritten das Gebäude.

Auf der Fahrt ärgerte er sich über seine Schusseligkeit, mehr noch, er fragte sich, ob das bereits die Vorboten des Alters waren. Er vergaß häufiger irgendwelche Dinge, und er vergaß immer schneller Namen. Er hatte schon in seiner Jugend ein schlechtes Namensgedächtnis gehabt, aber mit dem Alter wurde es spürbar schlimmer. »Die Namen gehen als Erstes«, dachte er, »damit fängt es an. Zum Schluss vergisst man dann sein Leben, wenn man Pech hat.«

Es war gerade erst hell geworden, als er in die Kempkenstraße einbog. Sein Parkplatz war noch frei.

Auf den ersten Blick nahm er wahr, dass Beates Wagen weg war, sie hatte die Wohnung wohl kurz nach ihm verlassen. Direkt vor seinem Wohnhaus war jedoch etwas anders als sonst. Dort stand ein Lieferwagen mit ausländischem Kennzeichen. Hatte Anne nicht erzählt, dass ein solcher im Zusammenhang mit den Einbrüchen gesichtet worden war? Horst war sofort alarmiert. Schnell notierte er sich das Kennzeichen des Kleinlasters auf einem der Zettel, die er immer in der Ablageschale liegen hatte. Er stellte den Motor seines Passats ab, blieb aber im Wagen sitzen und beobachtete die Haustür zu seinem Wohnhaus. Beate und er bewohnten die Erdgeschosswohnung auf der rechten Seite. Die Rollladen waren noch nicht hochgezogen. Durch einen Stromausfall vor einigen Tagen stimmte die Zeitschaltuhr für die elektrischen Rollladenantriebe nicht mehr. Horst hatte es bislang versäumt, die Uhren neu einzustellen. Es war nichts Auffälliges zu sehen. »Vermutlich irgendein Altmaterialsammler«, brummte er vor sich hin, nachdem sich minutenlang nichts bewegt hatte. Er steckte den Zettel mit dem Autokennzeichen in seine Hosentasche und stieg aus dem Wagen, um zu seiner Wohnung zu gehen. Trotzdem blieb er auf der Hut, als er die Haustür aufschloss. Der Hausflur war ruhig, die Tür zu seiner Wohnung war geschlossen.

»Wahrscheinlich spinne ich«, dachte er und steckte den Wohnungsschlüssel in das Schloss. Beate hatte, wie so häufig, vergessen, die Wohnung fest zu verschließen und die Alarmanlage einzuschalten, wie er sofort feststellte, denn diese gab ansonsten einen Warnton ab, bevor sie losging.

Plötzlich, wie aus dem Nichts, bekam er einen harten Faustschlag ins Gesicht, der ihn fast zu Boden streckte. Er taumelte zurück in den Hausflur, war aber noch auf den Beinen und stürmte sofort, nachdem er sich wieder gefangen und sein Gleichgewicht wiedererlangt hatte, zurück in seine Wohnung. Mit roher Gewalt wurde er zur Seite an die Wand gestoßen und zwei Männer mittleren Alters flüchteten an ihm vorbei und riefen Wörter in einer Sprache, die er nicht verstand. Gerade wollte er zur Verfolgung der beiden ansetzen, als er aus dem Augenwinkel heraus eine dritte Person wahrnahm, die aus der Küche herauskam. Aus einem Impuls heraus, ohne über mögliche Konsequenzen nachzudenken, warf sich Horst auf den Mann. Beide stürzten zu Boden und rangen miteinander. Horst hatte in seiner Ausbildung zum Polizeibeamten ein sehr gutes Training im Nahkampf erhalten. Obwohl das mittlerweile einige Jahre her war, hatte sein Gegner, der unter ihm gelandet war, keine reelle Chance gegen ihn.

»So, Freundchen, dich habe ich«, keuchte er, als er den Mann überwältigt hatte. Mit geübtem Polizeigriff schaffte er den in flagranti geschnappten Einbrecher in sein Schlafzimmer. Er öffnete die Schreibtischschublade, zog einige Kabelbinder, die er dort aufbewahrte, heraus und fesselte dem Eindringling Hände und Füße. Er stieß ihn auf den Boden, so dass er sich nicht wehren oder flüchten konnte.

»Dass du dich nicht rührst«, knurrte er ihn an. Am Blick des Mannes konnte er sehen, dass er nichts verstanden hatte. Ohne sein Gegenüber auch nur für den Bruchteil einer Sekunde aus dem Auge zu lassen, wählte er auf seinem Handy die Nummer des Präsidiums und bestellte seine Kollegen nach einem kurzen Lagebericht zu sich nach Hause. Er gab das Kennzeichen des Kleintransporters durch und ordnete an, den

Wagen zur Fahndung auszuschreiben. Dann setzte er sich auf seinen Schreibtischstuhl und atmete tief durch. Sein Gesicht schmerzte von dem harten Schlag, den er erhalten hatte und auch seine Arme und Schultern meldeten sich mit dumpfem Pochen. Trotz der Aufregung, der Schmerzen und der Gefahr, in der er sich befunden hatte, war er nicht ganz unglücklich. »Ein Problem scheint seiner Lösung entgegen zu gehen«, dachte er. »Mal sehen, was uns dieser Vogel da vorsingen kann.« Er sah sich den Einbrecher genauer an. Er mochte vielleicht 25 Jahre alt sein, kurzgeschorene Haare, Schnauzbart, für einen Mann relativ klein, vielleicht 1,70 m groß. »Woher kommst du, wie heißt du?«, fragte er. Der Einbrecher schaute ihn unverständig an und schüttelte den Kopf – er verstand offensichtlich wieder kein Wort.

Wenige Minuten später trafen Michael und Anne, begleitet von zwei Streifenbeamten, in der Kempkenstraße ein.

Die Polizisten nahmen den jungen Mann in Gewahrsam und brachten ihn aus der Wohnung heraus. «Ich will ihn heute noch verhören«, rief Horst ihnen hinterher. »Besorgt mir bitte einen Dolmetscher, denn der versteht kein Wort.« Er wandte sich an seine beiden Mitarbeiter. »Wir begutachten erst einmal den Schaden. Habt ihr die Fahndung nach dem Lieferwagen herausgegeben?« Anne nickte. »Kurt Buller kümmert sich darum, aber wahrscheinlich sind die schon über alle Berge«, sagte sie. »Innerhalb weniger Minuten ist man von hier aus auf irgendeiner Autobahn, da ist man nahezu unauffindbar.«

»Trotzdem müssen wir es versuchen«, antwortete Horst. Er fühlte den Zettel mit dem Kennzeichen des Kleintransporters in seiner Hosentasche, als er auf der

Suche nach einem Taschentuch hineingriff. Heimlich wunderte er sich darüber, dass er sich das Kennzeichen des Wagens so gut gemerkt hatte. »Offensichtlich ist mein Gedächtnis doch nicht so schlecht, wie ich es noch vor einer Stunde gedacht habe«, murmelte er vor sich hin.

»Sehr lange sind die wohl noch nicht in der Wohnung gewesen, als du kamst«, riss Michael seinen Chef aus den Gedanken. Er hatte sich am Tatort bereits umgesehen. »Schlafzimmer, Küche und dein Arbeitszimmer sind offensichtlich unberührt, nur im Wohnzimmer sieht es so aus wie bei den anderen Einbrüchen. Bitte bekomm' keinen Schrecken, wenn du das Chaos siehst.«

Wortlos ging Horst in sein Wohnzimmer. Es sah tatsächlich aus wie nach einem Erdbeben.

»Fehlt etwas?«, fragte Anne besorgt.

»Das kann ich auf den ersten Blick nicht sehen«, sagte Horst, »Hier im Wohnzimmer bewahren wir keine Wertgegenstände auf, abgesehen von der Stereoanlage und dem Fernseher, sofern der heutzutage ein wirklicher Wertgegenstand ist. Die sind beide noch da.« Vorsichtig schob er mit seinem Fuß einige auf dem Boden liegende Bücher beiseite. »Es sieht so aus, als hätten wir noch einmal Glück gehabt.« Trotzdem ging er unvermittelt in sein Schlafzimmer und schaute nach, ob seine geliebte Weißgerber-Gitarre noch unbeschadet da war. Er öffnete den Koffer, strich einmal liebevoll über die Saiten und rief »Alles in Ordnung.« Auf seinem Schreibtisch sah er den Ausdruck der Einsatzplanung, wegen der er noch einmal nach Hause zurückgekehrt war, liegen. »Die ist jetzt wohl nicht mehr nötig«, dachte er. »Das war eine Arbeit, die umsonst, aber letztlich nicht vergeblich war.«

Er ging zurück ins Wohnzimmer. »Das Aufräumen erledige ich heute Abend zusammen mit Beate, wenn die Spurensicherung die Suche nach Fingerabdrücken abgeschlossen hat. Ich schlage vor, wir setzen uns in die Küche und trinken einen Kaffee auf den Schrecken. Einverstanden?«

Die Frage nach dem Einverständnis sahen Michael und Anne als rhetorische Floskel an, wohl wissend, dass eine Ablehnung der Einladung in der aktuellen Situation sinnlos war.

Noch bevor der Kaffee fertig gekocht war, klingelte Kurt Buller, bewaffnet mit seinem Werkzeugkoffer, an der Wohnungstür, um den Tatort nach Spuren zu untersuchen.

»Wir warten in der Küche auf Beate, während Kurt hier mit seinem Zauberkoffer arbeitet«, schlug Horst vor. »Sie bekommt sonst einen Herzanfall, wenn sie das Chaos hier sieht. Was spricht dagegen, dass wir unsere geplante Lagebesprechung hier durchführen?«

Sie setzten sich an den Küchentisch und Horst genoss den ersten Schluck Kaffee wie einen guten, teuren Rotwein. Für einen Augenblick schloss er genießerisch seine Augen und atmete tief durch.

»Es sieht ganz danach aus, dass wir in Bezug auf die Einbruchserie hier in Schmachtendorf kurz vor der Lösung stehen«, begann er nach der kurzen Pause. »Ich bin sicher, dass die gefasste Person und die beiden anderen geflüchteten Personen für die Einbruchserie verantwortlich sind. Die Einbrüche zeigen alle die gleiche Handschrift.« Erneut nahm er einen tiefen Schluck aus seiner Kaffeetasse. »Das entlastet und wir haben mehr Zeit und Energie, uns um die Morde an den beiden Schulleitern zu kümmern«, setzte er fort.

»Wie geht es weiter?«, fragte Anne.

»Heute werde ich mich erst einmal dem Einbrecher widmen«, antwortete Horst. »Vielleicht kann ich ihm weitere Informationen entlocken.«

»Bist du nicht voreingenommen, wenn ausgerechnet du den Einbrecher verhörst, der gerade in deine eigene Wohnung eingebrochen ist?«, gab Michael zu bedenken.

Horst überlegte für einen Augenblick. »Daran habe ich noch gar nicht gedacht«, antwortete er. »Du hast recht! Es ist sicher besser und juristisch sicher, wenn du das Verhör durchführst. Ich werde nur dabei sitzen und dir soufflieren.« Ein Lächeln huschte über sein Gesicht. »...und wehe, du stellst die falschen Fragen.«

»Was ist denn hier los?« Beate unterbrach das Gespräch und stand fassungslos in der Küchentür. Horst stand auf und umarmte sie. »Es ist alles in Ordnung, mein Schatz«, sagte er, »Komm, setz' dich zu uns, ich erkläre dir alles.«

23

»Es ist der 12. November 2016, 15:05 Uhr. Mir gegenüber sitzt der auf frischer Tat ertappte Einbrecher. Sein Name ist noch unbekannt. Mit im Raum befinden sich Kommissar Horst Reiter, Polizeimeisterin Herweg und der Dolmetscher für die rumänische Sprache, Herr Inu Escara«, sprach Michael Becker in sein Diktiergerät und legte es anschließend eingeschaltet auf den Tisch.

Die Gruppe befand sich in einem keinen Raum des Polizeipräsidiums, der bei Bedarf für Verhöre genutzt wurde. Michael Becker und der Dieb saßen einander gegenüber an einem Tisch. Der noch namenlose junge Mann hatte seine Hände, die mit Handschellen gefesselt waren, wie zum Gebet gefaltet auf den Tisch gelegt. Obwohl er versuchte, gelassen zu wirken, signalisierte seine Körpersprache äußerste innere Anspannung. Das Einzige, was Horst und seine Kollegen bislang herausgefunden hatten, war, dass der junge Einbrecher aus Rumänien stammte, was zu dem Kennzeichen des Nummernschildes des Kleintransporters passte. Trotz landesweiter Schnellfahndung blieb der Fluchtwagen mit den beiden weiteren Dieben unauffindbar.

»Wie heißen Sie?«, begann Michael sein Verhör. Der Dolmetscher übersetzte.

Der junge Mann starrte Michael an und schwieg.

»Ich weise Sie darauf hin, dass es zu harten Konsequenzen für Sie führen kann, sofern Sie nicht mit uns kooperieren«, drohte Michael nach einer sich endlos hinziehenden Wartepause.

Der Dolmetscher Escara redete gestenreich auf den jungen Mann ein. »Wahrscheinlich macht er ihm Angst«, murmelte Horst zu Anne, die das Geschehen mit Horst von der Seite aus gespannt verfolgte.

Nach einigem Zögern antwortete der junge Rumäne. »Kimi Popescu«, sagte er leise.

Escara wandte sich an Michael. «Kimi Popescu«, übersetzte er überflüssigerweise. »Das wäre in Deutschland vergleichbar mit Christian Müller«, erklärte er zusätzlich. »Das sind beide Allerweltsnamen in Rumänien. Ich habe ihm gerade gesagt, dass er kooperieren sollte, um eine Chance auf Strafminderung zu haben.«

»Ok. Gehen wir erst einmal von der Richtigkeit der Angabe aus. Bitte fragen Sie Herrn Popescu nach seinem Alter und nach seinem Wohnort«, antwortete Becker und sah zu Horst hinüber, der mit seinem Kopf zustimmend nickte.

»Er gibt an, am 27. März 1990 geboren zu sein in der Kommune Batos im Kreis Tirgu Mures«, sagte Escara. »Das liegt in der Mitte des Landes, am Rande der Karparten«, erklärte er.

»Wo wohnen Sie hier in Deutschland?«, fragte Michael weiter.

»Mal hier, mal dort«, übersetzte Escara. »Er hat keinen festen Wohnsitz, aber eine Unterkunftsmöglichkeit in Duisburg.«

»Nennen Sie uns die Namen der beiden flüchtigen Straftäter«, schloss Michael an.

Popescu murmelte einige kurze Sätze zum Dolmetscher.

»Er verweigert zu dieser Frage die Aussage. Er hat Angst« erläuterte er.

»Angst vor wem?«, fragte Michael nach.

Popescu blieb auch diese Antwort schuldig, und Michael sah ein, dass er an dieser Stelle nicht weiter kam.

»OK«, setzte er fort, »dann kommen wir erst einmal auf den heutigen Vormittag zu sprechen. Sie sind auf frischer Tat ertappt worden, wie Sie zusammen mit zwei Komplizen in eine Privatwohnung in Schmachtendorf an der Kempkenstraße eingedrungen sind, um dort Gegenstände zu entwenden. Zeuge ist Kriminalkommissar Horst Reiter, hier im Raum anwesend.« Während Escara übersetzte, sah er erneut zu Horst, der zustimmend nickte.

»In Schmachtendorf haben in letzter Zeit zahlreiche Einbrüche nach gleichem Muster stattgefunden«, setzte Becker fort. »Das legt den Verdacht nahe, dass

Sie ebenfalls von Ihnen und Ihren Komplizen durchgeführt wurden.«

Popescu schwieg, nachdem er die Übersetzung gehört hatte. Wieder redete der Dolmetscher auf den jungen Mann ein.

»Es kommt hinzu, dass das Fluchtfahrzeug, das Sie und Ihre Mittäter benutzt haben, im Umfeld anderer Raubzüge gesehen wurde«, ergänzte Michael nach einer kurzen Pause. »Wenn Sie uns helfen, die Diebstähle aufzuklären, kann sich das außerordentlich strafmildernd für Sie auswirken.«

Wieder sah er zu Horst hinüber. Es war Michaels erstes Verhör, und er fühlte sich noch unsicher, ob seine Strategie richtig war. Horst nickte beruhigend.

»Eventuell kann das Gericht Sie sogar laufen lassen, für den Fall, dass Sie uns helfen«, sagte Michael, wohl wissend, dass das nicht ganz der Wahrheit entsprach. Horst wiegte den Kopf hin und her und winkte dann mit der Hand ab. Er meinte damit wohl: „Inhaltlich falsch, aber jetzt lass' laufen".

Erneut redete der Dolmetscher intensiv mit dem jungen Mann, bis der zustimmend nickte und einige Sätze murmelte.

»Er sagt aus, dass er und seine Komplizen in den letzten Wochen einige Einbrüche in Schmachtendorf und in der näheren Umgebung unternommen haben«, übersetzte er. »Weitere Angaben möchte er zu diesem Zeitpunkt nicht mehr machen und bittet um die Unterstützung durch einen Anwalt.«

»Na, das ist doch schon mal etwas«, atmete Becker nach seinem ersten Verhör erleichtert auf. »Mehr bekommen wir heute nicht aus ihm heraus. Wir bestellen für morgen einen Anwalt zu seiner rechtlichen Begleitung und setzen das Verhör dann fort. Bis dahin bleibt er bei uns bis auf weiteres in Gewahrsam. Michael, erledige du bitte die notwendigen Formalitäten für die Anordnung einer Untersuchungshaft.«

Escara übersetzte und der junge Mann, der sich Kimi Popescu nannte, nickte zustimmend. Er wurde von Michael an seine Kollegen übergeben, die ihn in einer der kleinen Zellen im Nebengebäude des Präsidiums einsperrten.

»Ende des Verhörs um 15:47 Uhr«, sprach Becker in das noch laufende Diktiergerät. »Der Beschuldigte verbleibt im Gewahrsam der Polizei.« Abschließend schaltete er das Aufnahmegerät ab.

Michael, Anne und Horst gingen, nachdem sie den Dolmetscher verabschiedet hatten, in Horsts Büro. »Ich gehe einmal kurz vor die Tür«, sagte Horst, »um zu rauchen. Wenn jemand von euch zwischendurch einen Kaffee ansetzt...«, ergänzte er und blickte dabei in Annes Richtung.

»Ja ja, ich habe schon richtig verstanden«, sagte sie spitz. »Das ist die richtige Tätigkeit für Frauen. Macho!«

Mit einem Lächeln auf den Lippen verschwand Horst nach draußen. Er hatte zwar noch Schmerzen von dem Kampf am frühen Morgen, gleichwohl war er in bester Laune. Seine Kollegen und er hatten den Fall gelöst, der seit einiger Zeit für Verunsicherung und Unruhe in der Stadt gesorgt hatte. Zufrieden mit sich und der Welt zündete er sich seinen Zigarillo an und atmete den Rauch tief ein.

»Michael, das Verhör hast du fürs erste Mal gut hinbekommen«, lobte er, nachdem er sich an den Konferenztisch gesetzt hatte. Er trank einen Schluck Kaffee aus der Tasse, die Anne zuvor an seinen Stammplatz gestellt hatte.

»Wir berufen für heute Abend 18 Uhr eine Pressekonferenz ein. Dann steht die gute Nachricht morgen früh in der Zeitung«, setzte er fort.

»Endlich kommen wir aus der öffentlichen Kritik heraus«, ergänzte Anne, »und wir können wieder in Ruhe arbeiten.«

Horst und Michael nickten zustimmend. »Und Kurt wird in seiner Stammkneipe in Ruhe gelassen«, ergänzte Michael grinsend.

»Ist euch eigentlich aufgefallen, dass Popescu und ich am gleichen Tag geboren sind?«, setzte sie fort.

Die beiden Männer sahen einander fragend an.

»Ja, wirklich, wir sind am gleichen Tag zur Welt gekommen, ich hier in Oberhausen, Popescu in irgendeinem Kaff in Rumänien. Wer weiß, wie es aussähe, wenn es umgekehrt gewesen wäre«, sinnierte sie weiter. »Vielleicht hätte er eine Ausbildung zum Polizisten gemacht, und ich wäre vielleicht eine Prostituierte oder Diebin – wer weiß.«

»Nun ja, wir haben Glück, hier leben und arbeiten zu können«, antwortete Horst nach kurzem Überlegen. »Aber letztlich liegt die Entscheidung über den eigenen Lebensweg nur bei einem selbst. Popescu hätte genauso gut eine ehrliche Arbeit annehmen können, so, wie zahlreiche andere junge Männer seiner Herkunft das auch tun.«

»Sei's drum, wir werden es nicht ändern«, würgte Michael die kurze philosophische Diskussion ab. »So oder so, er hätte niemals einen so guten Kaffee kochen können wie du«, fügte er mit einem breiten Grinsen hinzu.

»Noch'n Macho«, stöhnte Anne auf.

Die kurzfristig angesetzte Pressekonferenz verlief erwartungsgemäß positiv. Horst war bester Laune und konnte den Erfolg der polizeilichen Arbeit den Reportern gegenüber gut verkaufen. Gegen 19 Uhr fuhr er zurück nach Schmachtendorf.

»Ach, der Herr kommt auch noch mal nach Hause?«, fragte Beate provokativ, als er in der Haustür stand. »Was denkst du dir eigentlich dabei, mich hier den ganzen Tag alleine sitzen zu lassen? Du hättest wenigstens einmal anrufen können.«

Kurt Buller hatte seine Spurensicherung um die Mittagszeit herum erfolglos beendet. Beate hatte ihren Unterricht an der Musikschule kurzfristig abgesagt und war seitdem mit dem Aufräumen beschäftigt.

»Es ist ein schlimmes Gefühl, das die Einbrecher bei mir hinterlassen haben«, setzte sie wütend fort. »Ich habe alles mit heißem Wasser und scharfem Reinigungsmittel abgewaschen, was die angefasst haben könnten. Es ist so schlimm!«

Reiter fiel aus seiner gerade noch guten Laune in Bedrückung, weil er einsah, dass Beate vollkommen recht hatte. In seiner Euphorie hatte er ganz vergessen, sich um seine Frau und ihre Ängste und Sorgen zu kümmern.

»Ach, Schatz, entschuldige. Ich bin ein alter Trottel. Tut mir leid, ich hab's nicht mit Absicht getan.« Er nahm Beate liebevoll in den Arm und küsste sie auf die Wange. »Aber vielleicht verstehst du, wie glücklich ich war, diesen Fall endlich gelöst zu haben.«

»Du hättest dabei getötet werden können«, antwortete sie mit zitternder Stimme. »Stell' dir vor, was hätte geschehen können, wenn die Einbrecher bewaffnet gewesen wären!«

Erst jetzt realisierte Horst, in welcher Gefahr er sich am Morgen befunden hatte. »Das waren sie allerdings nicht«, wiegelte er ab und gab ihr einen weiteren Kuss auf die Wange.«»Jetzt habe ich die Zeit und den Kopf frei genug, um mich um die Mordfälle zu kümmern«, setzte er fort. Er spürte, dass seine gute Stimmung zurückkehrte.»Und nun gehen wir zusammen eine Kleinigkeit essen, das haben wir uns heute wirklich verdient.«

»OK, aber vorher hilfst du mir beim Einräumen des Wohnzimmerschrankes«, antwortete Beate und wischte sich eine Träne aus dem Auge.

24
Freitag, 13. November 2015

Nach dem guten Abendessen in der Pizzeria Trinacria in Schmachtendorf hatte Horst noch in der Begleitung von zwei Flaschen Altbier einige kleine Stücke auf der Gitarre geübt. Währenddessen war ihm das Gespräch mit Hellmann wieder eingefallen. Er hatte sich noch einige Notizen zum Gitarrenwettbewerb für Senioren gemacht und war im Anschluss daran – entgegen seiner Gewohnheit – früh zu Bett gegangen.

Er wachte auf, kurz bevor der Wecker piepte und fühlte sich gut erholt. Das Hochgefühl des gestrigen Erfolgs hielt noch an.

Entgegen seiner Gewohnheit ging er sofort in die Küche, in der Beate bereits seit längerer Zeit die Zeitung las. Der Kaffee war noch nicht fertig, die Kaffeemaschine glukste jedoch schon vor sich hin.

»Gib mir mal schnell den Oberhausener Teil«, begrüßte er seine Frau.

Die Berichterstattung über den Erfolg der Sterkrader Polizei stellte ihn zufrieden. Die Zeitung berichtete ausführlich über die Pressekonferenz und lobte insbesondere seinen eigenen Einsatz.

Mit sich und der Welt zufrieden ging Horst mit einer Tasse Kaffee in der Hand zurück in sein Zimmer. Er setzte sich an seinen Schreibtisch und entzündete einen Zigarillo. Der Zettel mit den Notizen über den Gitarrenwettbewerb lag neben dem Laptop. Horst las sich seine abendlichen Notizen noch einmal durch und beschloss, im Laufe des Tages Hellmann anzurufen, um den bislang lose vereinbarten Termin zu bestätigen und Bewegung in die Sache zu bringen.

Bevor er die Wohnung verließ, warf er noch einen Blick auf sein Tageshoroskop. »*Wer eines nach dem anderen erledigt, hat alles gut im Griff. Routine gibt Ihnen ein Stück Sicherheit*«, las er halblaut vor und ignorierte dabei Beates schon fast rituellen strafenden Blick. »Für einen Freitag des 13ten des Monats ist die Prognose doch gar nicht so schlecht, mein lieber Abergläubling«, kicherte sie wie zur Versöhnung.

Auf dem Weg zum Präsidium hörte er wieder die Morgenandacht. „Glück" war weiterhin das Kernthema der morgendlichen Meditationen. Diesmal sprach der Geistliche über den Wert des Geldes in der Hierarchie des Glücks. Er sprach darüber, dass zahlreichen Untersuchungen zufolge Geld – wie es der Volksmund sagt – nicht glücklich macht, vorausgesetzt, dass ein gewisser Grundbetrag zur Lebenssicherung vorhanden ist. Weiterhin fragte er sich und seine Zuhörer, aus welchen Beweggründen heraus manche Menschen trotzdem immense Summen an Geld horteten.

»Na, der Selbstbestätigung wegen«, dachte Horst, »und um angeben zu können. Wirklich glücklich sind solche Menschen mit Sicherheit nicht.« Horst hatte sich in der Vergangenheit mehrfach mit Beate über die Reichen und Superreichen unterhalten. „Wer viel

Geld hat, hat Geld, das andere nicht haben", sagte er immer. Er meinte damit, dass ein superreicher Unternehmer etwa einfach nur seine Mitarbeiter besser bezahlen müsste, dann wäre die Welt ein gutes Stück besser. „Vor Leuten, die es sich auf Kosten anderer mehr als nötig gut gehen lassen, habe ich einfach keine Achtung", ergänzte er häufig und meinte damit solche Angeber-Typen, die mit dem Privatflugzeug um die Welt jetteten und gleichzeitig ihre Mitarbeiter mit Minimallöhnen beschäftigten.

Weiter konnte er seinen weltverbessernden Gedanken nicht mehr nachhängen, denn er erreichte seinen Parkplatz am Polizeipräsidium. Anne kam gerade mit ihrem roten Fahrrad vorgefahren.

»Hej«, begrüßte sie ihn.

»Wie geht es dir?«, fragte er. Anne verstand sofort, dass sich die Nachfrage ihres Chefs auf die beendete Beziehung zu Martin bezog.

»Alles wieder in Ordnung«, antwortete sie fröhlich. »Irgendwie kann ich ja heilfroh sein, dass ich diesen Armleuchter los bin.«

Horst nickte zustimmend. »Ja, sei froh. Du wirst mit Sicherheit einen Besseren finden.« Dann wurde er wieder dienstlich. »Wir treffen uns um 9 Uhr bei mir im Büro, sag' bitte Michael und Kurt Bescheid«, sagte er noch, bevor sich ihre Wege trennten.

Reiter hatte vor, noch im Lauf des Vormittags ein weiteres Verhör mit Popescu durchzuführen. Michael Becker hatte seine Sache am Vortag zwar recht ordentlich gemacht, aber Horst war sich sicher, dass er noch mehr herausbekommen würde.

Seine Mitarbeiter kamen pünktlich und versammelten sich mit Kaffeetassen in der Hand am Konferenztisch.

»Es ist super gelaufen, gestern«, begann Horst. »Die Zeitung habt ihr sicher schon gelesen. Die Artikel sind voll des Lobes. Jetzt können wir uns voll auf die Mordfälle konzentrieren. Vorher werde ich mich allerdings noch einmal um diesen Popescu kümmern.«

»Soll ich das nicht machen?«, wandte Michael Becker ein. »Du bist doch befangen.«

»Erstens möchte ich ihn nicht zu dem gestrigen Einbruch bei mir zu Hause befragen, sondern zu den anderen Diebstählen«, entgegnete Reiter. »Zweitens ist heute ein Rechtsbeistand dabei, der für Objektivität sorgen wird. Apropos: Habt ihr einen Rechtsanwalt bestellt?«

»Ja, das habe ich bereits erledigt«, antwortete Anne. »Rechtsanwalt Hülsken steht heute zur Verfügung.« Horst kannte den Juristen aus zahlreichen anderen Fällen, in denen ein Pflichtverteidiger benötigt wurde. »Na, dann ist ja gut«, murmelte er.

Michael konnte seine Enttäuschung darüber, dass er das Verhör nicht weiterführen durfte, nicht verbergen. Mit ärgerlichem Gesichtsausdruck wischte er imaginäre Krümel von der Tischoberfläche weg. Reiter blieb das nicht verborgen. »Nicht, das ihr das falsch versteht«, sagte er in die Runde, »Michael hat das Verhör gestern hervorragend geführt. Aber versteht bitte, dass ich ein Gefühl für das, was da gelaufen ist, nur entwickeln kann, wenn ich wirklich hautnah dabei bin. Es reicht nicht, dass ich Beobachter bin, ich muss Akteur sein. So einfach ist das.«

Michael sah seine Kollegen resignierend an. »Wenn's dann so ist ...«, murmelte er.

»Anne, bestellst du bitte den Rechtsanwalt für 11 Uhr hierhin?«, setzte Horst fort. »Ich habe dann noch genügend Zeit, das Verhör von Popescu vorzubereiten. Heute Nachmittag werde ich die allfälligen Berichte schreiben, da ist in dieser Woche einiges liegengeblieben.«

»Das hört sich nach einem ruhigen Tag an«, meldete sich Kurt Buller. »Hoffen wir das Beste.«

Nachdem die Sitzung beendet war und die Kollegen sein Büro verlassen hatten, zog Horst den Zettel aus der Brusttasche seines Hemdes, den er am Vorabend mit Gedanken zum Gitarrenwettbewerb aufgeschrieben hatte. Er setzte sich ans Telefon und rief Hellmann an, den er zu seiner großen Freude sofort erreichte. Nachdem er ihm seine neuen Ideen vorgestellt hatte, verabredeten sie sich für ein weiteres Telefonat am darauffolgenden Montag, um das Treffen konkret zu vereinbaren. Dann wandte er sich seufzend der ungeliebten Aktenarbeit zu.

Kurz von 11 Uhr klopfte es an seiner Bürotür und Rechtsanwalt Hülsken trat ein. Die beiden begrüßten sich wie alte Bekannte und gingen nach einem kurzen Informationsaustausch über den Fall zum Vernehmungsraum, in dem Popescu zusammen mit dem Dolmetscher bereits wartete. Horst wollte ihn zu den anderen Einbrüchen befragen und hatte Fotos von den jeweiligen Tatorten zusammengestellt, um der Erinnerung des Diebes nachhelfen zu können. Den Umstand, dass seine Mittäter wahrscheinlich über alle Berge waren, hatte er vor zu verschweigen.

Popescu hatte über Nacht seine Strategie der Polizei gegenüber offensichtlich noch einmal überdacht, denn er erwies sich als sehr auskunftsfreudig. »Wahrscheinlich haben die Drohungen gestern ihre Wirkung nicht verfehlt«, dachte Horst und befragte ihn eingehend zu den einzelnen Einbrüchen. Popescu erkannte auf den Fotos die jeweiligen Tatorte wieder und hatte sogar noch recht gut im Gedächtnis, was dort gestohlen worden war.

Horst hatte die Tatortfotos vorab chronologisch sortiert. Als letzter Einbruch kam der in das Haus von Sander am Waldhuck an die Reihe. Er legte das Foto vom verwüsteten Wohnzimmer auf den Tisch vor Popescu. In diesem Augenblick nahm er wahr, wie ein Schrecken über das Gesicht des jungen Mannes huschte.

»Warum erschreckt Sie das Foto?«, fragte er sofort. Escara übersetzte die Frage, die einen regelrechten Wortschwall bei Popescu als Antwort hervorrief.

»Popescu sagt, dass sie dort so gut wie nichts gestohlen hätten. Während seine Komplizen im Wohnzimmer die Einrichtung durchwühlten, sei er in das Schlafzimmer gegangen.«

Horst wurde hellhörig. »Gut, dass ich das hier mache«, dachte er, »Michael wäre noch nicht so routiniert gewesen, um Popescus Körpersprache zu lesen.« Für einen kurzen Augenblick erinnerte er sich an den Text seines Tageshoroskops. Währenddessen redete der junge Rumäne ununterbrochen auf den Dolmetscher ein.

»Er hat zuerst im Schlafzimmer nachsehen wollen«, setzte Escara seine Übersetzung fort, »weil viele Leute nach seiner Erfahrung dort ihre Wertgegenstände aufbewahren.« Popescu sprach mit bebender Stimme weiter.

»Im Schlafzimmer fand er einen Mann, der an einem Seil an der Decke baumelte. Noch bevor er seine Freunde um Hilfe rufen konnte, wurde er von einer Person umgestoßen. Diese sei durch den Flur am Wohnzimmer vorbei gerannt und habe das Haus fluchtartig verlassen.«

Reiter war wie elektrisiert. Popescu hatte mit einiger Sicherheit den Mörder von Sander gesehen! Ehe er weiter fragen konnte, schaltete Rechtsanwalt Hülsken sich ein.

»Würden Sie mich bitte darüber aufklären, um was es jetzt hier geht?«, fragte er.

Horst erklärte die Zusammenhänge.

»Oh, dann steht mittlerweile nicht mehr Einbruchdiebstahl zur Diskussion, sondern eventuell Mord?«, fragte er. »Das würde für das Verhör und seine Folgen einiges ändern!«

»Nein, nein«, beschwichtigte Horst. »Ich glaube nicht, dass die Diebesbande etwas mit dem Mord an Sander zu tun hat, das würde nicht ins Bild passen. Aber vielleicht helfen uns Beobachtungen, die Popescu gemacht hat, weiter.«

Hülsken blieb erst einmal ruhig, verfolgte den weiteren Verlauf des Gespräches jedoch mit besonderer Wachsamkeit.

»Haben Sie den Mann gesehen? Können Sie ihn beschreiben?«, setzte Horst sein Verhör fort.

»Er kann nicht sagen, ob es ein Mann oder eine Frau war«, dolmetschte Escara. »Es sei alles sehr schnell gegangen. Die Person hat ihn umgestoßen und ist aus dem Haus herausgerannt, wie gesagt«, übersetzte Escara weiter.

»Verdammt«, dachte Horst, »ich war so nahe dabei.«

»Wie ist er geflüchtet?«, fragte er weiter.

»Mit einem Auto, einem roten Auto«, übersetzte der Dolmetscher. »Er weiß es, weil er sofort nach dem Vorfall in den Flur gegangen ist und durch die offene Haustür sehen konnte, wie ein Wagen wendete und mit Vollgas abfuhr.«

»Welche Marke? Haben Sie das Kennzeichen gesehen?«, hakte Horst hoffnungsvoll nach.

»Es war ein Fahrzeug aus Duisburg. Popescu kennt die Duisburger Kennzeichen, weil er hin und wieder dort wohnt. Hinsichtlich der Automarke ist er sich nicht sicher, vermutlich ein VW oder ein Škoda, auf jeden Fall ein älteres Modell.«

»Das hilft nicht weiter«, sagte Horst resignierend, »davon gibt es sehr viele, gerade in Duisburg.«

»Wie ging es weiter?«, schloss Horst an.

»Wir haben Angst bekommen«, übersetzte Escara, »und sind auch abgehauen. Mit dem Tod eines Menschen wollten wir nichts zu tun haben. Wir sind Diebe, keine Mörder.«

Horst glaubte den Worten, die genau das bestätigten, was er gerade zu Hülsken gesagt hatte.

»OK, belassen wir es dabei«, schloss Reiter das Verhör ab. Er schaltete das Aufnahmegerät aus und sah Popescu direkt in die Augen. »Es kann sein, dass Sie nun nicht nur des mehrfachen Diebstahls verdächtig sind, sondern auch, dass Sie ein wichtiger Zeuge in einem Mordfall sind. Ich werde veranlassen, dass Sie zu Ihrem eigenen Schutz noch für einige weitere Tage im Gewahrsam der Polizei bleiben.«

Nachdem er Hülsken und Escara verabschiedet hatte, ging Horst erst einmal vor die Tür, um ein Zigarillo zu rauchen.

Zurück in seinem Büro, holte er einige Karteikarten aus seiner Schreibtischschublade und notierte die neuesten Erkenntnisse in Stichworten auf verschiedenen Karten: Rotes altes Auto, VW oder Škoda, Jeans, Duisburger Kennzeichen, wahrscheinlich kräftige Person, männlich oder weiblich. Er legte die Karten nebeneinander hin und blickte nachdenklich darauf.

»Wirklich viel ist es noch nicht«, dachte er, »aber jedem Anfang wohnt bekanntlich ein Zauber inne.« Er hatte in seiner Jugend gerne Hesse gelesen, besonders die Romane *Steppenwolf* und *Siddharta* waren ihm noch bestens in Erinnerung. Sie hatten sein Denken und seine innere Haltung dem Leben gegenüber entscheidend geprägt.

Er befüllte die Kaffeemaschine mit seiner Lieblingssorte und ging zu seinen Kollegen hinüber.

»Wir treffen uns in 10 Minuten bei mir zu einer Besprechung«, rief er in den Raum hinein. »Es gibt Neues zu berichten.«

25

Mit wenigen Worten hatte Horst seinem Team die neuen Erkenntnisse vorgestellt. »Wir suchen nun also eine Person, wahrscheinlich mittleren Alters, die ein altes, rotes, in Duisburg zugelassenes Kraftfahrzeug fährt und wahrscheinlich mit Sander bekannt war. Viel mehr wissen wir noch nicht, aber es ist immerhin schon etwas.«

Anne meldete sich wie eine Schülerin in der Schule. »Eigentlich wissen wir noch mehr«, ergänzte sie. »Der Umstand, dass die Person am frühen Vormittag beobachtet wurde, deutet darauf hin, dass sie zu dieser Tageszeit nicht arbeiten musste.«

»Gut kombiniert«, lobte Horst seine junge Mitarbeiterin, »daran habe ich noch gar nicht gedacht.«

»Wie gehen wir weiter vor?«, fragte er rhetorisch. »Michael, du und Anne, ihr befragt noch einmal die Nachbarschaft von Sander, ob die sich an eine Person mit einem roten Kraftfahrzeug in Sanders Umfeld erinnern können. Kurt, du schaust bitte einmal nach, ob sich vor dem Sander'schen Haus noch Reifenspuren befinden. Nach Popescus Aussage hat der Verdächtige seinen Wagen dort gewendet. Vielleicht ist noch etwas zu finden.« Er goss sich Kaffee nach und trank einen Schluck.

»Sobald ihr damit fertig seid, fragt beim Straßenverkehrsamt in Duisburg nach Besitzern älterer, roter Personenkraftwagen, vornehmlich VW und Škoda. Das werden viele sein, aber vielleicht fällt uns ein Name irgendwie auf.«

»Was machst du?«, warf Kurt ein.

»Ich fahre noch einmal zum Georg-Kerschensteiner-Berufskolleg und werde versuchen, dort noch ein wenig mehr in Erfahrung zu bringen«, antwortete er.

»Nachmittags an einer Schule?«, fragte Becker mit ironischem Unterton. »Da ist doch spätestens um 13 Uhr Feierabend und kein Mensch mehr da.« Reiter warf unwillkürlich einen Blick auf seine Armbanduhr. »Ich kann um halb zwei dort sein, vorausgesetzt ich komme gut durch«, antwortete er. »Irgendjemanden werde ich sicher noch antreffen.« Er erhob sich und trank seine Tasse leer. »Wir treffen uns um 16 Uhr noch einmal hier«, sagte er. »Also ran an die Arbeit.«

Horst kam tatsächlich gut durch. Die Autobahn A59 war frei und trotz der Baustelle auf der Rheinbrücke der A40 geriet er in keinen Stau.

Den Weg zum Sekretariat der Schule kannte er mittlerweile. Die Tür war verschlossen. Auf einem Schild konnte er lesen, dass das Schulbüro regelmäßig um 13 Uhr geschlossen wurde. Ratlos stand er vor der Tür.

»Hallo, guten Tag, Sie schon wieder?«, fragte eine weibliche Stimme, die ihm bekannt vorkam. Er drehte sich um. Es war die Lehrerin mit dem arabisch klingenden Namen, mit der er sich vor einigen Tagen unterhalten hatte.

»Miriam el Saloum«, stellte sich die Frau noch einmal vor, denn sie hatte gesehen, dass Horst verzweifelt in seinem Gedächtnis nach ihrem Namen forschte. »Das Schulbüro ist geschlossen. Kann ich Ihnen vielleicht weiterhelfen?«

»Um ehrlich zu sein – das weiß ich nicht genau«, antwortete Horst. »Ich weiß nämlich selber nicht, was ich suche oder wonach ich welche Fragen stellen könnte.«

»Das klingt nicht gut«, sagte sie. »Aber da geht es Ihnen so wie einigen unserer Schüler. Jedoch auch so wie einigen Lehrern«, fügte sie verschmitzt hinzu.

»Haben Sie schon Feierabend?«, fragte Horst, um das Gespräch in Gang zu halten.

»Lehrer haben nie Feierabend«, antwortete Frau el Saloum mit einem Lächeln. »Allerdings habe ich gerade meine letzte Unterrichtsstunde für heute beendet, wenn Sie das meinen. Ich muss nun noch meinen Unterricht für morgen vorbereiten und eine Klassenarbeit erstellen. Das mache ich natürlich am heimischen Schreibtisch.«

Horst merkte, dass er in Bezug auf die Arbeitszeiten von Lehrern einen empfindlichen Punkt angesprochen hatte. Seitdem ein Kanzler den gesamten Berufsstand als „faule Säcke" diffamiert hatte, reagierten Lehrer in seinem Bekanntenkreis besonders empfindlich auf diesbezügliche Bemerkungen.

Als hätte Frau Dr. el Saloum seinen Gedankengang erraten, sagte sie »Ja, ich weiß, Lehrer haben im Volksmund vormittags Recht und nachmittags frei. Das stimmt mittlerweile lange nicht mehr, sofern es überhaupt einmal richtig war. Wir sind inzwischen Lehrer, Sozialpädagogen, Reparaturbetrieb für Versäumnisse im Elternhaus, Alleinunterhalter und vieles mehr in einer Person. Natürlich haben wir einige wenige Kollegen, die sich im System optimiert haben. Minderleister gibt es aber in jedem Beruf und auf jeder Hierarchieebene. In unserem Beruf prägen sie das Bild der faulen Lehrer, das viele Menschen beharrlich in ihren Köpfen haben. Jeder sieht mit Neid den Lehrer um 14 Uhr auf dem Tennisplatz, keiner aber achtet auf die Schreibtischlampe, die bis nach Mitternacht brennt.«

»So habe ich das nicht gemeint«, versuchte Horst sich zu rechtfertigen. »Ich habe schon im Gespräch mit Herrn Heintze erfahren, wie umfangreich das Tätigkeitsfeld von Lehrern am Berufskolleg ist.«

»Ich habe auch nicht vor, Ihnen zu unterstellen, mich angreifen zu wollen«, antwortete Miriam el Saloum ruhig. »Aber vielleicht verstehen Sie, dass man als Lehrerin, die mehr als 60 Stunden pro Woche arbeitet, arbeiten muss, bei diesem Thema empfindlich reagiert.«

Für einen Augenblick schwieg sie. »Wir haben hier eine neue Kollegin, die bei uns als sogenannte Seiteneinsteigerin angefangen hat«, setzte sie fort. »Die Kollegin hat vorher in der Industrie als Ingenieurin mit großer Personalverantwortung gearbeitet. Sie müssen sich einmal mit ihr über ihre Erfahrungen an der Schule unterhalten. Sie wird Ihnen klarmachen, dass sie noch nie zuvor in ihrem Leben so viel und so kräftezehrend gearbeitet hat.«

Wieder legte sie eine kurze Pause ein. »Schlimm ist eben nur, dass der Pädagogenstand jedes Mal in eine Rechtfertigungssituation gebracht wird. Ich stelle die Arbeitszeit eines Polizisten doch auch nicht in Frage.«

»Das habe ich doch auch nicht getan«, verteidigte Horst sich wieder.

»Ja, ich weiß. Entschuldigen Sie. Immer, wenn dieses Thema aufkommt, gehen die Pferde mit mir durch. Vielleicht liegt das an meinem orientalischen Temperament.« Erneut zeigte sie ihr verschmitztes Lächeln. »Aber es ist wirklich so, obwohl es im Augenblick nicht danach aussieht«, dabei machte sie eine Armbewegung in Richtung der leeren Gänge, »dass das Berufsbild eines Lehrers sich in den vergangenen zehn Jahren dramatisch verändert hat. Nach dem, was ich höre und in der Zeitung lese, ist das in Ihrem Beruf nicht anders, zumindest, wenn man an die Personalunterdeckung und den mangelnden Respekt der Bevölkerung denkt.«

Ehe Horst antworten konnte, sagte sie »Warum stehen wir hier eigentlich auf dem Gang herum? Gehen wir doch ins Lehrerzimmer! Dort ist es gemütlicher und wir können uns hinsetzen, außerdem dürfte noch jeweils ein Rest Kaffee oder Tee in den Warmhaltekannen sein.«

Auf dem Weg zum Lehrerzimmer redete sie weiter. »Ein weiteres Problem für uns sind die Flüchtlingsklassen, die gerade an allen Schulen eingerichtet werden. Nicht, dass Sie mich falsch verstehen, die Schülerinnen und Schüler, die aus ihrem Heimatland geflüchtet sind, die sind nicht das Kernproblem, denn die meisten davon kommen sehr wissbegierig und lernwillig zur Schule. Das Problem liegt bei uns: Wir müssen von heute auf morgen versuchen, Jugendliche, die kein Wort Deutsch sprechen, teilweise sogar nicht einmal alphabetisiert sind, in unsere Gesellschaft und in den Unterricht zu integrieren.« Sie blieb vor dem Fenster zur Straße hin stehen. »Nur sehr wenige Lehrer sind auf eine dermaßen anspruchsvolle Aufgabe vorbereitet«, setzte sie fort. »Schauen Sie mal, dort drüben, das ist ein Haus, in dem bis zu 1500 Menschen, Flüchtlinge aus ich-weiß-nicht-wie-viel Ländern, gemeldet sind. 1500 Menschen in einem Haus gemeldet! Können Sie sich vorstellen, was das allein für die Schulpflichtüberwachung bedeutet? Kein Mensch in dieser Stadt hat eine Ahnung, wer da zu welchem Zeitpunkt wohnt.«

Horst sah in einigen hundert Metern Entfernung ein Hochhaus. Aus den Fenstern hingen Decken und Kleidungsstücke heraus, schon aus größerem Abstand machte alles einen verkommenen Eindruck. Miriam el Saloum, die seine Gedanken erraten konnte, erklärte: »Ein Vermieter bietet dort Unterkunft zu horrenden Preisen an. Die Folgen für die Menschen, die dort wohnen, die Folgen für die Nachbarn und den Stadtteil interessieren ihn nicht. Nur das Geld zählt.« Unwillkürlich musste Horst an die Morgenandacht denken, in der es genau um dieses Thema gegangen war.

»Es könnte sein, dass auch Popescu zwischenzeitlich dort gewohnt hat«, dachte Horst weiter, sagte jedoch nichts. Er hatte von dem „Problemhaus" bereits in der Presse gelesen, hatte sich aber nicht vorstellen können, dass die Verhältnisse dort dermaßen menschenunwürdig waren.

»Sehen Sie, nicht der Unterricht, *das* sind unsere Probleme«, sagte Miriam el Saloum und schlenderte weiter. »Bei Ihnen, bei der Polizei, wird es nicht unähnlich sein.«

Das Lehrerzimmer befand sich wenige Schritte weiter an der linken Seite des Ganges. Miriam el Saloum schloss die Tür auf und beide betraten den Raum. Zu der Zeit, als Horst selbst noch als Schüler die Realschule in Sterkrade besuchte, war das Lehrerzimmer ein geheimnisvoller, sagenumwobener und für den Schülerzutritt streng verbotener Ort. Allenfalls wurde die Tür zu diesem Raum einen Spalt breit geöffnet, wenn man mit zitternden Händen ein Entschuldigungsschreiben oder Ähnliches abgeben musste.

Dieses Lehrerzimmer war ein gemütlicher Ort mit liebevollen Tischdekorationen, Bücherregal und einer kleinen Küche.

»Wir legen großen Wert auf eine gute Atmosphäre«, sagte Frau Dr. el Saloum, der sein verblüffter Blick nicht entgangen war. »Wissen Sie«, setzte sie fort, »in manchen Klassen ist der Unterricht aus den genannten Gründen so anstrengend, dass die Kollegen fix und fertig sind, wenn die 90 Minuten herum sind. Sie brauchen dann einen Ort der Ruhe, um nach 20 Minuten Pause wieder fit zu sein. Im Klassenraum müssen wir vieles auf uns allein gestellt regeln. Hilfe haben wir – das ist wieder ähnlich wie bei Ihnen – nicht zu erwarten. Die Eltern sind oft gleichgültig und mit ihren eigenen Problemen überfordert. In manchen Klassen müssen die Lehrer Absolventen der Förderschulen, Flüchtlingsjugendlichen, „normalen" Jugendlichen und Abiturienten gleichzeitig gerecht werden, zudem psychische Probleme versorgen, Verhaltensstörungen beggenen, unsere Kultur und gleichzeitig Wissen vermitteln und so weiter. Nebenher entwickeln wir die schulinternen Lehrpläne und Lernsituationen, bilden neue Lehrer aus, stellen Lehrer ein und vieles, vieles mehr. Keiner, der das nicht versucht hat, kann das alles auch nur im Ansatz nachvollziehen.

Aber jeder kann in unserem Land an jedem Stammtisch zu diesem Thema mitreden. Ähnlich wie Sie von der Polizei fühlen wir uns häufig von Politik und Gesellschaft allein gelassen. Und sobald wir etwas sagen, werden wir ins Lächerliche gezogen, wenn ich an den Herrn Bundeskanzler erinnern darf. Kaffee, Wasser oder Tee?«

»Kaffee«, antwortete Horst. »Schwarz, ohne Zucker.«

Sie holte zwei Kaffeepötte aus einem Schrank hervor und füllte sie an der Kaffeemaschine.

Horst las inzwischen interessiert die Aushänge, die am „schwarzen Brett" hingen.

»Das ist bei uns auch so ähnlich«, sagte er halblaut. »Wir haben auch so einen Aushang mit den Nachrichten, die für die Kollegen wichtig sind. Leider werden sie nicht von allen gelesen.«

»Was wiederum genauso ist wie bei uns«, antwortete sie und stellte die Tassen auf einen Tisch.

Horst blieb noch eine Weile vor den Aushängen stehen und las sie neugierig durch. Ein rosafarbener Zettel fiel ihm besonders ins Auge. Es war eine Ausschreibung für eine Beförderungsstelle zur Besoldungsgruppe A14.

»Ist das die Stelle, von der Sie mir letztens erzählt haben?«, fragte er und wies auf den kleinen Zettel.

»Ja, das ist sie«, antwortete Miriam. »Ich weiß bloß nicht, wie es weitergehen wird, jetzt, da Sander tot ist.«

»Es wird schon weitergehen«, versuchte Horst sie zu beruhigen.

»Den Text der Ausschreibung hat Sander geschickt formuliert«, bemerkte sie wie nebenbei. »Es gibt nicht viele Personen außer mir, die sich darauf bewerben können. Dadurch entstehen keine unliebsamen Konkurrenzsituationen im Kollegium. Dafür hatte er ein gutes Händchen.«

Horst löste sich vom „schwarzen Brett" und setzte sich zu der Lehrerin an den Tisch.

»Ich hatte ja gerade schon gesagt, dass ich selbst nicht weiß, wonach ich hier suche«, begann er. »Ich versuche zu ergründen, was genau mit Sander geschehen ist.« Er wollte, dass die Selbstmordtheorie in der Schule vorerst weiter erhalten blieb und musste deshalb entsprechend vorsichtig formulieren.

»Sein Tod hat uns alle tief getroffen«, antwortete Miriam el Saloum, »Sander hatte zwar seine Macken, aber insgesamt war er beliebt im Kollegium und bei den Schülern.«

»Welche Macken?«, hakte Horst nach.

»Er hatte einige pedantische Züge, was bei Lehrern nicht immer nur gut ankommt, obwohl viele Kollegen eigentlich ähnlich gestrickt sind. Außerdem stellte er sich bei Auseinandersetzungen zwischen Lehrern und Schülern auch schon mal auf die Seite der Schüler, was auch nicht auf ungeteilte Zustimmung im Kollegium traf. Aber – wie gesagt – insgesamt waren alle recht zufrieden mit ihm, Lehrer und Schüler.«

»Von daher kann ich davon ausgehen, dass ein beruflich bedingter Selbstmord eher nicht vorliegt?«

»Ja, alles andere würde mich wundern.«

Ein Klingelton unterbrach das Gespräch. Miriam el Saloum nestelte ihr Handy aus ihrer Jackentasche.

»Entschuldigen Sie bitte«, sagte sie und drückte auf die Empfangstaste. Sie hörte kurz zu und sagte »Ja, ich komme sofort« und legte auf. »Sorry«, bedauerte sie neudeutsch, »aber ich muss sofort los. Meine Tochter bekommt ein Baby, und offensichtlich ist es so weit. Das werden Sie sicher verstehen.«

»Ja klar«, antwortete Horst, höchst verwundert darüber, dass eine in seinen Augen noch junge Frau gerade dabei war, Großmutter zu werden.

Sie verabschiedeten sich schnell voneinander, und Horst wünschte der Lehrerin und ihrer Tochter alles Gute für die Geburt. Ein wenig beneidete er sie, weil er sich selbst über Enkelkinder freuen würde. Andererseits fühlte er sich noch viel zu jung dazu, um mit „Opa" angeredet zu werden.

„Du kannst nicht alles haben: Das Glück, den Sonnenschein. Beim schönsten Regenbogen muss auch Regen sein ...". Bis er seinen Wagen erreichte, summte er das bekannte Lied eines noch bekannteren Schlagersängers der 70er Jahre vor sich hin.

Auf dem Rückweg zum Präsidium hörte er das Stück „Un dia de Novembre" des Kubaners Leo Brouwer.

Obwohl er bei seinem Besuch am Berufskolleg nichts erreicht, keine neuen Erkenntnisse gewonnen hatte, hatte er das Gefühl, einen weiteren, großen Schritt vorwärts gekommen zu sein. Irgendwo in seinem Unterbewusstsein hatte sich die Lösung des Falls wie durch einen Nebel abgezeichnet.

Leo Brouwer (1939) gehört zu den profiliertesten Gitarristen und Komponisten für die Gitarre unserer Zeit. Er schrieb zahlreiche Stücke und Etudenwerke für die Konzertgitarre. In den 1970er Jahren beschäftigte er sich intensiv mit der Avantgarde und der Zwölftonmusik. Eine andere Facette seines kompositorischen Schaffens ist die gitarrengemäße Umsetzung südamerikanischer und afrikanischer Volksmusik. Zusätzlich stand er zehn Jahre dem Nationalen Sinfonieorchester Kubas vor. [24]

26

Anne hatte den Kaffee bereits gekocht, als Horst um kurz vor 16 Uhr in sein Büro zurückkehrte. »Wie war es in Duisburg?«, fragte sie.

»Interessant. Ich bin zwar nicht weitergekommen, aber ich hatte ein lehrreiches Gespräch mit einer Lehrerin des Berufskollegs«, antwortete Horst und berichtete von seinem Gespräch mit Miriam el Saloum.

Michael Becker und Kurt Buller kamen mit leichter Verspätung. »Sorry, der Ausdruck der Liste hat lange gedauert. Papierstau, wie immer, wenn es eilig ist«, entschuldigte sich Michael und hielt dabei einen Stapel Papier hoch. »Das ist die Liste der Besitzer der Fahrzeuge in Duisburg, die auf Popescus grobe Beschreibung passen«, erklärte Kurt auf Horsts fragenden Blick hin. »Es sind ungefähr 2000 Fahrzeughalter«, ergänzte er.

»Prima. Die Liste könnte uns später einmal weiterhelfen«, antwortete Horst, »im Augenblick bringt sie uns noch nicht viel. Liegt sie auch in elektronischer Form vor?«, wollte er noch wissen.

»Ja, ich habe sie in eine Tabelle eingelesen, die wir nach beliebigen Kriterien untersuchen können«, gab Kurt zurück.

»Ausgezeichnet.« Horst war sehr zufrieden. »Habt ihr in Schmachtendorf etwas erreicht?«, fragte er weiter.

»Leider nicht sehr viel«, berichtete Michael Becker. »Die Nachbarn konnten sich an kein rotes Auto oder sonstige Vorkommnisse erinnern. Nur ein älterer Herr aus dem Nachbarhaus meinte, sich an einen aufheulenden Motor erinnern zu können. Das stützt zwar Popescus Aussage, hilft aber nicht weiter.«

Kurt Buller nahm den Faden auf. »Ich habe mir die Reifenspuren vor dem Haus noch einmal angesehen. Vor der Garagenzufahrt waren tatsächlich Abdrücke durchdrehender Reifen zu sehen. Ein Profil war natürlich nicht auszumachen. Fest steht allerdings, dass es keine breiten Reifen waren, was eher für einen Kleinwagen spricht.«

»Auf jeden Fall wird Popescus Aussage durch eure Erkenntnisse gestützt«, tröstete Horst seine Mitarbeiter angesichts der mageren Ausbeute an Ermittlungsergebnissen. »Ich denke, wir sollten für heute Schluss machen, die Woche war anstrengend genug.«

Er verspürte weiterhin einen leichten Schmerz in seinen Armen, der seit dem Kampf mit Popescu geblieben war. »Ich werde heute noch die Berichte schreiben und danach geht es ins Wochenende, das hoffentlich ruhig bleibt.«

Horst und seine Mitarbeiter blieben noch für einige Minuten am Konferenztisch sitzen und sprachen über ihre Pläne für das Wochenende. Anne wollte noch einmal einen Fallschirmsprung wagen, was Horst mit großer Bewunderung kommentierte. Er selbst war zu ängstlich dafür, wie er unumwunden zugab.

27
Montag, 16. November 2015

Das Wochenende hatte Horst zusammen mit Beate und Annika, die zu Besuch gekommen war, verbracht. Annika hatte viel von ihrem Physikstudium in Dortmund erzählt. »Es ist schwer, sehr schwer«, hatte sie gesagt. »Sehr viel Theorie und Mathematik. Wenn man einmal den Faden verloren hat, kommt man kaum noch mit.« Selbst an diesem Wochenende hatte sie sich mehrfach an den elterlichen Küchentisch gesetzt, um komplizierte physikalische Berechnungen durchzuführen. Seitdem sie vor einigen Jahren von einem psychopathischen Mörder als Geisel genommen und fast ermordet worden war, hatte sie zwischendurch mit bedrohlichen Angstzuständen zu kämpfen. Nur allmählich hatte sie diese in den Griff bekommen.

Am späten Sonntagnachmittag war sie wieder zurück nach Dortmund gefahren.

Horst hatte es gerne, wenn seine Töchter ihre Zeit bei Beate und ihm verbrachten. Für ihn fühlte es sich dann so an, als wären die Mädchen noch klein. Ihm kam die Vergangenheit wie eine anheimelnde, heile Welt vor, die für ihn allmählich verschwand.

Er hatte es tatsächlich geschafft, am Sonntagabend frühzeitig zu Bett zu gehen, deshalb fühlte er sich ausreichend ausgeruht, als er aufstand. Das heutige Horoskop hätte ein Spruch aus einem Lebensratgeber sein können. *Sie müssen nicht über Ihre Kräfte gehen. Mehr Gelassenheit, und schon rollt der Stein wie von selbst.*

»Na, dann lassen wir den Stein einmal ganz gelassen rollen«, sagte er zu Beate, als er sich von ihr verabschiedete.

Auf der Fahrt zum Präsidium dachte er über die Termine des Tages nach. Für 10 Uhr hatte Anne eine Verabredung mit Sanders geschiedener Frau Melanie vereinbart. Sie war inzwischen darüber informiert, dass es sich mit Sicherheit um einen Mord an ihrem geschiedenen Mann handelte.

Sonderlich angenehm würde das Gespräch sicher nicht werden, zudem erwartete Horst auch kein greifbares Ergebnis.

Frau Sander traf um 10 Uhr ein. Sie war eine attraktive Frau, strahlte aber eine gewisse Unnahbarkeit aus. Horst schätzte ihr Alter auf 50 Jahre. Sie war am Mittwoch aus München angereist, um zusammen mit ihrer Tochter den Nachlass ihres Exmannes zu verwalten. Sie übernachtete nicht im Haus am Waldhuck, sondern bei ihren Eltern in Sterkrade.

»Kennen Sie jemanden, der Ihrem Ex-Mann nach dem Leben trachten könnte?«, begann Horst ohne Umschweife, nachdem sie beide am Konferenztisch Platz genommen hatten.

Melanie Sander überlegte nicht lange. »Nein, absolut nicht«, antwortete sie. »Klaus, mein geschiedener Mann, war beliebt. Er hatte keine Feinde.«

»Jeder Mensch macht sich Feinde, privat oder im Beruf«, entgegnete Reiter. »Denken Sie bitte noch einmal nach. Schon der kleinste Hinweis kann mir weiterhelfen.«

»Im privaten Umfeld kann ich Ihnen mit Sicherheit sagen, dass er keine Feinde hatte. Das wüsste ich. Wie es beruflich aussah, kann ich Ihnen leider nicht sagen. Seit unserer Scheidung vor drei Jahren haben wir nur noch das Nötigste miteinander besprochen. Ich weiß aber, dass er stets versuchte, Schülern und Kollegen gegenüber gerecht zu sein. Irgendwelche Schwierigkeiten sind mir nicht bekannt.« Sie trank einen Schluck aus der Kaffeetasse und setzte fort. »Als ihr Kollege mich letzte Woche anrief, um mir von dem vermeintlichen Selbstmord zu berichten, konnte ich es nicht fassen. Das wäre das Letzte gewesen, was ich ihm zugetraut hätte. Schließlich war ich fast 25 Jahre mit ihm verheiratet – da kennt man einen Menschen so gut wie sich selbst, vielleicht sogar besser.«

Horsts Erwartungen hatten sich auf ihre Weise erfüllt. Von Sanders Witwe bekam er keine Informationen, die ihn weiterbrachten. Trotzdem hakte er noch einmal nach. »Wie lange war Klaus Sander Schulleiter, als Sie sich trennten?«

Melanie Sander überlegte einen Augenblick. »Er wurde Schulleiter im Winter 2008, im Herbst 2013 haben wir uns getrennt. Also knapp 5 Jahre«, antwortete sie.

»Hat er Ihnen in dieser Zeit von irgendwelchen Schwierigkeiten erzählt, Probleme mit Lehrern oder Schülern?«, wollte Horst erneut wissen.

»Klaus sprach sehr wenig über die Schule«, entgegnete Melanie Sander. »Zu Hause war er ein schweigsamer Mensch, was letztlich auch zu unserer Trennung beigetragen hat. Unangenehme Entscheidungen zu fällen machte ihm zwar etwas aus, aber er sagte immer „Letztlich bekomme ich mein Geld genau dafür". Was ja auch stimmt.«

»Wissen Sie von solchen unangenehmen Entscheidungen?«, ließ Horst nicht locker.

Erneut dachte Frau Sander nach. »Ja, ich kann mich erinnern, dass Klaus in seinen ersten Jahren einmal einen Fall von Alkoholmissbrauch eines Lehrers hatte«, antwortete sie. »Das Problem hat er damals gut gelöst. Der Kollege wurde in einer Entzugsklinik behandelt und anschließend an eine andere Schule versetzt – soweit ich mich erinnern kann auf eigenen Wunsch hin nach Bielefeld.«

»Haben Sie einen Namen?«, fragte Horst.

»Ich glaube, er hieß Römhild, ja, Franz Römhild«, antwortete sie nach kurzem Nachdenken.

»Das ist kein geläufiger Name«, bemerkte Reiter und machte sich eine Notiz. »Den werden wir schnell finden. Wir gehen jeder noch so kleinen Spur nach.«

Er stand auf, ging zum Schreibtisch und nahm den Hörer seines Telefons ab. »Hallo Michael«, sagte er, »überprüfe doch bitte einmal, ob es in Bielefeld einen Lehrer mit dem Namen Franz Römhild gibt.«

Reiter setzte sich wieder Frau Sander gegenüber an den Konferenztisch. »Wie hat denn Ihre Tochter den Tod des Vaters aufgenommen?«, fragte er. »Meine Tochter und sie sind zusammen zur Schule gegangen«, ergänzte er.

»Gefasst«, gab Frau Sander zur Antwort. »Sehr gefasst. Sie hatte kein besonders gutes Verhältnis zu ihm. Die beiden waren wie Feuer und Wasser. Mein ehemaliger Mann hätte es gerne gesehen, wenn sie „etwas Ordentliches", wie er es nannte, studiert hätte. Mit dem Musikstudium hat er sich nie anfreunden können.«

Horst dachte an die Auseinandersetzungen mit seinem eigenen Vater in seiner Jugend. Auch der hatte Bedenken gegen ein Musikstudium und versuchte mit allen Mitteln, dies zu verhindern.

»Ja, das kenne ich aus eigener Erfahrung«, sagte er. »Vielleicht werde ich mich aber ebenfalls noch einmal mit ihr unterhalten, es kann ja sein, dass sie etwas mitbekommen hat, was uns weiterhilft.«

Das Telefon klingelte. Horst ging zum Schreibtisch

und nahm ab. »Hallo Horst«, meldete sich Becker. »Das war eine einfache Recherche! Ein Lehrer namens Franz Römhild war tatsächlich an einer Berufsschule in Bielefeld beschäftigt, ist aber vor zwei Jahren plötzlich verstorben.«

Horst bedankte sich und ging zurück zu seiner Gesprächspartnerin.

»Franz Römhild ist bereits seit zwei Jahren tot«, sagte er. »Der kann es auf keinen Fall gewesen sein.«

»Es tut mir leid, dass ich Ihnen nicht weiterhelfen kann«, sagte sie mit bedauerndem Unterton.

»Ich denke, das wäre es fürs Erste«, schloss Horst das Gespräch ab und stand dabei auf. »Ich melde mich auf jeden Fall bei Ihnen, wenn wir neue Erkenntnisse haben. Für heute vielen Dank dafür, dass Sie sich die Zeit genommen haben.«

Er half ihr in den Mantel. »Ich begleite Sie noch nach draußen«, sagte er und steckte sich Feuerzeug und Zigarilloschachtel in die Jackentasche.

Die kühle Novemberluft schlug ihm entgegen. Er bereute, seinen Mantel nicht mitgenommen zu haben. Trotzdem lief er einmal um das Haus herum. Das sah er als seine Sportübung für den heutigen Tag an. Die Kinder der benachbarten Realschule hatten gerade Pause und tollten übermütig auf dem Schulhof. Horst beneidete sie wegen ihrer Unbeschwertheit. Er war in seiner Jugend selbst Schüler dieser Schule. Damals war laufen, schreien, herumtollen strengstens verboten. Er und seine Mitschüler durften im Innenhof nur im Kreis – und zwar im Uhrzeigersinn – um eine Rasenfläche herumlaufen. Rasen betreten bedeutete „Ab zum Direx" mit entsprechendem Einlauf. Einmal, so konnte er sich erinnern, waren alle Schüler im Gegenuhrzeigersinn gelaufen. Innerhalb weniger Minuten stand Direktor Heinrich Freitag auf dem Rasen und unterband die „Revolution" mit lautem Geschrei und Drohungen. Die „Anführer" wurden zu Strafarbeiten verdonnert. Die Zuwiderhandlung der Schüler gegen ungeschriebene Regeln der Schule war noch wochenlang später Thema in den Klassenräumen.

»Früher war nicht alles besser«, murmelte er und drückte seinen Zigarillo aus. »Und Panneköppe wie Direktor Freitag gab es auch schon im alten Ägypten und im alten Rom.«

Er ging zurück in sein Büro uns wählte Hellmanns Nummer. Er wurde schnell zu ihm durchgestellt, und er bestätigte noch einmal den vereinbarten Termin am Dienstag, bat allerdings darum, sich in Schmachtendorf zu treffen. Horst war fest entschlossen, mit dem Seniorenwettbewerb für Konzertgitarre *den Stein ins Rollen* zu bringen, wie er es in seinem Horoskop gelesen hatte.

Michael Becker hatte Reiter eine Kopie der Liste mit Haltern roter Kraftfahrzeuge der Marken VW und Škoda auf den Schreibtisch gelegt. Gedankenverloren blätterte Horst den Stapel durch. »Das sind mindestens 2000 Namen und Adressen«, dachte er. »Hier jemanden zu finden kommt einer Stecknadel im Heuhaufen nahe.« Mit einem resignierten Seufzen schob er den Packen Papier beiseite und rief Michael und Anne zu sich.

»Zwei auf die gleiche Art ermordete Schulleiter, beide am selben Berufskolleg in Duisburg tätig«, begann er. »Wer kommt als Täter in Frage?« Er berichtete von seinem Gespräch mit der geschiedenen Frau Sander. »Sie war sich sicher, dass er keine Feinde in seiner Kollegenschaft hatte«, setzte er fort. »Aber davon sollten wir uns nicht beeinflussen lassen.«

»Es könnte auch ein Schüler gewesen sein«, warf Michael Becker ein.

»Stimmt. Davon kommen in einem Lehrerleben sicherlich einige Hunderte, wenn nicht Tausende zusammen«, sinnierte Kurt. »Mit Sicherheit hat jeder noch so gute oder beliebte Lehrer einige Schüler, die sich ungern an ihn erinnern. Wenn da ein psychopathisch veranlagter Mensch dabei ist ...«

»Ich glaube nicht, dass ein Schüler oder ein ehemaliger Schüler die Taten beging. Es liegen immerhin acht Jahre zwischen den beiden Morden. So lange verbleibt keiner als Schüler an einem Berufskolleg«, meinte Anne.

»Täusche dich nicht«, entgegnete Kurt. »Rachegedanken haben ein großes Beharrungsvermögen und wachsen mit den Jahren.«

»Falls die Taten es überhaupt mit dem beruflichen Umfeld zu tun haben sollten, dann wäre es sinnvoll, wenn wir uns das Lehrerkollegium einmal ansehen würden«, fuhr er fort. »Ich werde die Schulsekretärin bitten, mir eine Liste der Lehrer zu schicken.«

»Die Liste müsste mindestens bis in das Jahr 2008 zurückgehen«, gab Anne zu bedenken. »Ich kann mir kaum vorstellen, dass sowas existiert.«

»Ich werde es trotzdem versuchen, eine komplette Liste zu bekommen«, antwortete Horst.

Nachdem Michael und Anne den Raum verlassen hatten, suchte er die Telefonnummer des Berufskollegs aus dem Internet heraus und wählte die Nummer des Sekretariats. »Hallo, Frau Krämer, Reiter hier, Kriminalpolizei Oberhausen«, begann er. »Können Sie mir eine Liste aller Lehrerinnen und Lehrer, die seit zirka 2006 an Ihrer Schule gearbeitet haben oder derzeitig dort arbeiten, zukommen lassen?«

»Ja, sicher«, antwortete Sandra Krämer, »eine solche Liste habe ich, auch mit den Ehemaligen, die wir zu Kollegiumsfeiern immer noch einladen.«

»Das ist ganz prima«, freute Horst sich. »Haben Sie die Liste auch in elektronischer Form, als Datei?«

»Ja, als Excel-Tabelle.«

»Es wäre schön, wenn ich Sie als Mail bekommen könnte«, antwortete Horst und gab seine dienstliche Mailadresse durch.

»Was ist mit den sonstigen Mitarbeitern?«, fragte Frau Krämer nach.

»Wie meinen Sie das?«

»Hausmeister, Reinigungskräfte, Schulsozialarbeiter, Verwaltungskräfte usw. Es sind viele Personen, die hier arbeiten.«

»Ja, gerne. Nehmen Sie diesen Personenkreis auch in die Liste auf«, entgegnete Horst. Er hatte vorher keine Ahnung gehabt, dass so viele Menschen an einem Berufskolleg beschäftigt waren.

»Okay, ich stelle Ihnen gerne alles zusammen. Das dauert aber mindestens einen Tag. Wir haben viel zu tun hier.«

»Lassen Sie sich die Zeit, die Sie brauchen«, antwortete Horst verständnisvoll und beendete das Gespräch.

»Noch eine Liste«, dachte er, »wahrscheinlich wieder mit Hunderten von Namen. Das wird anstrengend.«

Horst wurde in seinen Gedanken vom Klingeln des Telefons unterbrochen. Es war Frau Sander, die sich meldete. Sie hatte, nachdem sie vom Präsidium nach Hause gekommen war, mit ihrer Tochter Katharina gesprochen. »Katharina muss bald nach Freiburg zurück«, sagte sie. »Falls Sie meine Tochter noch sprechen wollen, käme nur der heutige Nachmittag in Frage. Sie könnte bei Ihnen im Präsidium vorbeikommen.« Horst schaute kurz auf seinen Terminkalender. »Ja, das passt sehr gut«, antwortete er. »Ich bin komplett terminfrei. Sagen wir um 14 Uhr bei mir im Büro?«

»Ja gut, ich werde es ihr ausrichten«, sagte Frau Sander, verabschiedete sich und legte auf.

Mittlerweile war es Mittag geworden. Horst merkte am Kneifen in der Magengegend, dass er noch nichts gegessen hatte. Er hätte in die kleine Kantine des Präsidiums gehen können, entschied sich aber dazu, bis zum Café am Einkaufszentrum zu laufen.

Nach fünfzehn Minuten traf Reiter dort ein. Er kaufte sich in der Bäckerei einen Kaffee und ein belegtes Brötchen und setzte sich an einen freien Tisch am Fenster. So konnte er das geschäftige Treiben beobachten.

Um diese Tageszeit waren fast nur ältere Menschen unterwegs. »Früher sah man viele Kinderwagen«, dachte er, »heute sind es mehr Rollatoren. Nicht nur, dass die Gesellschaft sich von außen her ändert, sondern auch die innere Wandlung ist nicht zu übersehen. Unsere Jugend, die Zukunft unserer Gesellschaft, kommt aus aller Herren Länder«, sinnierte er weiter.

Er selbst war noch in den muffigen 1960er und 70er Jahren herangewachsen, in den geburtenstarken Jahrgängen der Babyboomer-Generation. Freunde waren damals viele zu finden, denn die meisten Familien hatten zwei und mehr Kinder, die ihre Freizeit mit Abenteuern auf den Äckern und Feldern der Umgebung verbrachten. Nach der Schulzeit ging man in eine Lehre oder ins Studium, erlernte einen Beruf, dem man dann ein Leben lang nachging. »Das gibt es heute alles nicht mehr«, dachte er. »Heute sitzen die Kinder und Jugendlichen am Computer und tauschen sich weltweit über die sozialen Medien aus. Und nach Abschluss der Schule heißt es heute „Job-Hopping", mit vielen verschiedenen Berufen und Jobs im Laufe eines langen Arbeitslebens.«

Er war froh, dass es nicht seine Aufgabe war, als Politiker die Weichen für die Zukunft der Gesellschaft zu stellen.

Leicht verärgert kaute er auf seinem Brötchen herum. Er hatte die Verkäuferin darum gebeten, nur wenig Butter auf *eine* Hälfte der Backware zu streichen. Wohl aus Gewohnheit hatte sie beide Hälften dick mit dem Streichfett belegt, was er überhaupt nicht mochte. »Wahrscheinlich verlangen die meisten Kunden das so«, erklärte er sich diese Vorgehensweise. »Ist es dann ein Wunder, dass wir so viele Übergewichtige haben?« Er holte sich ein Messer, nahm das Brötchen auseinander und kratzte die überschüssige Butter herunter. »Damit komme ich normalerweise zwei Tage lang aus«, dachte er ärgerlich, als er das Ergebnis seiner Aktion vor sich auf dem Tellerrand betrachtete.

Er blieb noch eine Weile sitzen und beobachtete die Menschen vor dem Fenster. Um halb zwei Uhr stand er auf, brachte sein Tablett zur Sammelstation und ging gemächlich zurück zum Präsidium.

28

Katharina Sander kam pünktlich. Horst erkannte sie sofort wieder. Er hatte sie auf der Abiturfeier seiner Tochter Annika vor einigen Jahren gesehen. Sie hatte an dem Abend Konzertgitarre gespielt, recht gut, wie er sich erinnern konnte.

»Mein Beileid zum Tod Ihres Vaters«, begann er mit verlegener Stimme, nachdem beide sich gesetzt hatten.

»Vielen Dank«, antwortete die hübsche junge Dame im Alter von Horsts Tochter. »Meine Mutter hat Ihnen bereits erzählt, dass ich kein sonderlich gutes Verhältnis zu ihm hatte.«

Horst bot ihr einen Kaffee an. »Nein danke«, lehnte sie ab. »Davon werden meine Hände unruhig, das stört beim Üben.«

»Ich wollte mit Ihnen sprechen«, fuhr Horst fort, »in der Hoffnung, neue Erkenntnisse zu gewinnen. Vielleicht haben Sie bewusst oder unbewusst Beobachtungen gemacht, die uns weiterhelfen könnten.«

»Das kann ich mir kaum vorstellen«, erwiderte die junge Frau unerwartet kühl. »Ich habe meinen Vater in den vergangenen Jahren nur selten gesehen. Wenn wir uns trafen, kam es sehr schnell zu Auseinandersetzungen. Wir stritten eigentlich ständig, wenn wir zusammen in einem Raum waren.«

»Worum haben Sie gestritten, wenn ich fragen darf?«, forschte Horst nach.

»Es ging fast immer um meinen Berufswunsch. Ich hatte schon als Kind vor, Musikerin zu werden. Mein Vater hatte kein Verständnis dafür und sah das als brotlose Kunst an.« Wie zur Abwehr schlug sie die Arme übereinander. »Letztlich war er auch nicht dazu bereit, mein Studium zu bezahlen. Vor Gericht gegen ihn klagen wollte ich nicht, also muss ich mir meinen Lebensunterhalt neben dem Studium verdienen.«

»Was arbeiten Sie?«, wollte Horst wissen.

»Gitarrenunterricht. Ich arbeite an drei Nachmittagen in der Woche an einer öffentlichen Musikschule. Das ist eine gute Übung für meinen späteren Beruf. Mein Einkommen ist nicht übermäßig hoch. Es reicht gerade aus, um über den Monat zu kommen.«

Horst dachte kurz an seine eigene Studienzeit, sagte aber noch nichts dazu.

»Bleiben wir bei Ihrem Vater«, kam Horst auf sein Thema zurück. »Gibt es aus Ihrer Sicht Menschen, die ihm Böses wollten?«

Katharina Sander verzog für den Bruchteil einer Sekunde ihren Mund und presste kurz ihre Lippen aufeinander. »Wenn es darum geht, Menschen zu benennen, die ihn nicht leiden konnten, dann wäre ich sicher an einer Top-Position«, sagte sie mit zynischem Unterton. »Wenn ich genauer nachdenke«, setzte die junge Frau fort, »komme in dieser Hinsicht nur ich selbst in Frage. Mein Vater war überall recht beliebt. Probleme bestanden – soweit ich es weiß – wirklich nur zwischen uns beiden.«

Horst war froh, dass seine eigenen Töchter ein besseres Verhältnis zu ihm hatten. Er hoffte, dass er sich dabei nicht selbst etwas vormachte.

»Einen Selbstmord kann ich mir bei ihm überhaupt nicht vorstellen«, ergänzte sie. »Als ich die Nachricht von seinem angeblichen Suizid bekam, sagte ich gleich, dass es so nicht gewesen sein kann.«

»Das hat man in anderen Fällen auch gedacht«, konterte Horst. »Man kann den Menschen nur vor den Kopf schauen. Denken Sie an den bekannten Torwart oder an die bundesweit bekannte Jugendrichterin. Deren Freitode kamen selbst für ihr direktes Umfeld wie aus heiterem Himmel.«

Die junge Frau wurde nachdenklich. »Sie haben wahrscheinlich recht«, gab sie zu. »Aber mein Vater war absolut nicht der Typ dafür.«

»Nun, es war ja auch kein Selbstmord«, bestätigte Horst. Ihm wurde klar, dass er nicht weiterkam.

»Wissen Sie eigentlich, dass ich auch Konzertgitarre studiert habe?«, wechselte er das Thema abrupt.

Katharina Sander schaute ihn erstaunt an. »Nein, das wusste ich nicht. Wo denn?«

»In Düsseldorf. Damals hieß die Musikhochschule noch „Robert-Schumann-Institut". Lange habe ich damals leider nicht durchgehalten.«

»Warum nicht?«, wollte sie wissen. Horst spürte, dass Katharina Sander plötzlich wesentlich aufgeschlossener wirkte.

»Ach, das ist eine lange Geschichte«, winkte Horst ab. »Sie ist ein bisschen vergleichbar mit Ihrer Geschichte. Mein Elternhaus war auch gegen mein Musikstudium. Das war aber nicht der Grund für meinen Wechsel in den Polizeidienst.«

»Sondern?«, forschte Katharina nach.

»Ein verlorener Wettbewerb. Damals gab es einen Wettbewerb für Studenten in Mettmann. Da bin ich ordentlich abgesoffen, wie man so schön sagt.«

»Hinfallen ist keine Schande, liegenbleiben aber schon«, antwortete Katharina ein wenig altklug.

»Das ist richtig«, sagte Horst und lehnte sich zurück. »Vielleicht war mein Ego zu sehr verletzt. Damals sah ich keine Chance mehr, diese Schlappe auszugleichen. Ich wollte Konzertgitarrist werden und sah mich in Gedanken schon auf den großen Podien der Welt. Die Hoffnung zerschlug sich – und als Gitarrenlehrer an der Musikschule wollte ich nicht meinen Lebensunterhalt verdienen, so schön dieser Beruf auch sein kann.«

»Warum haben Sie es nicht mit einem weiteren Wettbewerb versucht?«, forschte Katharina weiter.

»Ich glaube, dazu hatte ich einfach keine Courage mehr«, gab Horst ehrlich zu und wunderte sich dabei über seine eigene Offenheit. »Eine zweite Schlappe hätte ich mit Sicherheit nicht verkraftet.«

»Spielen Sie heute noch?«, wollte Katharina wissen.

»Ja, allerdings nur für den Hausgebrauch. Meine Gitarren habe ich wie früher griffbereit stehen. Ich besitze ein Instrument von Anton Sandner, das ich mir in den 70er Jahren nach eigenen Entwürfen von ihm sozusagen in meine Hand bauen ließ, und eine Weißgerber-Gitarre von 1956.«

»Sandner, Weißgerber?«, fragte sie erstaunt. »Von denen habe ich noch nie gehört.«

»Das kann ich mir denken«, antwortete Horst mit einem Schmunzeln. »Das war lange vor Ihrer Geburt. Die Instrumente halten aber locker mit dem mit, was derzeit auf dem Markt angeboten wird, obwohl es auch heute sehr gute Instrumentenbauer gibt. Ein bisschen kenne ich mich immer noch aus.« Er goss sich Kaffee nach.

»Ach, eine Gitarre meiner Sammlung habe ich vergessen, obwohl ich sie sehr häufig spiele«, setzte er fort. »Ich habe noch eine stumme Gitarre von Yamaha. Meiner Frau und den Nachbarn zuliebe.«

Silent Guitar

»Nützt es, darauf zu üben?«, fragte Katharina nach. »Ich könnte so ein Teil auch gebrauchen. Dann wäre das Üben nach 22 Uhr nicht mehr so problematisch für mich.«

»Es ist zwar nicht wie eine „richtige Gitarre", aber die Finger bleiben in Bewegung, das ist doch die Hauptsache, oder?«, erklärte er.

Horst beugte sich wieder nach vorne. »Welches Instrument spielen Sie hauptsächlich, wenn ich fragen darf?«, wollte er wissen.

»Hauptsächlich? Sie sind gut! Ich besitze nur eine Gitarre von Voigt«, antwortete sie. »Der hat sein Atelier in München, das ist nicht so weit von Freiburg, dort, wo ich studiere, entfernt.«

»Ich kenne die Gitarren von ihm«, bestätigte Horst. »Er baut sehr gute Instrumente. Sie sind klanglich nicht weit von meiner Weißgerber entfernt. Er stammt übrigens aus der gleichen Stadt wie Weißgerber, falls Sie das noch nicht wussten.«

Katharina sah Horst fragend an.

»Aus dem Musikwinkel im äußersten Süden Sachsens«, erklärte Horst. »Dort war bis zum Ende des Zweiten Weltkrieges ein Zentrum des Instrumentenbaus in Deutschland, insbesondere in der Stadt Markneukirchen. Nach dem Krieg sind viele der Instrumentenbauer nach Bayern geflüchtet und haben sich in der Gegend um Erlangen neu angesiedelt. Claus Voigt stammt – wie Weißgerber – auch aus Markneukirchen, und er gilt als sehr guter Kenner der Instrumente von Richard Jakob, wie Weißgerber mit bürgerlichem Namen eigentlich hieß.«

»Ach, das ist ja interessant.« Katharina war erstaunt über die profunden Kenntnisse des Mannes, den sie bis vor wenigen Minuten für einen vertrockneten Beamten gehalten hatte.

»Was spielen Sie denn gerade?«, wechselte Horst das Thema. Er wollte nicht zu lange in Erinnerungen und Geschichten schwelgen.

»Ich arbeite seit einiger Zeit an meinem Examensprogramm«, gab sie zur Antwort. Zentrale Stücke sind Präludium, Fuge und Allegro von Bach ...«

»Ach, P-F-A. Die kenne ich und habe sie auch schon gespielt«, lachte Horst.

»...von Giuliani die „Variationen über ein Thema von Händel op. 107"«, setzte Katharina unbeirrt fort.

Erneut unterbrach Horst. »Die habe ich damals im Wettbewerb in Mettmann gespielt. Schönes Stück.« Auch er taute zusehends auf.

Katharina Sander ließ sich nicht beirren. »...die 24. Capprice von Paganini ...«

»Alle Achtung. Schweres Stück!«, fuhr Horst erneut dazwischen.

»... und als zeitgenössisches Stück noch das „Nocturnal" von Benjamin Britten.«

»Daran habe ich mich nie getraut«, sagte Horst verlegen. »Das war mir zu schwierig.«

Katharina nickte zustimmend. »Ja, es ist sehr, sehr schwer. Viel Arbeit.«

»Das ist insgesamt ein sehr ambitioniertes Programm. Wie lange üben Sie daran täglich?«, wollte Horst noch wissen.

»Zwischen sechs und acht Stunden«, antwortete sie. »Es kommt darauf an, wie viel Zeit ich habe. Ich muss nebenher noch arbeiten, wie ich schon erzählt habe.«

»Wann ist es soweit, das Examen meine ich?«, fragte er.

»Für das Programm werde ich noch fast ein Jahr üben müssen«, antwortete Katharina. »Ich hoffe, dass ich Ende nächsten Jahres fertig werde, wenn nichts dazwischen kommt.«

»...und dann?«, hakte Horst nach.

»Ich werde versuchen, eine volle Stelle an einer Musikschule zu bekommen, vielleicht auch Konzerte zu geben zwischendurch. Der Markt ist eng. Sehr eng sogar. Es gibt viele gute und sehr gute Gitarristen in meinem Alter. Man muss eine Nische finden. Aber das hat für mich noch etwas Zeit.«

»Haben Sie auch Wettbewerbe gespielt?« Horst war ganz in seinem Element. Er verspürte den Wunsch, sich stundenlang mit der jungen Frau weiter zu unterhalten.

»Ja. Gewonnen, ich meine den ersten Preis, habe ich nicht, aber ich habe zweimal den zweiten Preis und einmal den dritten erreicht. Die Konkurrenz ist groß und leider gut«, sagte sie lächelnd.

»Alle Achtung, das ist doch schon mal etwas«, sagte Horst anerkennend. »Ich weiß, wie stark die Konkurrenz ist.«

»Sie studieren in Freiburg«, setzte er fort. »Ich kannte die Professorin ganz gut. Sie war eine exzellente Spielerin, die mit ihren Konzerten weltweit ganz gut unterwegs war. Ich glaube, sie ist seit längerer Zeit in Pension.« Er ärgerte sich, dass ihm der Name der Gitarristin nicht einfiel. »Wer hat die Stelle zurzeit inne?«

Katharina nannte einen Namen, den er nicht kannte. Ein Gitarrist der jüngeren Generation, zu der Horst keinen intensiven Bezug mehr hatte.

Sie schaute auf ihr Smartphone, das ihr als Uhr diente. »Tut mir leid«, sagte sie. »Ich muss mich verabschieden, wenn Sie keine Fragen mehr haben. Die Gitarre ruft, ich habe noch ein paar Übestunden vor mir.«

»Vielen Dank, dass Sie sich die Zeit genommen haben«, antwortete Horst und erhob sich. »Es hat mir sehr viel Spaß gemacht, mich mit Ihnen zu unterhalten.«

»Mir auch. Leider konnte ich Ihnen in Bezug auf meinen Vater nicht weiterhelfen«, bedauerte Katharina und erhob sich ebenfalls.

»Damit habe ich auch nicht gerechnet«, gab Horst zu, als er die junge Dame zur Tür begleitete.

Das Gespräch mit Katharina hatten seine gitarristischen Lebensgeister, seinen musikalischen Ehrgeiz wieder geweckt. Er freute sich schon auf das Treffen am nächsten Tag mit Hellmann.

Um 16 Uhr trafen Horst und seine Mitarbeiter sich am Konferenztisch. Reiter berichtete kurz von seinen Gesprächen mit Mutter und Tochter Sander. Über sein Fachgespräch in Sachen „Gitarre" mit Sanders Tochter verlor er kein Wort.

»Morgen früh um 9 Uhr treffen wir uns hier wieder«, schloss er die kurze Besprechung. »Ich werde heute Abend überlegen, wie wir weiter vorgehen. Bitte macht ihr dasselbe.«

Den Abend verbrachte Horst am heimischen Schreibtisch. Für den nächsten Tag war das Treffen mit Hellmann geplant. Bis dahin wollte er sein Konzept für den Gitarrenwettbewerb für Gitarristen über 50 Jahre fertig haben. »Ich hätte es mir nie träumen lassen, dass ich mich in diesem Leben noch mit der geriatrischen Abteilung der Gitarristik beschäftige«, dachte er leicht selbstironisch.

Im Hintergrund lief auf seinem CD-Spieler das *Nocturnal op. 70* von Benjamin Britten, gespielt von Julian Bream, der die klanglichen Möglichkeiten seiner Gitarre voll auslotete. Dem letzten Satz des Stückes, dem *Come heavy sleep*, hörte er tief berührt zu. »Das *Nocturnal* wird auf keinen Fall Pflichtstück im Wettbewerb«, murmelte er. »Denn wenn es so wäre, könnte ich auf keinen Fall teilnehmen.«

29
Dienstag, 17. November 2015

»Sie können heute nach Lust und Laune aktiv werden und sollten einfach einmal Ihren Eingebungen folgen«, las Horst sein Horoskop halblaut vor. »Das klingt ja nicht schlecht«, stellte er fest.

»Du, sag' mal«, unterbrach Beate ihr morgendliches Kreuzworträtsel, »ganz im Ernst: Hat auch nur eine dieser bescheuerten Prophezeiungen irgendwann einmal zugetroffen?«

»Fast immer«, antwortete Horst überzeugt, ohne länger darüber nachzudenken. Er wollte Beate ärgern. »Letzte Tage hieß es, dass ich Kontakt zu einem Menschen aufnehme, der mir von Nutzen sein wird. Tatsächlich lief mir Popescu über den Weg. Dadurch wurde die Einbruchserie endlich aufgeklärt.«

»Der Typ wäre dir auch so über den Weg gelaufen«, gab Beate lakonisch zurück. »Und wenn ich mir deine blauen Flecken ansehe: Der Kontakt war alles andere als hilfreich«, ergänzte sie.

»Wer weiß?«, antwortete Horst und überhörte geflissentlich den zweiten Teil ihres Satzes. »Am Tag des Verhörs konnte ich lesen, dass Routine mir weiterhilft. Das war ebenso richtig.«

»Die Routine hättest du ebenfalls ohne das Horoskop gehabt«, antwortete Beate und wandte sich wieder ihrem Kreuzworträtsel zu.

»Heute Abend treffe ich mich mit Hellmann«, sagte Horst, um das Thema zu wechseln. »Er wird hierhin kommen, wir treffen uns in der Pizzeria.«

»Gut, dann brauche ich dir also kein Abendessen vorzubereiten?«

»Nein, du kannst die Konservendosen im Schrank lassen«, antwortete Horst mit einem Grinsen.

Beate tat ihrerseits so, als hätte sie den letzten Satz überhört. »Du musst los, sonst kommst du zu spät«, sagte sie nur, ohne von ihrem Kreuzworträtsel aufzusehen. »Und dass du mir bloß nicht den 20. November vergisst«, ergänzte sie. »Unsere Uraufführung, du weißt.«

Horst erinnerte sich. Am kommenden Freitag war die Uraufführung des von Beates Theatergruppe einstudierten Stückes. Ein absoluter Pflichttermin für ihn. »Schatz, wie könnte ich das vergessen?«, flötete er.

In der Morgenandacht, die Horst im Autoradio hörte, sprach ein katholischer Priester über sein Verhältnis zur Bibel. Horst verlor nach wenigen Worten des Geistlichen sein Interesse und schaltete zu einem anderen Sender um. Es wurden Hits der 80er Jahre gespielt. Mit einem leichten Schrecken stellte Horst bei einem Blick auf die Anzeige des Radios fest, dass der Sender WDR 4 war. Vor wenigen Jahren noch hatte er den Kanal als „Rentnerradio" bezeichnet. »Bin ich jetzt schon so alt, dass ich die Musik meiner Jugend auf WDR 4 hören kann?«, fragte er sich.

Mit dem Hit „Don't worry, be happy" aus dem Radio, etwas lauter gestellt als es zum guten Hören nötig war, fuhr er auf den Parkplatz des Polizeipräsidiums.

»Was ist denn mit dir los?«, fragte Michael Becker, der zeitgleich am Präsidium ankam. »Sonst schallt doch nur so'n symphonisches Zeug aus deinem Wagen.«

»Man muss halt mit der Zeit gehen«, antwortete Horst gelassen und drehte das Radio ab.

»Ah, ich verstehe, mit der guten, alten Zeit«, stichelte Michael.

»Wir sehen uns um 9 Uhr in meinem Büro«, sagte Horst, ohne weiter darauf einzugehen.

In seinem Posteingang fand Horst eine Mail von Frau Krämer, der Schulsekretärin des Berufskollegs, an dem Sander gearbeitet hatte. Im Anhang befand sich eine Tabelle. Es war die Liste aller Lehrer und Mitarbeiter, die seit 2006 an der Schule beschäftigt waren. Horst öffnete sie und warf einen schnellen Blick über die mehr als 200 Namen. Einige davon kannte er bereits. Er druckte die Tabelle auf seinem Drucker aus, schickte eine Dankmail an Frau Krämer und schloss die Programme. Den Ausdruck legte er neben die Liste von Kraftfahrzeughaltern, die er von Michael Becker erhalten hatte.

Anne, Kurt und Michael kamen zur verabredeten Zeit und nahmen – nachdem sie sich mit Kaffee versorgt hatten – am Konferenztisch Platz.

»Vor wenigen Minuten ist ein FAX aus Passau eingetroffen«, begann Michael. »Die Kollegen des dortigen Grenzschutzes haben unsere beiden flüchtigen Rumänen gestellt. Teile der Beute waren im Laderaum des Lieferwagens. Die beiden werden in den nächsten Tagen an unsere Behörden überstellt.«

»Damit wäre dieser Fall für uns hier so gut wie abgeschlossen«, freute sich Horst. »Bitte gebt heute noch eine entsprechende Pressemeldung heraus.«

»Tu Gutes und rede darüber«, warf Anne ironisch ein.

Horst blieb bei seinem Thema. »Popescu kann dann auch an die Polizei in Duisburg überstellt werden. Die Kollegen dort werden die Einbrüche der drei Rumänen dann weiter bearbeiten«, ergänzte er unbeirrt von Annes Bemerkung.

Er stand auf und nahm die beiden Listen von seinem Schreibtisch. »Ich habe hier zwei Listen«, sagte er und hielt den Stapel Papier hoch. »Einmal sind es die Halter eines roten PKW, VW oder Škoda, die in Duisburg zugelassen sind. In der anderen Liste befinden sich die Namen aller Mitarbeiter und Mitarbeiterinnen, die seit 2006 am Georg-Kerschensteiner-Berufskolleg gearbeitet haben oder dort noch arbeiten.«

Anne, Michael und Kurt ahnten, was auf sie zukam.

»Die beiden Listen müssen nun miteinander abgeglichen werden«, fuhr Reiter fort. »Das ist euer Job für den Rest des Tages.«

Anne nahm einen Schluck aus ihrer Tasse. »Wie viele Namen sind es?«

»Ich schätze um die 2000 Fahrzeughalter sind erfasst«, antwortete Horst trocken. »Die Listen liegen glücklicherweise auch in elektronischer Form vor, da dürfte der Abgleich schneller und bequemer sein.«

»Ein Lob der Technik«, meldete Kurt sich zu Wort. »Die Arbeit der Computerauswertung bleibt bei mir hängen, ahne ich.«

»Es könnte sein, dass der Wagen auf eine andere Person zugelassen ist, vielleicht Frau, Sohn oder Tochter des Tatverdächtigen. Mich interessieren also alle Namensgleichheiten, unabhängig vom Alter oder Geschlecht des Wagenhalters.«

»Vermutlich werden dann mehr als zehn oder zwanzig Personen aus dem Kreis der Mitarbeiter Sanders' übrig bleiben«, warf Kurt ein.

Horst nickte zustimmend. »Das sind diejenigen, die wir uns dann näher ansehen werden.«

»Was hast du vor zu tun?«, fragte Anne.

»Ich werde endlich die Berichte fertigstellen und mit den Kollegen in Passau telefonieren«, antwortete Horst, der keinerlei Interesse an der aktiven Mitarbeit an der Auswertung der Listen hatte.

»Schafft ihr das bis heute Nachmittag?«, fragte er und schaute in die Runde.

»Das ist schwer zu sagen«, antwortete Kurt. »Wir werden es versuchen.«

»Anne, ich vergaß zu fragen«, wechselte Horst abrupt das Thema. »Wie war dein Fallschirmsprung?«

Anne hatte vor, am Wochenende mit dem Fallschirm zu springen. Sie hatte das vor einigen Jahren schon einmal gemacht.

»Es war einfach toll«, antwortete sie begeistert. »Es war wieder ein Tandemsprung, das heißt, man springt mit einem erfahrenen Springer zusammen. Ich glaube, ich werde einem Club beitreten, damit ich das eigenständige Springen lerne.«

»Alle Achtung«, sagte Horst. »Ich hätte nicht den Mut dazu.«

»Eigentlich bin ich ja auch ein Angsthase in dieser Beziehung«, bestätigte Anne.« Aber sobald du dich überwunden hast in die Tiefe zu springen, dann bist du nach der Landung sicher, alles auf der Welt schaffen zu können.«

»Das glaube ich«, sagte Horst und stand auf. »Dafür bewundere ich dich sehr.«

Nachdem die drei sein Büro verlassen hatten, setzte Horst sich an seinen Schreibtisch, rückte sich den Computer zurecht und begann, die Berichte für die vergangenen Tage zu schreiben.

Horst konnte eine Weile konzentriert und ungestört arbeiten, lediglich unterbrochen von kurzen Rauchpausen vor dem Präsidiumsgebäude.

Gerade, als er sich für eine weitere Mittagspause im Café fertig machen wollte, klingelte das Telefon auf seinem Schreibtisch. Horst nahm ab und nannte seinen Namen.

»Hallo, Hauptkommissar Schneider hier, Polizei Duisburg«, meldete sich der Anrufer.

»Ja, bitte?«

»Herr Reiter, nach meinen Informationen untersuchen Sie den Selbstmord von Herrn Rogall im Jahr 2008«, sagte Schneider.

»Ja, das stimmt«, antwortete Horst. »Vielleicht gibt es einen Zusammenhang mit einem aktuellen Mordfall hier in Oberhausen.«

»Nach meinen Informationen hatten Sie in den letzten Tagen Kontakt zu einem anderen Schulleiter, Herrn Korbat vom Berufskolleg an der Krusestraße.«

»Woher haben Sie diese Information?«, wollte Reiter wissen, bevor er darauf antwortete.

»Von seiner Sekretärin. Sie hat uns berichtet, dass Sie bei ihm waren.«

»Und wie kann ich Ihnen helfen?«. Horst wurde ungeduldig.

»Sie nicht mir, sondern ich Ihnen«, antwortete Schneider. »Herr Korbat ist nämlich tot. Er ist offensichtlich ermordet worden.«

Horst war sprachlos. Er erinnerte sich gut an den merkwürdigen Schulleiter. Es war ihm unvorstellbar, dass dieser Berg von Mensch mit seinen mindestens 150 Kilogramm Gewicht an einem Strick hängend vorgefunden wurde.

»Aufgehängt, damit es wie ein Selbstmord aussieht?«, fragte er deshalb.

»Nein, nein, das könnte wohl niemand ohne Kran schaffen, den Mann hochzuhieven«, antwortete Schneider.

»Der Kollege hat einen eigenwilligen Humor«, dachte Reiter, sagte aber nichts.

»Nun im Ernst«, setzte Schneider fort. »Er ist aus seinem Bürofenster in der 3. Etage auf den Schulhof gestürzt. Er war auf der Stelle tot.«

»Einen Selbstmord schließen Sie definitiv aus?«, hakte Horst nach.

»Ja, denn dann hätte er mit Sicherheit das Fenster vorher geöffnet. Korbat ist durch die geschlossene Scheibe gestoßen worden. Nach Erkenntnissen der Spurensicherung muss ein Fremdverschulden vorliegen.«

»Vielen Dank für die Information, Kollege«, sagte Reiter. »Ich würde sehr gerne nach Duisburg kommen, um mir das vor Ort anzusehen.«

»Ja, kommen Sie gerne. Ich werde bis mindestens 16 Uhr an der Schule sein«, antwortete Schneider freundlich. »Es erwartet Sie allerdings kein sonderlich appetitlicher Anblick«, ergänzte er und beendete das Gespräch.

Horst lehnte sich tief einatmend in seinem Stuhl zurück. Sein Instinkt sagte ihm, dass die drei Fälle einen inneren Zusammenhang hatten.

Er blieb für einige Minuten sitzen und versuchte, seine Gedanken zu ordnen. »In solchen Fällen liegt immer ein Muster vor«, dachte er. »Dieses Muster muss ich erkennen, dann ist der Fall gelöst.«

Nachdem er seinen Computer abgeschaltet hatte, stand er auf und ging zu seinen Kollegen. Er berichtete den dreien die Geschehnisse in Duisburg und verabschiedete sich. »Ich rufe an, wenn ich zurückkomme. Ich habe heute Abend noch einen privaten Termin. Falls es zu spät für ein Treffen werden sollte, dann macht Feierabend.«

Auf dem Weg nach Duisburg schob er eine CD ein und hörte sich Gitarrenmusik von Bartolomé Calatayud an. »Eigentlich wollte ich das Gespräch mit Hellmann weiter vorbereiten«, dachte er. »Aber so ist es nun manchmal in der Welt.«

Bartolomé Calatayud, mallorquinisch Bartumeo Calatayud Certá (1882 – 1973), war ein malloquinischer Gitarrist und Komponist. Wahrscheinlich hatte er um die Jahrhundertwende herum Unterricht bei Francisco Tárrega, „dem Vater aller Gitarristen" (John Lennon). Horst Reiter hatte Calatayuds folkloristisch inspirierte Musik im Jahr 1983 während eines Mallorca-Urlaubs für sich entdeckt und einige der Kompositionen in seinen „Nudelordner" aufgenommen. [25-27]

Bartolomé Calatayud
(1882 – 1973)

30

Um diese Tageszeit waren die Autobahnen in Richtung Duisburg relativ unbelebt. Horst erreichte die Krusestraße nach nur einer halben Stunde Fahrzeit. Er stellte seinen Wagen auf den Lehrerparkplatz der Schule und warf einen Blick auf seine Armbanduhr. Es war halb zwei Uhr. Es standen nur noch wenige Kraftfahrzeuge auf dem Parkplatz. Horst erinnerte sich an das Gespräch mit Miriam el Saloum über den vorgeblich frühen Feierabend von Lehrern. Vor wenigen Tagen noch hatte er anders darüber gedacht. Das Gespräch mit der Lehrerin hatte seinen Blickwinkel vollkommen verändert.

Über eine Zwischentür erreichte er den Schulhof. Der Fundort der Leiche war weiträumig durch rotweißes Flatterband abgesperrt. Zusätzlich standen einige Streifenpolizisten außerhalb des abgeriegelten Bereichs, um Neugierige fernzuhalten.

Horst zog seinen Dienstausweis und wurde sofort durchgelassen.

»Schneider«, stellte sich sein Kollege vor, der sich in der Nähe der mit einer Plane abgedeckten Leiche befand. »Sie sind sicher Horst Reiter?«

»Ja. Danke, dass Sie mich benachrichtigt haben«, antwortete Horst. »Darf ich?«, fragte er und wies dabei in Richtung des Toten.

»Aber natürlich«, antwortete Schneider und begleitete ihn. »Der Anblick ist nicht schön«, warnte er seinen Kollegen vor.

»Haben Sie schon einmal eine schöne Leiche gesehen?«, erwiderte Horst. Die Plane, mit der Korbat abgedeckt war, war von einer riesigen Blutlache umgeben. Vorsichtig näherte Horst sich und zog die Plane vorsichtig beiseite. Korbats Schädel war aufgeplatzt, seine Arme und Beine lagen mehrfach gebrochen in unnatürlichen Positionen um den massigen Körper herum, als hätten sie nie etwas mit ihm zu tun gehabt. Schnell deckte er den Leichnam wieder zu.

»Gibt es schon erste Erkenntnisse über den Tathergang?«, fragte er seinen Duisburger Kollegen.

»Nicht wirklich, wir stehen noch am Anfang der Untersuchungen«, gab Schneider zu. »Leider hat der stellvertretende Schulleiter die Schule nach dem Fund der Leiche geschlossen und die Schüler nach Hause beziehungsweise in die jeweiligen Ausbildungsbetriebe geschickt.«

»Das hätte ich an seiner Stelle wohl auch getan«, sagte Horst.

»Ja, ich auch. Leider sind die meisten Lehrer ebenfalls nach Hause gefahren. Deshalb konnten wir noch nicht viele mögliche Zeugen befragen.«

»Wen haben Sie befragt?«, wollte Horst wissen.

»Zuerst den Hausmeister, dann die Schulsekretärin«, gab Schneider an. Horst konnte sich noch an die Sekretärin erinnern, die entgegen Korbats Anweisung selbst nachgedacht hatte.

»Beide konnten uns nicht weiterhelfen«, setzte Schneider fort. »Es wurde immerhin deutlich, dass Korbat bei seinen Mitarbeitern einigermaßen unbeliebt war. Beide zeigten keine nennenswerten Gefühlsregungen. Ich hatte zwischenzeitlich sogar das Gefühl, dass sie froh waren, dass er nicht mehr ihr Chef ist.«

Horst erinnerte sich an Korbats Wutausbruch in seiner Anwesenheit. Er konnte sich denken, dass dieser Mann noch unangenehmer werden konnte, wenn er sich nicht beobachtet fühlte.

»Wer hat den Toten gefunden?«, fragte er.

»Der Hausmeister, als er heute Morgen um sieben Uhr kam. Er hatte sich gewundert, Korbats Wagen auf dem Parkplatz zu sehen, denn der Schulleiter kam gewöhnlich erst gegen 10 Uhr morgens an seinen Arbeitsplatz.«

Horst sah in fragend an.

»Ja, es ist wohl so gewesen, dass der Schulleiter morgens immer sehr spät kam, dafür aber länger an der Schule blieb.«

»Das würde ich mir auch wünschen«, dachte Horst, der ebenfalls gerne lange ausschlief.

»Der Hausmeister ist deshalb nicht wie üblich über den Haupteingang in die Schule gegangen, sondern über einen Nebeneingang«, setzte Schneider fort.

Horst sah ihn fragend an.

»Korbat und der Hausmeister konnten auch nicht gut miteinander, deshalb nahm er einen anderen Weg«, erklärte Schneider, der Reiters Blick verstanden hatte. »Er wollte ihm nicht schon am frühen Morgen begegnen. Um den Nebeneingang zu erreichen, musste er hier entlang gehen. Dort hat er ihn gefunden und uns sofort verständigt.«

»Können bereits Aussagen zur Tatzeit gemacht werden?«, fragte Horst weiter.

»Nach Schätzungen unserer Kollegen der Spurensicherung trat der Tod vor zirka 12 Stunden ein. Es muss also gestern Abend zwischen 22 und 23 Uhr geschehen sein.«

»Was machte er noch so spät abends in seinem Büro?«, fragte Horst weiter und entfernte sich langsam von der Fundstelle, weil der Anblick des wieder abgedeckten Toten ihm unangenehm war.

»Das fragen wir uns auch«, antwortete Schneider.

»Nach Aussagen der Sekretärin war er gestern Vormittag nur wenige Stunden im Haus. Er war gegen 10 Uhr gekommen und um 13 Uhr wieder nach Hause gefahren.«

»Vielleicht hatte er sich mit dem Täter hier verabredet«, vermutete Horst. »So ein Schulleiter kann doch zu jeder Zeit ins Gebäude gelangen, oder?«

»Prinzipiell ja«, bestätigte Schneider. »In diesem Fall ist es jedoch so, dass das Gebäude durch einen Sicherheitsdienst überwacht wird. Sobald jemand versucht, das Gebäude nach 21 Uhr zu betreten, muss vorher per Telefon die Alarmanlage freigeschaltet werden. Das hat mir der Hausmeister so beschrieben.«

»Haben Sie schon mit dem Sicherheitsdienst gesprochen?«

»Nein, bis jetzt noch nicht. Wir stehen ja noch am Anfang der Ermittlungen.«

Inzwischen hatten sich die beiden Kommissare einige Meter von der Leiche entfernt.

»Wie weit sind Sie denn mit Ihren Fällen?«, fragte Schneider nach.

Horst Reiter beschrieb den aktuellen Stand seiner Ermittlungsarbeiten und berichtete nicht ohne Stolz von der Aufklärung der Einbruchserie.

»Ich würde mich gerne mit dem Hausmeister, der Sekretärin und einigen Lehrern unterhalten«, schloss er ab. »Vielleicht gibt es einen Zusammenhang zwischen den drei Morden, obwohl es auf den ersten Blick nicht danach aussieht.«

»Das dürfte kein Problem sein. Amtshilfe werden wir gerne leisten«, bot Schneider an.

»Dann würde ich jetzt gerne mit der Sekretärin sprechen, wenn ich schon einmal hier bin.«

»Das Sekretariat liegt in der dritten Etage, neben

Korbats Büro«, sagte Schneider mit einer einladenden Armbewegung und richtete seine Schritte in Richtung des Eingangs.

»Ja, ich weiß«, sagte Horst und setzte sich ebenfalls in Bewegung. »Ich war in der letzten Woche schon einmal hier.«

Korbats Sekretärin, Frau Klein, saß in ihrem Büro am Schreibtisch und arbeitete offensichtlich die tägliche Post ab. Anders als die Verwaltungsfachangestellte am Georg-Kerschensteiner-Berufskolleg zeigte sie sich sehr gefasst. Ein nicht informierter Besucher hätte weder ihrer Körpersprache noch ihrer Mimik entnehmen können, dass ihr Chef gerade zu Tode gekommen war.

Reiter stellte sich noch einmal vor, aber sie hatte ihn zuvor schon wiedererkannt. Er setzte sich auf einen freien Stuhl, Schneider blieb in der Tür zum Sekretariat stehen.

»Frau Klein«, begann Horst das Gespräch, »mein Beileid zum Tod Ihres Vorgesetzten.« Die Sekretärin sagte nichts und zuckte mit den Schultern. »Können Sie sich vorstellen, wer das getan hat? Hatte Korbat Feinde im Haus?«

Reiter wusste, dass die Sekretärinnen in Institutionen und Unternehmen häufig mehr von Problemen und Konflikten mitbekamen als alle anderen Mitarbeiter.

»Nein, ich kann mir nicht denken, wer es gewesen sein könnte«, antwortete Frau Klein ohne lange zu überlegen. »Herr Korbat lag im Streit mit fast allen Lehrern und Mitarbeitern. Von daher käme auch fast jeder als Täter in Frage. Aber so, wie ich die Lehrer im Haus kenne, wäre keiner dazu in der Lage, eine Gewalttat zu begehen.«

Horst wurde hellhörig. »War er ein schwieriger Chef?«, hakte er nach.

»"Schwierig", das ist nett ausgedrückt«, antwortete die Sekretärin ungerührt. »Er war jähzornig und cholerisch, putzte jeden beim kleinsten Fehler in Gegenwart anderer herunter, hielt sich nicht an Vereinbarungen und log, dass sich die Balken bogen. Wenn Sie das als schwierig bezeichnen wollen, dann war er es.«

Horst hatte bei seinem ersten Besuch im Berufskolleg an der Krusestraße schon einen Eindruck von den Führungsqualitäten des Schulleiters bekommen.

»Unterhalten Sie sich mit dem Hausmeister und den Kollegen, die werden Ihnen das bestätigen«, setzte sie fort. »Ich kann nicht sagen, dass sein Tod mich besonders trifft. Ich kann nur hoffen, dass sein Nachfolger besser wird. Das wird mit Sicherheit der Fall sein, denn schlechter geht es eigentlich nicht.«

»Haben Sie eine Liste aller Mitarbeiter, die hier an dieser Schule arbeiten?«, fragte Horst, um das Thema zu wechseln.

»Ja klar, wir führen eine Kollegiumsdatei, in der auch die sonstigen Mitarbeiter erfasst sind.«

»Wären Sie so nett, mir diese zu mailen?«, fragte Horst und zog eine Visitenkarte mit seiner Mailadresse aus der Jackentasche.

»Würde Korbat noch leben«, antwortete Frau Klein, »dann müssten Sie jetzt einen Antrag stellen, der sechs Wochen zur Prüfung bräuchte und dann vergessen werden würde.« Sie machte eine kurze Pause. »Bevor Sie zurück in Oberhausen sind, finden Sie die Tabelle in Ihrem Posteingang. Ich muss Sie allerdings vorwarnen: Es werden viele Namen sein. Seitdem Herr Korbat hier Schulleiter wurde – das war vor mehr als 10 Jahren – haben sich sehr viele Lehrerinnen und Lehrer versetzen lassen. Die meisten deshalb, weil sie mit ihm nicht klarkamen.«

Reiter warf seinem Kollegen Schneider einen vielsagenden Blick zu, verkniff sich aber eine Bemerkung zu dem, was er gerade gehört hatte.

»Vielen Dank. Eventuell komme ich noch einmal vorbei, um mich mit den Lehrern und dem Hausmeister zu unterhalten«, schloss Reiter das Gespräch mit einem Blick auf die Uhr. Er verabschiedete sich von Schneider und seinen Mitarbeitern.

Die Leiche des Schulleiters war inzwischen entfernt worden. Der Hausmeister versuchte, die große Blutlache mit einem Hochdruckreiniger zu entfernen.

»Das ist es, was von einem Leben bleibt«, dachte Horst und ging in Richtung des Parkplatzes.

In dem Augenblick, als er die Fahrertür seines Wagens aufschloss, sah er aus dem Augenwinkel einen roten Kleinwagen, der mit ungewöhnlich hoher Geschwindigkeit den Parkplatz verließ. Im ersten Augenblick dachte er sich nichts dabei. Erst als er auf dem Fahrersitz Platz genommen und den Gurt angelegt hatte, kam in ihm das Gefühl auf, dass er gerade eine günstige Gelegenheit verpasst hatte.

Er zog sein Handy hervor und wählte Michael Beckers Nummer. »Hallo, Horst hier. Es ist spät geworden. Ich fahre von hier aus direkt nach Schmachtendorf«, sagte er. »Wir treffen uns morgen früh um 9 Uhr, dann berichte ich euch alles.«

Auf dem Rückweg hörte Horst die CD, die er auf dem Weg nach Duisburg gehört hatte, weiter. Er hatte viel Zeit dafür, denn der Berufsverkehr forderte seinen Tribut. Das spanische Flair der Musik von Calatayud erinnerte ihn an erholsame Urlaubszeiten auf Mallorca.

31

»Es ist schön, dass es mit unserem Treffen nun doch noch geklappt hat«, begrüßte Reiter Klaus-Jürgen Hellmann in der Pizzeria.»Haben Sie den Weg gut gefunden?«

»Ja, dank Navi ist das heute ja alles kein Problem mehr«, antwortete Hellmann.

Horst hatte einen Tisch für zwei Personen in der hinteren Ecke des Lokals reservieren lassen. Der Inhaber der Pizzeria führte sie dorthin und nahm die Bestellung der Getränke auf.

»Wie lange ist das mit dem Gitarrenwettbewerb in Mettmann her?«, begann Horst das Gespräch.

»Mehr als 30 Jahre. Es war eine schöne Zeit damals. Es gab eine unglaubliche Aufbruchsstimmung in der Musikszene, besonders in der Gitarrenszene, seit den 1970er Jahren. Vielleicht war der Mettmanner Wettbewerb ein Höhepunkt der damaligen Aufwärtsbewegung.«

Hellmann hatte in den 1980er Jahren mehrfach einen großen und renommierten Gitarrenwettbewerb für Studenten durchgeführt. Horst hatte ihn damals kennengelernt und vor einiger Zeit mit der Idee „Gitarrenwettbewerb für Senioren" wieder Kontakt mit ihm aufgenommen.

»Genau das ist es, was mich bewegt«, hakte Horst sofort ein. »Was wurde aus den Studenten von damals? Die meisten wurden Lehrer an der Musikschule, spielen vielleicht hie und da mal Mucken. Keiner hat mehr Grund und Anlass, gezielt und auf den Punkt zu üben. Ebenso konzentriert wie für einen Wettbewerb. Die gibt es noch, zumeist für Jugendliche und junge Erwachsene. Bei den meisten Wettbewerben ist mit der oberen Altersgrenze bei 25 oder maximal 30 Jahren Schluss.«

»Ich finde den Gedanken sehr interessant«, antwortete Hellmann, »ansonsten wäre ich nicht hier. Aber ganz so einfach ist das sicher alles nicht, die Probleme kommen wie immer bei der Umsetzung.«

Ihr Gespräch wurde vom Patron unterbrochen, der die Bestellung aufnehmen wollte. Horst bestellte einen Salat und eine kleine Pizza, Hellmann einen großen Salat. »Ich muss auf meine Linie achten«, lächelte er und wies auf seinen Bauchumfang. Er hob sein Glas und hielt es in Horsts Richtung. »Klaus-Jürgen heiße ich«, sagte er. Reiter stieß mit ihm an. »Horst«.

»Ja, gewisse Probleme sehe ich auch«, setzte Reiter das Gespräch fort. »Das fängt bei den Altersgruppen an und hört bei der Berücksichtigung der Lebensbiographien auf. Es wäre fatal, wenn ehemalige Profigitarristen gegen beispielsweise Musikschullehrer oder versierte Hobbygitarristen antreten würden. Andererseits darf man sich nicht in der Berücksichtigung von Details verlieren.«

»Das sehe ich auch so«, bestätigte Hellmann.

»Ich habe mir viele Gedanken dazu gemacht«, sagte Horst und zog ein säuberlich gefaltetes Blatt aus der Innentasche seiner Jacke. »Wir bilden drei Altersgruppen und drei Gruppen hinsichtlich der Spielstärke, schlage ich vor. Ähnlich wie beim Tennis. Die Pflichtstücke werden an die jeweiligen Spielstärken angepasst, die freien Stücke bestimmen die Teilnehmer naturgemäß selbst.«

Inzwischen hatte der Patron das Essen gebracht. Während des Essens diskutierten die beiden weiter und rundeten Horsts Wettbewerbskonzept immer weiter ab.

»So wird das gut«, beendete Horst das Gespräch über die Wettbewerbsmodalitäten. Hellmann pflichtete ihm bei.

»Hast du dir schon Gedanken darüber gemacht, wo und wann wir den Wettbewerb durchführen?«, fragte Hellmann. »Und wie sieht es mit der Finanzierung aus?«

»Ich glaube, ein halbes Jahr Vorlauf brauchen wir bestimmt, wenn nicht mehr. Ich schlage den September nächsten Jahres vor. Dann sind die Sommerferien vorbei. Weil viele der angesprochenen Teilnehmer noch berufstätig sind, kommt nur ein Wochenende in Frage. Hinsichtlich der Räumlichkeiten habe ich hier eine gute Anbindung. Wir können den Contest aber auch gerne bei dir in Mettmann durchführen.«

Klaus-Jürgen winkte ab. »Die Kommune ist klamm, so, wie die meisten anderen Kommunen hier. Dafür Geld locker zu machen, wäre sehr schwierig.«

»Nun gut, dann gerne hier«. Horst freute sich heimlich, denn dadurch würden sich seine Wegezeiten stark reduzieren.

»Die Finanzierung schaffen wir sicher. Einiges an Geld kommt über die Teilnahmegebühren, Konzerteinnahmen und Sponsoring herein. Ich habe schon vor einiger Zeit meine Fühler ausgestreckt und einige Unternehmen gefunden, die uns finanziell unterstützen würden. Zudem habe ich guten Kontakt zum Künstlerförderverein in Oberhausen, der uns ebenfalls unterstützen würde.«

»Das klingt sehr gut«, warf Hellmann ein.

»Für die Konzerte könnten wir die evangelische Kirche an der Kempkenstraße mit der Konzertreihe „Schmachtendorfer Abendmusiken" nutzen«, setzte Horst fort. »Die Kirche hat eine wunderbare Akustik.

Ich habe selbst schon dort gespielt – in meiner Jugend.«

»Das klingt gut«, sagte Hellmann. »Spielst du eigentlich selbst noch regelmäßig? Ich selbst schaffe es nicht mehr neben Beruf, politischen Terminen und Familie.«

»Ja, für den Hausgebrauch«, antwortete Horst. »Letztlich geht es mir so wie dir. Abends bin ich manchmal einfach zu müde, um mich auf die Noten konzentrieren zu können. Trotzdem spiele ich allen Ernstes mit dem Gedanken, mich an dem Wettbewerb zu beteiligen.«

»Meinst du nicht, dass du dir als Veranstalter des Wettbewerbs einen Vorwurf der Befangenheit der Jury gefallen lassen müsstest?«, entgegnete Hellmann nachdenklich.

»Darüber habe ich auch schon nachgedacht«, antwortete Horst. »Ich bin sicher, dass ich da eine Lösung finden werde.«

Hellmann schaute auf seine Armbanduhr und erschrak. »Mein Gott, es ist spät geworden. Ich habe noch fast eine Stunde auf der Autobahn vor mir.«

Horst zahlte die Rechnung für beide und Hellmann bedankte sich.

Draußen vor der Tür zündete Horst sich einen Zigarillo an. Sie blieben noch eine Weile stehen und verabredeten sich für die kommende Woche, um die Pflichtstücke für den Wettbewerb zu vereinbaren. Horst sagte zu, sich zwischenzeitlich auch um die Finanzierung des Vorhabens zu kümmern. Dann verabschiedeten sich die beiden voneinander.

Beschwingt lief Horst nach Hause. »Das ist *ins Rollen* gebracht«, dachte er fröhlich. »Der Wettbewerb wird ein Highlight. Bestimmt.«

32
Mittwoch, 18. November 2015

Am Mittwochmorgen wachte Reiter auf und fühlte sich ausgeschlafen wie seit langer Zeit nicht mehr. Die Freude darüber, dass der Senioren-Wettbewerb in Fahrt kam, erfüllte ihn mit neuer Energie. In seinem Hinterkopf spukte von nun an immer wieder der Vorschlag für ein Pflichtprogramm herum. Er hatte am Abend noch stapelweise seine Notenausgaben durchforstet und bereits einen kleinen Stapel beiseitegelegt. Das waren die Musikstücke, die er in die engere Wahl ziehen wollte.

»*Verlieren Sie sich nicht in Tagträumereien, sondern arbeiten Sie konzentriert. Unbedingt mehr bewegen*«, las er halblaut vor, als er sich über Beates Schulter beugte, um das Tageshoroskop lesen zu können.

»Diesmal kann ich dein „Horrorskop" vollinhaltlich unterschreiben«, sagte Beate spitz. »Horrorskop, nicht schlecht«, murmelte er. »An manchen Tagen ist es tatsächlich so. Reiner Horror.«

Er goss sich Kaffee in seine Tasse nach und trank einen Schluck. »Wie war dein Theaterabend?«, fragte er beiläufig.

»Nichts Besonderes, wie immer«, gab Beate zur Antwort, ohne von ihrem Sudoku aufzusehen. »Niemand hatte seinen Text gelernt, ich auch nicht. Deswegen konnte ich nicht einmal meckern. Die Aufführung am Freitag wird eine Katastrophe, sag ich dir.«

»Ja, ja, so ist das in der Welt«, erwiderte er. Er wusste genau, dass Beate diesen Spruch hasste. Sie tat so, als hätte sie es nicht gehört.

»Ich glaube nicht, dass es heute Abend spät wird«, setzte er fort. »Eventuell können wir zusammen etwas

Leckeres kochen, wenn du Lust hast.«

»Ja, das wäre schön«, antwortete sie und sah ihn kurz an. »Ich hätte wieder Lust auf etwas Einfaches wie Frikadellen mit Kartoffeln und Gemüse.«

»Kaufst du die Zutaten ein?«, fragte Horst und trank den letzten Schluck Kaffee aus seiner Tasse.

»Mal sehen, wenn ich es schaffe«, sagte Beate und wandte sich wieder der Rätselseite der Tageszeitung zu. »Wir telefonieren, ok?«

Auf dem Weg zum Präsidium hörte Horst wieder die Morgenandacht im Radio. Erneut sprach der bibelfeste katholische Geistliche und bewegte Horst wie am Vortag zum Umschalten auf WDR 4. Louis „Satchmo" Armstrong sang „What a wonderful world", und Horst sang aus voller Kehle mit. [28]

Anne Herweg, Michael Becker und Kurt Buller kamen wie verabredet um 9 Uhr in Horsts Büro. Er berichtete kurz von seinen Beobachtungen, die er am Berufskolleg an der Krusestraße gemacht hatte.

»Die Sekretärin des Schulleiters vom Berufskolleg an der Krusestraße schickt mir heute eine Datei, in der alle Lehrerinnen und Lehrer dieser Schule erfasst sind.«

»Wozu das?«, wollte Kurt wissen. »Ist das nicht ein Fall für die Duisburger Polizei?«

»Ja, sicher, diesen Fall müssen die Duisburger Kollegen klären«, erwiderte Horst. »Aber ich habe das Gefühl, das unsere Fälle und dieser Mord einen inneren Zusammenhang haben.«

»Heißt das etwa, dass wir die Liste von Korbats Kollegium ebenfalls mit den anderen Listen abgleichen müssen?«

»Bingo«, sagte Horst mit einem breiten Grinsen. »Ich hege die leise Hoffnung, dass uns das weiter führt.«

Seine drei Mitarbeiter sahen einander schweigend an.

»Apropos«, setzte Horst fort, »wie weit seid ihr gestern mit der Auswertung der beiden Listen gekommen?«

»Weniger weit, als wir es uns erhofft hatten«, erwiderte Michael Becker. »Die Datentabellen sind nicht miteinander kompatibel. Deshalb mussten wir Namen für Namen von Hand eingeben. Das dauert lange! Bis jetzt haben wir immerhin 12 Übereinstimmungen gefunden.«

»Dann macht erst einmal so weiter«, schlug Horst vor. »Die neue Liste braucht ihr dann ja nur noch mit den Ergebnissen des ersten Vergleichs abgleichen. Das wird mit Sicherheit schneller gehen.«

»Wie geht es dann weiter?«, wollte Anne wissen.

»Die Personen, die unsere Kriterien erfüllen, werde ich – sofern ihr heute fertig werdet – ab morgen in der Schule befragen. Das wird ein mühsames Geschäft, aber dafür werden wir schließlich bezahlt.«

»*Schlecht* bezahlt«, ergänzte Kurt Buller, »viel zu schlecht.«

»Ja, so ist das in der Welt«, erwiderte Kurt grinsend mit seiner Leerfloskel. »Man kann das auch „Jammern auf hohem Niveau" nennen.«

Horst war am Vortag mitten in der Aktenarbeit unterbrochen worden. Er hatte vor, an der Stelle fortzusetzen, an der er abgebrochen hatte, um dann zum Tatort an der Krusestraße in Duisburg zu fahren.

Nachdem seine drei Mitarbeiter sein Büro verlassen hatten, fuhr er den Computer hoch. Die Mail von

Frau Klein mit den Mitarbeiterdaten des Berufskollegs an der Krusestraße war eingetroffen. Er dankte ihr per Mail und leitete die Datei mit einem entsprechenden Kommentar an Michael Becker weiter. Im Anschluss daran rief er die Dateien des Vortags auf. Er versuchte konzentriert zu arbeiten, aber immer wieder schweiften seine Gedanken ab. Er dachte an das Gespräch mit Klaus-Jürgen Hellmann und an seine selbstgestellte Aufgabe, Pflichtstücke auszuwählen. Und noch ein weiteres Problem nagte an ihm: Er wollte selbst an dem Wettbewerb teilnehmen, sah allerdings wie Hellmann die Gefahr, dass dies ein „Geschmäckle" haben würde. Vor seinem geistigen Auge sah er schon den Bericht in der Oberhausener Tagespresse. „Polizeikommissar veranstaltet einen Wettbewerb und nimmt vor der von ihm ausgewählten Jury selbst daran teil", so oder ähnlich würde es dort stehen.

»Veranstalter und aktiver Teilnehmer gleichzeitig?« Stumm schüttelte er seinen Kopf. »Das geht nicht«, dachte er. »Ich muss mir eine vernünftige Lösung einfallen lassen.« Am Vorabend hatte er Hellmann gesagt, mit Sicherheit eine Lösung zu finden. Das stimmte aber bei Weitem nicht. Er war genauso ratlos wir Klaus-Jürgen.

Zwischendurch versuchte er immer wieder seine Berichte zu schreiben. Er kam nur langsam vorwärts.

Um die Mittagszeit herum – Horst wollte sich gerade auf dem Weg zum Café im Einkaufszentrum machen – klingelte das Telefon.

»Melanie Sander hier«, meldete sich die Anruferin von einem Handy aus, nachdem Horst abgehoben hatte. »Es tut mir leid, dass ich Sie störe. Ich stehe vor dem Haus meines Exmannes am Waldhuck. Ich wollte nach dem Rechten sehen und weiter aufräumen. Das habe ich gestern und vorgestern schon getan. Die Haustür steht offen. Sie wurde aufgebrochen. Ein Einbruch!«

»Bitte betreten Sie das Haus nicht und bleiben Sie dort«, erwiderte Horst. »Wenn Sie mit einem Wagen dort sind, setzen Sie sich bitte hinein und verschließen Sie die Türen von innen«, ergänzte er. »Ich bin in 10 Minuten bei Ihnen.«

Horst zog sich so schnell wie möglich seine Jacke über und sagte kurz seinen Kollegen Bescheid. »Kurt, komm' bitte mit deinem „Zauberkoffer" nach«, rief er noch, bevor er zu seinem Auto hastete.

Melanie Sander saß in ihrem Wagen, einem silberfarbenen Sportwagen, als Horst aus seinem Wagen ausstieg. Er bedeutete ihr wortlos, im Wagen sitzen zu bleiben. Dann nahm er seine Dienstwaffe aus dem Halfter und entsicherte sie. Um keine unnötigen Geräusche zu machen, deckte er die Pistole dabei mit der linken Hand ab. Vorsichtig und so geräuschlos wie möglich pirschte er sich an die offenstehende Haustür heran. Er betrat das Gebäude auf Zehenspitzen und durchsuchte mit wachen Sinnen die Räume des Erdgeschosses. Es waren keine Spuren eines erneuten Einbruchs zu erkennen. Leise schlich er die Treppe hoch. Die Tür zu Sanders Arbeitszimmer stand weit offen. Vorsichtig betrat er den Raum und versicherte sich, dass sich niemand hinter der Tür versteckte. Der Raum war durchwühlt, insbesondere der Schreibtisch schien für die Einbrecher interessant gewesen zu sein.

Horst war sich sicher, dass kein Mensch mehr im Haus war, durchsuchte trotzdem sicherheitshalber noch die anderen Räume.

Als er damit fertig war, ging er zur Haustür und bedeutete Frau Sander, zu ihm zu kommen.

»Gut, dass Sie mich angerufen haben«, sagte er. »Es wäre nicht auszudenken gewesen, was passiert wäre, wenn der oder die Täter noch im Haus gewesen wären.« Dabei dachte er an den Überfall, den er in seiner eigenen Wohnung noch vor wenigen Tagen erlebt hatte. Ab und zu spürte er immer noch den Schmerz der Prellungen und Zerrungen, die er sich im Kampf mit Popescu zugezogen hatte.

Gerade als die beiden gemeinsam das leerstehende Einfamilienhaus betreten wollten, fuhr Kurt Buller mit einem Streifenwagen vor. Er hatte sicherheitshalber zwei Kollegen von der Streifenpolizei mitgebracht.

»Ich mache mich dann mal an die Arbeit«, sagte Kurt und holte seinen „Zauberkoffer" vom Rücksitz des Einsatzwagens. »Dass ihr mir bloß nichts anfasst«, ergänzte er brummig.

»Kurt, das ist mir aber jetzt vollkommen neu«, erwiderte Horst mit ironischem Tonfall. »Ich dachte, ich könnte jetzt hier alles anfassen.«

Auch Kurt musste grinsen. »Ich kenne dich gut genug, um zu wissen, was ich sagte«, stichelte er zurück.

»Ich denke, du solltest oben im Arbeitszimmer anfangen«, schlug Horst vor. »Hier unten sieht alles unberührt aus.« Er wandte sich an Frau Sander: »Wann waren Sie zuletzt hier im Haus?«, fragte er.

»Gestern Abend bis 18 Uhr. Ich habe aufgeräumt«, gab sie zur Antwort.

»Also muss der neuerliche Einbruch zwischen gestern Abend 18 Uhr und heute Mittag stattgefunden haben«, schloss Reiter.

Kurt ging die Treppe hoch und begann mit der Spurensicherung.

Reiter und Melanie Sander setzten sich im Wohnzimmer auf die Polstermöbel. »Möchten Sie einen

Kaffee?«, fragte sie. »Ich könnte uns einen kochen.«

»Ja, sehr gerne«, antwortete Horst. Er hätte auch noch gerne eine Kleinigkeit gegessen, denn es war schon nach 13 Uhr und der Hunger meldete sich ungeduldig.

Frau Sander ging in die Küche und Horst nutzte die Zeit, sich im Wohnzimmer des Schulleiters umzusehen. Vorsichtig zog er die Schubladen des Wohnzimmerschrankes auf. Frau Sander hatte alles, was nach dem Einbruch der Diebesbande auf dem Boden gelegen hatte, unsortiert in den Schrank geräumt.

In einer Schublade fand er einen Stapel mit Fotos. Er nahm ihn und setzte sich wieder zurück in den Sessel. Aufmerksam blätterte er die Bilder durch. Es waren Familienfotos aus wahrscheinlich glücklicheren Tagen. Katharina als Kind am Strand, Eltern und Kind in den Bergen, Weihnachtsbilder und Fotos von Geburtstagsfeiern. »Wie bei uns«, dachte Horst. »Die Fotomotive scheinen überall gleich zu sein.« Etwas weiter unten im Stapel befanden sich Fotos, die offensichtlich in der Schule gemacht worden waren. Sander als Lehrer vor einer Klasse, an seinem Schreibtisch im Büro sowie Gruppenaufnahmen junger Menschen. »Wahrscheinlich sind das Klassen, die Sander unterrichtet hat«, dachte Horst.

Ein Foto erweckte seine besondere Aufmerksamkeit. Es war ein Bild, auf dem das gesamte Kollegium der Schule zu sehen war. Die Lehrerinnen und Lehrer standen in vier Reihen hintereinander vor dem Eingang der Schule, durch den Horst schon zweimal gegangen war.

»Haben Sie etwas Interessantes gefunden?«, unterbrach Melanie Sander seine Gedanken. Sie hielt zwei Kaffeepötte in den Händen und stellte sie auf den

Couchtisch. »Milch, Zucker?«, fragte sie.

»Schwarz, bitte.«

Sie setzte sich Horst gegenüber auf die Couch. »Ist das hier das Kollegium des Georg-Kerschensteiner-Berufskollegs«, fragte er und hielt das Foto so, dass sie es sehen konnte.

»Ja«, bestätigte sie mit einem kurzen Blick darauf, »das dürfte vor vier oder fünf Jahren gemacht worden sein.«

»Kennen Sie die Lehrerinnen und Lehrer auf dem Foto?«, hakte Horst nach.

»Einige schon, aber nicht sehr viele. Ich hatte Ihnen ja schon gesagt, dass mein Exmann nicht viel aus der Schule erzählte. Ich hatte keinen großen Kontakt zu seinem Kollegium. Warum auch?«

»Darf ich das mitnehmen?«, fragte Horst anstandshalber. Er hätte es auch konfiszieren können.

»Ja klar«, erwiderte Melanie Sander. »Sie brauchen es mir auch nicht zurückzugeben. Ich werde, wenn ich den Haushalt hier auflöse, die Fotos mitnehmen, die mich und meine Tochter betreffen. Alle anderen werde ich wegwerfen. Was soll ich damit?«

»Es ist nicht viel, was von einem Menschenleben wirklich bleibt«, philosophierte Horst. »Wenn die Möbel, die Akten und Bücher, die vielen kleinen und großen Gegenstände entsorgt sind, bleibt vielleicht noch ein Schuhkarton mit Dingen, die an einen Menschen erinnern.«

»Vielleicht noch weniger«, entgegnete Frau Sander. »Ich weiß auch nicht, ob ich mich noch viel an ihn erinnern will. Meiner Tochter ergeht es ähnlich in dieser Beziehung.«

»Ihr Exmann wird von allen, die ihn kannten, als positiver, freundlicher Mensch beschrieben«, sagte

Horst Reiter. »Darf ich Sie fragen, warum Ihre Beziehung zueinander so schief gelaufen ist?«

»Es war ein Tod unserer Beziehung auf Raten«, antwortete sie ruhig ohne zu überlegen. »Unsere Liebe erkaltete im Lauf der Jahre zusehends. Er dachte viel an seine Karriere und an seine Arbeit, und irgendwann war einfach kein Platz mehr in seinem Leben für mich und meine Tochter. Nach der Scheidung kam es dann zu heftigem Streit ums Haus und ums Geld. So wurde aus Liebe allmählich und schleichend Hass. Zuletzt sprachen wir kaum noch miteinander.«

»Werden Sie das Haus nun beziehen?«, wollte Horst wissen.

»Nein, ich bleibe in München«, sagte Frau Sander bestimmt. »Ich werde in den nächsten Tagen den Haushalt auflösen und das Haus einem Makler anbieten. Der kann dann alles Notwendige für mich erledigen. Für die Haushaltsauflösung werde ich eine darauf spezialisierte Firma beauftragen.«

»Wollen Sie die Wertsachen wie Fernseher, Küchengeräte und so weiter nicht versuchen, im Internet zu verkaufen?«

Melanie Sander dachte einen Augenblick lang nach. »Ja, das ist eine gute Idee«, murmelte sie. »Daran habe ich noch gar nicht gedacht. Ich werde die Gegenstände, die ich noch zu Geld machen kann, in einem Zimmer sammeln und zum Verkauf anbieten. Danke für den guten Tipp.«

Kurt Buller kam die Treppe herunter. »So«, sagte er, »isch habe fertich.«

»Hast du forensisch Verwertbares gefunden?«, wollte Horst wissen.

»Einige brauchbare Fingerabdrücke am Schreibtisch, mehr nicht«, antwortete Kurt. »Ich muss im

Labor nun abgleichen, ob die schon vor einer Woche vorhanden waren.«

»Hoffen wir das Beste«, antwortete Horst und erhob sich leise stöhnend aus dem Sessel. Seine Knochen taten ihm häufig weh, wenn er sie längere Zeit nicht bewegt hatte.

»Ich denke, wir sind für heute fertig hier«, sagte er an Frau Sander gewandt. »Ich glaube nicht, dass es zu einem weiteren Einbruch kommen wird. Wenn jemand etwas gesucht hat, dann hat er es gefunden. Ansonsten wäre nicht so gezielt im Arbeitszimmer gesucht worden.«

Horst gab ihr noch seine private Handynummer. »Rufen Sie mich im Notfall an, gleichgültig, zu welcher Uhrzeit.«

Sie verabschiedeten sich voneinander. Melanie wollte weiterhin im Haus bleiben, um Wertgegenstände für einen möglichen Verkauf zusammen zu stellen.

Mittlerweile war es fast 15 Uhr geworden. Reiter hatte immer noch nichts gegessen. Er hätte die Gelegenheit nutzen können, auf dem Rückweg zum Präsidium kurz an seiner Wohnung vorbei zu fahren, um eine Kleinigkeit zu essen. Er zog es vor, weiter bis zum Café im Einkaufszentrum zu fahren.

»Ein Brötchen mit Käse bitte«, bestellte er, »und einen mittelgroßen Kaffee. Bitte das Brötchen nur einseitig und ganz dünn mit Butter bestreichen.« Die beleibte Verkäuferin schaute ihn verständnislos an, tat aber dann, von Horst mit Argusaugen überwacht, wie ihr geheißen wurde.

Zufrieden mit seiner gelungenen Bestellung setzte Horst sich an seinen Lieblingsplatz vor dem Fenster.

Bevor er einen ersten Bissen von dem Brötchen nahm, rief er mit seinem Handy Michael Becker an.

»Wir treffen uns um 16 Uhr bei mir im Büro«, sagte er. »Frage bitte Kurt Buller, ob er bis dahin schon verwertbare Erkenntnisse hat.«

Genussvoll nahm er einen großen Bissen von dem nach seinen Vorstellungen belegten Brötchen. Draußen vor dem Fenster war wie jedes Mal geschäftiges Treiben zu beobachten. Was er auch immer wieder beobachtete waren Menschen jeden Alters, die mit großen Plastiktüten voller leerer Flaschen zur Leergutabgabe kamen. Sie besserten ihr karges Einkommen mit der Suche nach Pfandflaschen in Mülleimern auf.

»Wie weit ist diese Gesellschaft schon verkommen?«, fragte er sich. »Hier gibt es mittlerweile Schichten, die von den Krümeln unseres Festmahls leben.«

33

Horst begann die Nachmittagsbesprechung mit einem Bericht über den neuerlichen Einbruch in Sanders Haus. »Es sah ganz danach aus, dass der Einbrecher gezielt gesucht hat«, beendete er seine Information. »Die Wohn- und Schlafräume waren unberührt, allein Sanders Arbeitszimmer ist durchsucht worden.«

»Das bedeutet, dass der Einbrecher sich in dem Haus auskennt«, schloss Anne, »wenn er gezielt ins Arbeitszimmer gegangen ist.«

»Ja, es sieht ganz danach aus«, erwiderte Horst und sah Michael Becker fragend an. »Hast du die weitergeleitete Mail von Frau Klein gelesen?«

»Ja klar«, antwortete Michael wie selbstverständlich. »Es sind über 250 Namen in der Tabelle enthalten. Einige Lehrer waren nur wenige Monate an der

Schule, dann wechselten sie woanders hin. Ich glaube, so etwas nennt man in der freien Wirtschaft „hohe Fluktuation". Das wird als ein Indikator für die Führungsqualität der Firmenleitung angesehen.«

Horst sah seinen Kollegen ungeduldig an. Michael setzte unbeirrt fort.

»Wir haben Folgendes gemacht: Zuerst glichen wir die Mitarbeiterliste von Sanders Schule mit der Liste, die wir vom Straßenverkehrsamt bekamen, ab. Wir fanden 26 Übereinstimmungen, wenn man das familiäre Umfeld der Mitarbeiter mit einbezieht.«

»Michael meint damit, dass ein rotes Auto auch der Ehefrau oder einem Kind eines Mitarbeiters gehören kann«, erklärte Anne auf Horsts fragenden Blick hin.

»Im nächsten Schritt nahmen wir uns die Liste der Schule an der Krusestraße vor«, setzte Michael fort. »Hier fanden wir 32 passende Datensätze.«

»Wir haben es also mit 26 plus 32, also 58 Personen zu tun, die irgendwie in Frage kommen?«, stöhnte Horst auf. »Mit so vielen habe ich nicht gerechnet.«

»Wir auch nicht«, bestätigte Anne. »Aber dann fiel uns etwas auf. Es gibt Personen, die im fraglichen Zeitraum sowohl an Sanders als auch an Korbats Schule gearbeitet haben.«

Horst sah sie verdutzt an.

»In den vergangenen Jahren haben sich viele Mitarbeiter von Korbats Schule versetzen lassen. Einige davon sind an Sanders Schule gelandet«, erklärte sie weiter.

»Und die erscheinen uns natürlich besonders interessant.«

»Das klingt sinnvoll«, sagte Horst nach kurzem Überlegen. »Auf jeden Fall sollten wir uns mit diesen

Personen zuerst unterhalten. Wie viele sind es?«

»Bei fünf Personen ist dies der Fall«, meldete sich Kurt Buller, der bislang geschwiegen hatte. »Fünf Mitarbeiter mit einem roten PKW der Marken VW oder Škoda, die in den vergangenen 10 Jahren nacheinander an beiden Schulen gearbeitet haben.«

»Habt ihr Namen?«, fragte Horst.

»Klar«, erwiderte Anne und zog eine Liste aus einer Mappe, die sie zur Besprechung mitgebracht hatte. Horst nahm das Blatt und schaute sich die Namensliste an.

»Michael Steger, Karin Große-Steiner, Heinz-Werner Walter, Wolfgang Vogelpoth und Miriam el Saloum«, las er halblaut vor. Nach einer kurzen Pause ergänzte er: »Mit Frau el Saloum habe ich mich schon zwei Mal länger unterhalten. Eine sehr sympathische Person. Davon, dass sie früher an der Krusestraße beschäftigt war, hat sie mir nichts erzählt.«

Nachdenklich nahm er einen Schluck Kaffee aus seiner Tasse. »Sollte ich mich in ihr geirrt haben?«, murmelte er leise vor sich hin.

»Wie geht es weiter?«, unterbrach Anne ihn in seinen Gedanken.

»Ich werde morgen früh nach Duisburg fahren und mich mit diesen fünf Personen ausgiebig unterhalten. Allein die Tatsache, dass sie an beiden Schulen arbeiteten und einen roten PKW zur Verfügung haben, macht sie noch nicht zu Tatverdächtigen. Aber an irgendeinem Punkt müssen wir ja ansetzen und in alle Richtungen ermitteln.«

»Wenn wir bei denen nichts finden, dann müssen wir eben mit den verbliebenen 53 Personen reden«, setzte er nach einer kurzen Pause fort. »Leute, da kommt richtig Arbeit auf uns zu!«

»Rechnet man für jedes Gespräch nur eine Viertelstunde, dann kommen fast 15 Stunden mit immer gleichen Interviews zustande«, rechnete Kurt Buller vor. »Das ist einiges an Arbeit, das stimmt allerdings.«

»Für heute machen wir erst einmal Feierabend«, schloss Horst die Nachmittagsbesprechung ab. »Ihr habt gute Arbeit geleistet, jetzt gönnt euch einen schönen Abend.«

Nachdem seine Mitarbeiter sein Büro verlassen hatten, räumte Horst seinen Schreibtisch auf, schaltete den Computer ab und machte sich fertig für den Heimweg. Er war etwas bedrückt. Die Tatsache, dass Frau el Saloum mit auf der Liste stand, erstaunte ihn. Das hatte er nicht erwartet.

Auf dem Weg nach Hause legte er einen Zwischenstopp im Einkaufszentrum ein. Er rief Beate auf dem Handy an. »Hast du die Zutaten für das Abendessen eingekauft?«, fragte er.

»Nein, dazu bin ich noch nicht gekommen«, antwortete Beate, die noch in der Musikschule war.

»Gut. Ich bin am Einkaufszentrum und erledige das«, sagte er und stieg aus seinem Wagen aus. Im Einkaufszentrum kaufte er die Zutaten für die Frikadellen, so, wie er es mit Beate verabredet hatte.

Im Wagen hörte er wieder die Musik der 60er/ 70er Jahre auf dem Sender WDR 4. Mary Hopkin sang „Those were the days", ein Lied mit einer wehmütigen russischen Melodie, das seinerzeit zum Welthit wurde. Ex-Beatle Paul McCartney hatte es für die damals noch junge Sängerin produziert und auf der Schallplatte selbst die Gitarre zu ihrem Gesang gespielt. [33]

»Das war ein vortrefflich gelungenes Abendessen«, sagte Reiter selbstzufrieden, nachdem er seinen Nachtisch aufgegessen hatte.

»Ja, Hausmannskost ist oft besser als ein feines Essen im Sternerestaurant«, bestätigte Beate und begann, den Tisch abzuräumen.

Reiter half ihr beim Abwasch. Dabei erzählte er von seinem Gespräch mit Klaus-Jürgen Hellmann und von dem gemeinsamen Vorhaben.

»Du kannst es wohl einfach nicht lassen«, kommentierte Beate. »Hast du nicht schon genug im Präsidium zu tun? Warum bindest du dir noch so einen Wettbewerb ans Bein?«

»Weil es mir Spaß macht«, erwiderte Horst. »Einige Leute gehen nach dem Feierabend auf den Golf- Fußball- oder Tennisplatz, andere sortieren ihre Briefmarken oder schauen fünf Stunden in die Glotze oder was immer auch. Ich erhole mich eben auf diese Weise.«

Beate sagte nichts mehr dazu, weil sie wusste, dass es sinnlos wäre.

»Hast du denn heute in zwei Wochen abends Zeit?«, fragte sie stattdessen. »In der Kirche an der Kempkenstraße wird ein Cellokonzert angeboten. Ich würde mir das gerne anhören. Es wäre schön, wenn du mitkämst.«

»Das wird klappen«, antwortete Horst. »Wer spielt?«

»Ein Cellist namens Bressler«, erwiderte sie. »Das Besondere ist, dass er seine Honorare für einen guten Zweck verwendet. Er hat eine feste Stelle in einem großen Orchester und ist von daher finanziell abgesichert. In seiner Freizeit gibt er Konzerte und spendet die Einnahmen für Obdachlose hier im Ruhrgebiet.«

Horst hatte schon einmal von diesem Projekt gehört. Er konnte sich erinnern, Plakate gesehen zu haben. „Bressler kommt", stand darauf zu lesen.

»Na bitte«, sagte Horst. »Das ist eben seine Art der Freizeitgestaltung, die zudem noch einen guten Zweck verfolgt. Sowas sollten wir unterstützen. Vielleicht ist das ja später einmal, wenn ich pensioniert bin, eine Option für mich.«

Beate sah ihn mitleidig an. »Dafür müsstest du allerdings kräftig und regelmäßig üben«, sagte sie. »Das sehe ich jetzt noch nicht.«

»Warten wir es ab«, antwortete Horst. Er verschwieg ihr gegenüber seine Pläne hinsichtlich der Teilnahme am Senioren-Wettbewerb.

»Ich muss noch meinen Unterricht für morgen vorbereiten«, sagte Beate, nachdem der Abwasch erledigt war. »Es kommt nicht gut an, wenn ich im Unterricht ein Stück nicht vorspielen kann.«

»Gut, ich werde heute Abend weiter nach Pflichtstücken für den Wettbewerb suchen«, erwiderte Horst und ging in sein Schlafzimmer.

Bevor er zu Bett ging spielte Horst noch einige kleine folkloristische Stücke, die einer seiner Jugendfreunde für die Gitarre eingerichtet hatte. Horst war immer der Ansicht, dass die Gitarre in der anspruchsvollen Folklore ihre Möglichkeiten am besten entfalten konnte. Das Lied „Michael Row the boat ashore" liebte er besonders. Die Tochter der Nachbarfamilie, acht Jahre älter als Horst, hatte es immer mit ihm gesungen, als er noch ein kleines Kind war. [29-32]

34
Donnerstag, 19. November 2015

Horst Reiter hatte noch sehr lange an seinem Schreibtisch gesessen. Neben der Sichtung der Gitarrenliteratur hatte er sich noch Notizen für die Befragungen der Lehrerinnen und Lehrer am kommenden Tag gemacht. Es war weit nach Mitternacht geworden, als er das Licht gelöscht hatte und zu Bett gegangen war.

Er war deshalb noch sehr müde, als er aufstand. Beate hatte den Kaffee schon neben sein Bett gestellt. Davon hatte er nichts mitbekommen.

»Ich fahre direkt von hier aus nach Duisburg zum Georg-Kerschensteiner-Berufskolleg«, sagte er zu ihr, als er in die Küche kam. »Wahrscheinlich werde ich den ganzen Vormittag dort verbringen. Ich muss einige Gespräche führen wegen der Morde an den drei Schulleitern.«

»Das ist eine schlimme Sache«, stellte Beate fest und unterbrach ihr Kreuzworträtsel. »Ich bin im Dorf schon mehrfach darauf hin angesprochen worden. Annika und die Tochter von Sander waren in einer Jahrgangsstufe am Gymnasium.«

»Ja, ich weiß«, erwiderte Horst. »Ich habe schon mit ihr gesprochen. Eine sehr selbstbewusste junge Dame, die genau weiß, was sie will.«

»Das ist doch gut so«, meinte Beate. »Ich bin froh, dass es bei unseren Töchtern ähnlich der Fall ist.«

»Hoffentlich haben die beiden nicht einen solchen Hass auf ihren Vater wie Sanders Tochter Katharina«, sagte er und hoffte, dass Beate etwas Positives sagen würde.

Sie ließ sich Zeit, weil sie wiederum genau wusste, was er nun erwartete.

»Fishing for compliments, der Herr«, sagte sie spitz nach einer kleinen Ewigkeit. »Nein, nein, mach du dir mal keine Sorgen. Die beiden sind ganz zufrieden mit dir.«

Horst fühlte sich erwischt und sagte nichts mehr dazu. Stattdessen lugte er Beate über die Schulter. »*Die Zeit der Ungewissheit ist zu Ende*«, las er halblaut sein Tageshoroskop vor. »*Widmen Sie sich heute den neuen Chancen, die sich Ihnen bieten.*«

»Na, das ist doch eine gute Perspektive für den heutigen Tag«, kommentierte Beate und verkniff sich die übliche Ironie.

Horst hatte noch von zu Hause aus Michael Becker angerufen und Bescheid gegeben, dass er direkt nach Duisburg fahren würde.

Die Autobahn A59 in Richtung Duisburg war überfüllt. Irgendwo war, den Verkehrsnachrichten zufolge, an einem Knotenpunkt ein Unfall passiert und es stand nur ein Fahrstreifen zur Verfügung. In solchen Fällen kam der gesamte Verkehr in der Region zum Erliegen. Er brauchte fast eine Stunde, um Sanders Berufskolleg zu erreichen.

Er stellte seinen Wagen ab und beeilte sich, um noch vor 9 Uhr, dem Beginn der ersten Pause, im Sekretariat zu sein.

»Guten Morgen«, begrüßte er die Schulsekretärin Pia Siebold, die an Frau Krämers Schreibtisch saß.

»Guten Morgen«, antwortete die Sekretärin. »Frau Krämer ist heute außer Haus zu einer Fortbildung«, erklärte sie. »Ich vertrete sie heute an ihrem Platz.«

»Ich hatte bereits angekündigt, dass ich mit einigen Lehrerinnen und Lehrern sprechen wollte. Damit möchte ich heute beginnen«, erklärte Horst seine Anwesenheit.

»Das wird sich machen lassen«, antwortete Frau Siebold. »Möchten Sie sich wieder in das Büro vom Chef setzen?« Sie hielt inne. »Ins Schulleiterbüro, meine ich«, korrigierte sie sich.

»Ja, gerne«, antwortete er. Sie öffnete ihm die Tür. Kurz nachdem er sich an den Konferenztisch gesetzt hatte, brachte sie ihm eine Tasse Kaffee. »Schwarz, ohne Milch und Zucker«, sagte sie.

»Sehr aufmerksam von Ihnen«, bedankte Horst sich.

»Was kann ich nun für Sie tun?«, fragte Pia Siebold.

»Ich möchte mit Lehrerinnen und Lehrern sprechen, die mit Sander kurz vor seinem Selbstmord noch Kontakt hatte«, log er. Er wollte die Mitarbeiter an der Schule weiterhin in dem Glauben lassen, Sander habe Selbstmord begangen. Er zog seinen Notizzettel aus der Jackentasche. »Im Laufe der Untersuchungen«, er vermied bewusst das Wort „Ermittlungen", »stellten sich diese Personen hier als besonders erfolgversprechend für weitere Informationen heraus«, log er weiter und wies dabei auf die Namen, die auf dem Zettel notiert waren.

Pia Siebold warf einen Blick auf die Liste. »Soll ich die nacheinander hierhin bitten?«, fragte sie. »Dann muss ich mir eben die Namen notieren.«

»Tun Sie das«, antwortete er knapp und trank einen Schluck Kaffee.

Die Sekretärin holte sich einen Notizblock aus dem Sekretariat und schrieb die schulinternen Kürzel der Lehrernamen auf. »Ich schau mal in den Stundenplänen nach, wer gerade Zeit hat«, sagte sie. »Sofern sie im Unterricht sind, muss für eine kurzfristige Vertretung gesorgt werden.«

»Stundenplan!«, dachte Reiter. »Daran habe ich noch gar nicht gedacht!«

»Könnten Sie mir die Stundenpläne auch einmal zeigen?«, fragte er harmlos. »Rein interessehalber«, fügte er hinzu.

»Ja gerne«, erwiderte Frau Siebold und ging zurück in ihr Sekretariat.

Horst faltete den Zettel, den er am Vorabend geschrieben hatte, auseinander. Er hatte sich die Fragen notiert, die er mit den Lehrerinnen und Lehrern klären wollte.

»Michael Steger hat gerade eine Springstunde«, verkündete Pia Siebold, als sie mit den Stundenplänen in der Hand zurückkehrte. »Das würde gut passen«, ergänzte sie und legte die Übersicht über die Lehrerstundenpläne vor Reiter auf den Tisch.

»Würden Sie ihn zu mir bitten?«, fragte Reiter und griff nach dem Stapel Papier, den die Sekretärin vor ihn hingelegt hatte.

»Er wird im Lehrerzimmer sitzen, ich hole ihn«, erwiderte sie und verließ das Büro.

Michael Steger war ein Lehrer im mittleren Alter. Verschüchtert klopfte er an der Tür, bevor er das Direktionsbüro betrat.

»Was will die Polizei von mir?«, fragte er leise.

»Nichts Schlimmes«, beruhigte Reiter ihn. »Ich hoffe nur, dass Sie mir helfen können, den Selbstmord Ihres Schulleiters, Herrn Sander, aufzuklären. Bitte nehmen Sie doch Platz.«

»Mein Name ist Reiter«, stellte Horst sich vor. »Ich bin Kriminalkommissar in Oberhausen und untersuche den Selbstmord Ihres Schulleiters. Es gibt da ein paar Unstimmigkeiten, die geklärt werden sollten. Deshalb bin ich hier. Ich werde vielleicht mit allen

Ihren Kolleginnen und Kollegen reden müssen«, log er wieder.

Michael Stegers Gesichtsausdruck signalisierte, dass er verstanden hatte. Horst wusste, dass er behutsam vorgehen musste, um einen eventuellen Täter nicht zu warnen.

»Wie lange sind Sie Lehrer an dieser Schule?«, fing er unverfänglich an, als würde er einen Smalltalk anstreben.

»Seit acht Jahren«, erwiderte der Lehrer.

»Wo waren Sie vorher beschäftigt?«, fragte Horst weiter, obwohl er die Antwort kannte.

»Ich war am Berufskolleg an der Krusestraße. Vor acht Jahren habe ich mich versetzen lassen.«

»Darf ich fragen, warum?«, wollte Horst weiter wissen.

»Ich hatte Probleme mit dem dortigen Schulleiter«, gab Steger wahrheitsgemäß zur Antwort. »Da war ich nicht der Einzige. Ich habe mich damals bei der ersten Gelegenheit versetzen lassen.«

»Welche Probleme?«, hakte Horst neugierig nach.

»Der Schulleiter war schwer auszuhalten«, sagte Steger. »Seine Führungsqualitäten waren nicht sonderlich groß. Mehr möchte ich eigentlich nicht dazu sagen.«

»Entschuldigen Sie bitte, darum geht es hier ja auch gar nicht«, log Horst erneut. »Hatten Sie in den letzten Wochen noch Kontakt mit Herrn Sander? Ist Ihnen etwas aufgefallen, was seinen Freitod erklären könnte?«

Der Lehrer dachte einen Augenblick lang nach. »Ja, ich habe letzte Woche noch über die Ausstattung meines Fachraumes mit ihm gesprochen«, antwortete Steger. »Er wirkte so wie immer.«

Horst warf einen Blick auf den Stundenplan seines Gegenübers. Die vermutliche Tatzeit lag zwischen 7 und 9 Uhr am Freitagmorgen, wie bei der Obduktion festgestellt worden war. Der Lehrer war zu dieser Zeit in einer Klasse im Fach Fertigungstechnik eingesetzt. Trotzdem fragte er scheinbar harmlos weiter. »Herr Sander hat am vorletzten Freitag Selbstmord begangen. Waren Sie an diesem Tag hier in der Schule?«

»Ja, klar«, gab der Lehrer ohne lange zu überlegen zur Antwort. »Ich ließ eine Klassenarbeit schreiben, die ich morgen zurückgeben möchte. Die Arbeit ist übrigens recht gut ausgefallen.«

Horst spürte, dass Michael Steger als Verdächtiger nicht in Frage kam. Nach einigen weiteren, unverfänglichen Fragen beendete er das Gespräch und bedankte sich.

Das nachfolgende Gespräch mit Oberstudienrätin Karin Große-Steiner verlief ähnlich. Die Lehrerin, eine ältere, zierliche Person, kam schon auf den ersten Blick als mögliche Täterin nicht in Frage. Auch sie hatte sich an Sanders Berufskolleg versetzen lassen, weil sie sich vom Schulleiter gemobbt fühlte. Horst war etwas verwundert über die Lehrerin. Er konnte sich kaum vorstellen, dass sie mit einem Haufen halbstarker Schüler klarkommen würde.

Während er auf seinen nächsten Gesprächspartner, Studienrat Heinz-Werner Walter, wartete, dachte er darüber nach, welche Verletzungen der inzwischen tote Schulleiter in seinem Kollegium angerichtet hatte.

Horst erkannte Studienrat Walter sofort wieder, nachdem dieser den Raum betreten hatte. Er hatte ihn gesehen, als er erstmals in dieser Schule war, während er sich mit dem Hausmeister unterhalten hatte.

Der glatzköpfige Lehrer mit dem grauen Rauschebart setzte sich nach Reiters Aufforderung an den Konferenztisch, nachdem er seine große, hellbraune Naturledertasche umständlich auf den Boden abgestellt hatte.

Das Gespräch schien so zu verlaufen wie die beiden Gespräche zuvor. Heinz-Werner Walter hatte das Berufskolleg an der Krusestraße ebenfalls wegen des dienstlichen und menschlichen Verhaltens des Schulleiters verlassen.

»Warum haben Sie sich damals versetzen lassen?«, fragte Reiter wie in den anderen Interviews.

»Ich hatte mich auf eine Beförderungsstelle zum Oberstudienrat beworben«, antwortete Walter. »Der Schulleiter hatte mir die Stelle zugesagt, sich dann jedoch nicht an sein Wort gehalten. Er sagte mir damals, dass ich nicht für eine Beförderung geeignet sei.«

»Das hat Sie so verletzt, dass Sie gegangen sind?« wollte Horst noch wissen.

»Ja, so war es«, antwortete der Lehrer. »Leider ist es mir an dieser Schule vor kurzer Zeit ähnlich ergangen. Herr Sander hat meine berechtigte Beförderung verhindert.«

Horst konnte sich erinnern, davon gehört zu haben. Der Stellvertreter Heintze hatte ihm von dem misslungenen Beförderungsverfahren erzählt.

Mit einem Blick auf den Stundenplan konnte er sehen, dass Studienrat Walter freitags ab 7:30 Uhr im Unterricht eingesetzt war. Von daher kam er als Täter nicht in Frage. Der Lehrerliste zufolge wohnte er in Duisburg-Buchholz, an der Grenze zu Düsseldorf. »Zu weit!«, dachte er. »Erst nach Oberhausen, dann zurück nach Duisburg? Das könnte er auch bei besten Verkehrsverhältnissen nicht schaffen.«

Horst bedankte sich für die Zeit, die der Lehrer sich für ihn genommen hatte. »Eigentümlicher Mensch«, dachte er, als Walter umständlich seine Sachen zusammenpackte und den Raum verließ. »Mich würde interessieren, wie ein solcher Vogel mit den Schülern klarkommt.«

Als nächste Lehrerin betrat nach kurzer Zeit Miriam el Saloum das Schulleitungsbüro. Sie begrüßten einander wie alte Bekannte. Er erkundigte sich nach der Tochter und dem Enkelkind der Lehrerin. Die Geburt war gut verlaufen, Mutter und Kind wohlauf. Horst schloss die Gesprächsphase mit einem Glückwunsch ab.

»Ich möchte nur noch einige offene Fragen hinsichtlich des Freitods von Herrn Sander klären«, log Horst erneut zu Beginn des Interviews.

Miriam el Saloum erklärte, warum sie die Schule an der Krusestraße verlassen hatte. Auch sie hatte Probleme mit dem Schulleiter gehabt und deshalb die Schule gewechselt.

»Mein Problem mit der Beförderungsstelle hat sich inzwischen geklärt«, sagte sie mit einem Lächeln. »Der stellvertretende Schulleiter, Herr Heintze, wird das Verfahren nächsten Dienstag durchführen.«

»Herzlichen Glückwunsch«, erwiderte Horst.

»Gratulieren Sie erst, wenn die Beförderungsurkunde unterschrieben ist«, bat Miriam el Saloum. »Ich bin in dieser Beziehung ein bisschen abergläubisch.«

»Das könnte ein Satz von mir sein«, dachte Horst. Zum Schluss des Gespräches warf er noch einen Blick auf den Stundenplan der Lehrerin. Sie war die Erste, die freitags bis zur fünften Unterrichtsstunde frei hatte. »Darf ich Sie fragen, was Sie am Vormittag des 6. November, dem Tag, als Sander Selbstmord beging, getan haben?«, fragte er vorsichtig.

Miriam el Saloum schaute ihn irritiert an. »Ich war zu Hause, wie immer, vermute ich. Warum wollen Sie das wissen?«

»Nur so«, entgegnete Reiter ausweichend. »Ich wünsche Ihnen für das Beförderungsverfahren alles Gute«, sagte er zur Ablenkung.

»Vielen Dank«, sagte die Lehrerin und verließ das Schulleitungsbüro.

»Mit Wolfgang Vogelpoth, der noch auf Ihrer Liste steht, kann ich Ihnen heute leider nicht weiterhelfen«, bedauerte Pia Siebold, als Horst auf seinen letzten Gesprächspartner warten wollte. »Der Lehrer ist seit drei Wochen schwer erkrankt. Er liegt im Kaiser-Wilhelm-Krankenhaus in Duisburg.«

»Weiß man, was er hat?«, wollte Horst aus reinem Interesse wissen.

»Nein, natürlich nicht«, gab sie zur Antwort. »Ich weiß aber, dass in dieser Klinik schwerpunktmäßig schwere Herzerkrankungen behandelt werden. Da denkt man sich seinen Teil.«

»Dann wäre ich für heute fertig«, stellte Horst erleichtert fest. Er bedankte sich für die freundliche Aufnahme an der Schule und verabschiedete sich.

»Es ist gut möglich, dass ich in den nächsten Tagen noch mehrmals kommen werde«, sagte er zum Abschied. »Darf ich die Stundenpläne mitnehmen, damit ich die Gespräche vorab planen kann?«

»Ja gerne«, antwortete die Sekretärin. »Ich gebe Ihnen noch eine Liste der Lehrerkürzel mit, dann kommen Sie besser klar.«

Horst bedankte sich erneut. »Eine Frage habe ich noch«, sagte er, schon in der halboffenen Tür stehend, aus einem inneren Impuls heraus. »Gibt es hier einen

Lehrerparkplatz wie an der Krusestraße?«

»Ja klar, wenn Sie das Gebäude auf der linken Seite verlassen, geraten Sie ohne Umwege dorthin.«

Horst entschied sich, den Weg über den Lehrerparkplatz zu nehmen. Auf der Treppe nach unten lief ihm eine Schulklasse über den Weg, die sich auffallend leise verhielt. Den Gesprächen zwischen den Schülern konnte er entnehmen, dass der Lehrer sie vorzeitig entlassen hatte. »Das sind die, die das Bild von Lehrern negativ prägen«, dachte er und erinnerte sich an das Gespräch mit Miriam el Saloum.

Reiter blieb einen Augenblick auf dem Treppenabsatz stehen, dann machte er kehrt. Er ging zurück zu Pia Siebold ins Büro.

»Entschuldigen Sie bitte nochmals«, sagte er. »Wie ist das eigentlich mit der Anwesenheit von Schülern und Lehrern geregelt?« Er merkte am fragenden Blick der Sekretärin, dass er sich sehr ungeschickt ausgedrückt hatte. »Ich meine«, ergänzte er deshalb, »gibt es eine Anwesenheitskontrolle oder etwas ähnliches?«

»Ja sicher«, antwortete sie. »Es werden Klassenbücher und Anwesenheitslisten geführt. In den Klassenbüchern steht, was im Unterricht behandelt wurde, die Anwesenheitslisten sind wohl selbsterklärend.«

»Ich würde gerne einmal die Klassenbücher und Anwesenheitslisten der Lehrerinnen und Lehrer sehen, mit denen ich heute gesprochen habe, und zwar von den Freitagen«, verlangte Horst. »Und in den nächsten Tagen dann von denjenigen, mit denen ich gerade spreche.«

Pia Siebold schaute ihn erneut verständnislos an. Horst blieb ihr eine Erklärung schuldig. Mit einem kurzen Blick auf die Stundenpläne wusste sie, welche Klassenbücher zu holen waren.

Horst durchsuchte die Bücher nach dem 6. November, dem Datum, an dem Sander ermordet wurde.

In allen Fällen waren Eintragungen vorhanden. Michael Steger hatte die Durchführung der Klassenarbeit dokumentiert, Studienrat Walter hatte eine vollständige Anwesenheit der Schüler notiert und Karin Große-Steiner hatte mit zierlicher Schrift ihre Eintragungen vorgenommen.

»Danke, das war es schon«, sagte Horst.« Es hat mich nur einmal so interessiert.« Ehe er das Sekretariat endgültig verließ, hatte er noch eine letzte Frage. »Mir kam gerade eine Schulklasse entgegen, die offensichtlich vorzeitig aus dem Unterricht entlassen wurde. Wird so etwas auch in den Klassenbüchern dokumentiert?«

»Die vorzeitige Entlassung einer Klasse ist nicht zulässig und sollte nicht vorkommen«, antwortete sie ausweichend. »Aber für den Fall, dass es so ist, muss es natürlich in das Klassenbuch eingetragen werden.«

Horst bedankte sich und ging ein zweites Mal zum Seitenausgang.

Der Lehrerparkplatz war einfach zu finden. Der Stellplatz in direkter Nähe zum Eingang war mit „Schulleitung" markiert. Er stand leer. Konzentriert ging Horst durch die Reihen der geparkten Kraftfahrzeuge. Die meisten Autos waren Klein- und Mittelklassewagen, sehr viele Kombis dabei. »Lehrer sind wohl eher praktisch veranlagt«, dachte er. Er suchte nach roten Kraftfahrzeugen auf dem Parkplatz und wurde schnell fündig. Ein älterer VW Golf stand dort. Mit dem Kennzeichen DU – HW 1963. »Das ist einfach«, dachte er. »Das ist mit Sicherheit der Wagen von Studienrat Walter. Sowohl Initialen, Wohnort als auch Geburtsjahr stimmen.«

Etwas weiter weg stand ein roter VW Polo. Kennzeichen DU – MS 1067. »Wieder einfach«, murmelte er vor sich hin. »Michael Steger, wahrscheinlich geboren im Oktober 1967. Passt ebenfalls.«

Der Wagen von Melanie Große-Steiner war mit Sicherheit der rote schon etwas klapprige Golf C mit dem Kennzeichen DU – GS 1957.

»Da regen sich die Leute in unserem Land über Datenschutz bei Facebook und so weiter auf«, dachte er. »Gleichzeitig geben sie allein schon über ihr Autokennzeichen vieles von sich Preis.«

Er fand auch den älteren roten Škoda Fabia von Frau el Saloum, obwohl hier das Kennzeichen nicht weiterhalf. Dafür lag auf dem Beifahrersitz ein Briefumschlag, der an sie adressiert war. »Das könnte mir auch passieren«, dachte Horst. »Ungefährlich ist das nicht. Etwaige Diebe können die Adresse sehen und gelassen dort einbrechen, da sie wissen, dass niemand zu Hause ist.«

Auf dem Weg zu seinem Wagen wählte er auf dem Handy die Nummer von Michael Becker.

»Ich bin soweit fertig hier«, sagte er. »Viel gebracht hat es nicht, leider. Ich werde gegen 13 Uhr im Präsidium sein. Wir sprechen uns dann.«

Er setzte sich in seinen Wagen, schaltete den CD-Player ein und hörte sich einige Stücke des irischen Komponisten Turlough O'Carolan an. Auf dem Weg legte er einen Zwischenstopp an einem Café ein. Inzwischen hatte er Übung darin, die Verkäuferinnen in der fachgerechten Belegung seiner Brötchen zu instruieren.

Er war nicht sonderlich zufrieden mit dem bisherigen Verlauf des Tages. Trotzdem war er bester Dinge.

35

»Insgesamt war es ein Schlag aufs Wasser«, resümierte Horst seinen Besuch am Georg-Kerschensteiner-Berufskolleg, als er mit seinen Kollegen um 15.30 Uhr in der Nachmittagsbesprechung saß. »Bis auf Frau Dr. el Saloum haben alle, mit denen ich gesprochen habe, ein Alibi. Frau el Saloum kann es auch nicht gewesen sein, es sei denn, sie hat einen Komplizen.«

»Wie meinst du das?«, wollte Anne wissen.

»Sie ist mit Sicherheit nicht kräftig genug, einen Toten an einen Strick zu hängen, damit es wie ein Selbstmord aussieht«, entgegnete Horst.

»Flaschenzug?«, warf Michael Becker ein. »Wäre es nicht möglich, dass sie einen Flaschenzug verwendete?«

»Doch, das wäre möglich«, erwiderte Horst nachdenklich. »In dem Fall wüsste ich jedoch kein Motiv. Sander wollte sie schließlich befördern.«

»Nach dem, was du berichtet hast, hätte allein Studienrat Walter ein Motiv für eine Tat«, sagte Anne. »Er hatte Ärger mit allen drei Schulleitern.«

»Das stimmt, aber er hat ein bombenfestes Alibi. Zumindest für den vorletzten Freitag. Da war er ausweislich des Klassenbuches und der Anwesenheitsliste ab 7.30 Uhr im Unterricht. Dafür gibt es dann mindestens 25 Zeugen, nämlich die Schüler der Klasse.«

»Wer weiß, ob sich für die Frau Dr. el Saloum ein Motiv ergibt, wenn wir sie uns ein wenig näher ansehen«, sagte Horst nachdenklich. Die Idee mit dem Flaschenzug war nicht von der Hand zu weisen. »Es wäre ein genialer Einfall, um den Verdacht in eine vollkommen andere Richtung zu lenken«, bemerkte er dazu.

»Leute, wir stochern im Nebel«, fasste Horst Reiter die Besprechung zusammen. »Ich fürchte, wir müssen in den nächsten Tagen Kärrnerarbeit leisten und mit möglichst vielen Mitarbeitern der Schule reden.«

»Willst du sie weiter über den Grund unserer Gespräche im Dunkeln lassen?«, meldete sich Kurt Buller zu Wort.

Horst dachte kurz nach. »Nein«, sagte er dann, »ich glaube, wir müssen etwas offensiver werden.« Er legte eine weitere Pause ein. »Wie sollen wir sonst den Leuten klarmachen, warum wir uns so sehr für einen angeblichen Suizid interessieren?«

»Ich denke, es ist sinnvoll, wenn wir uns in einem ersten Durchgang auf die über 50 verbliebenen Personen unserer Liste konzentrieren«, schlug Michael Becker vor.

»Ja, begeistert bin ich auch nicht«, raunzte Horst, als er Annes Minenspiel sah. »Das wird eine Sisyphusarbeit, leider.« Er stand auf und holte den Stapel mit Stundenplänen von seinem Schreibtisch.

»Hier sind die Stundenpläne aller Lehrerinnen und Lehrer«, sagte er zu seinen drei Kollegen. »Mit dabei ist eine Liste, auf der die schulinternen Kürzel der Beschäftigten stehen.«

Seine Mitarbeiter warfen einen neugierigen Blick auf die Einsatzpläne der Lehrer. »So einen Einsatzplan würde ich auch gerne haben«, nörgelte Kurt. »25 Stunden in der Woche und mittags ist Schluss!«

»Dazu erzähle ich dir später mehr«, bemerkte Horst mit strengem Blick. »Die Lehrer haben einen echten Knochenjob, auch, wenn es auf dem Papier nicht danach aussieht. Das weiß ich inzwischen.«

Erneut musste er an sein Gespräch mit Miriam el Saloum denken.

»Es war auch nicht so gemeint«, murmelte Kurt verlegen.

»Wir fangen morgen gegen 9 Uhr an. Bitte stellt bis dahin einen Plan zusammen, in welcher Reihenfolge wir die Lehrer unserer Liste am Kerschensteiner-Berufskolleg interviewen«, setzte Horst fort, ohne weiter auf Kurt einzugehen. »Am kommenden Montag ziehen wir das Gleiche am Berufskolleg an der Krusestraße durch.«

Reiter sah auf seine Armbanduhr. »Jetzt ist es 16.00 Uhr«, sagte er. »Länger als eine halbe Stunde wird das Erstellen der Liste nicht beanspruchen. Macht danach Feierabend. Morgen wird es ein anstrengender Tag sein, vermute ich. Wir treffen uns um 8.30 Uhr hier zu einer Besprechung.«

Horst blieb noch länger in seinem Büro und dachte über die Gespräche nach, die er am Vormittag geführt hatte. »Wirklich verdächtig ist keine von den vier Personen«, dachte er. »Zwei Lehrer haben ein wasserdichtes Alibi und Frau Große-Steiner kommt nicht in Frage. Das sagt mir mein Instinkt, meine Routine und meine Menschenkenntnis. Einzig und allein Frau Dr. el Saloum käme als Täterin in Frage.« Nachdenklich nahm er einen letzten Schluck aus seiner Kaffeetasse. Er konnte sich einfach nicht vorstellen, dass diese sympathische Lehrerin etwas mit den Morden zu tun hatte. »Wahrscheinlich muss ich in eine vollkommen andere Richtung denken.«

Den Abend verbrachte Horst damit, Stücke für den Wettbewerb zu sichten. Zum Abschluss holte er sich eine Flasche Bier aus dem Kühlschrank und spielte vor dem Zubettgehen noch einige kleine Stücke von Turlough O'Carolan aus seinem „Nudelordner".

Turlough O'Carolan (1670 – 1738) war irischer Harfenist und Komponist. Im Alter von 18 Jahren erblindete er in Folge einer Pockenerkrankung. Er gilt noch heute als der größte Komponist seines Heimatlandes. Seine Musik war stark von der irischen Volksmusik als auch von der Musik seiner Zeit, der Barockmusik, beeinflusst.

Einige seiner Stücke wurden vom Duisburger Gitarristen und Komponisten Bruno Szordikowski für Konzertgitarre eingerichtet. [35-39]

Turlough O'Carolan
(1670 – 1738)

36
Freitag, 20. November 2015

Es war am Vorabend nicht allzu spät geworden. Als Horst den Wecker abstellte, fühlte er sich ausgeruht genug, um den letzten Arbeitstag der Woche gelassen angehen zu können. Er freute sich auf das vor ihm liegende Wochenende. Seine beiden Töchter hatten sich für Samstag zum gemeinsamen Einkaufen angesagt. Für den Samstagabend waren einige Partien Doppelkopf oder Rommé geplant.

Horst hatte sich mit seinen Kollegen für 8.30 Uhr verabredet, eine halbe Stunde früher als sonst. Er musste sich beeilen, um pünktlich zum Präsidium zu kommen.

»Hören Sie auf Ihre innere Stimme, dann finden Sie schnell heraus, welchen Weg Sie einschlagen sollen.«, las er aus seinem Horoskop.

»Jaja, die innere Stimme«, sagte er mit ironischem Unterton. »Das ist die einzige Stimme, auf die ich immer höre!«

»Hoffentlich erinnert dich deine innere Stimme an die Uraufführung heute Abend um 20 Uhr«, sagte sie.

»Schatz, ich denke seit Tagen an nichts anderes«, entgegnete Horst.

Er verabschiedete sich von Beate und fuhr eilig zum Präsidium, wo seine Mitarbeiter bereits auf ihn warteten.

»Habt ihr eine Liste mit Namen zusammengestellt?«, kam er sofort zur Sache, nachdem er Anne, Michael und Kurt begrüßt hatte.

Michael hielt einen Computerausdruck mit einer Namensliste hoch. »Heute können wir mit etwas Glück 16 Personen befragen«, sagte er. »Die anderen stehen für heute nicht im Stundenplan der Schule.«

Horst sah in fragend und verwundert an.

»Es scheinen Teilzeitkräfte zu sein«, erläuterte Michael. »Einige Lehrerinnen und Lehrer unterrichten nur wenige Stunden in der Woche und sind deshalb wohl nicht täglich in der Schule.«

»Das macht Sinn«, brummte Horst.

»Wir machen kein Geheimnis mehr aus unseren Erkenntnissen«, wiederholte er das Ergebnis der Dienstbesprechung des Vortages. »Vielleicht ist es sogar besser, wenn wir von Mord statt von Selbstmord reden.«

Gerade als Anne noch etwas sagen wollte, klingelte Reiters Telefon. Er unterbrach ihren Ansatz mit einer Handbewegung und nahm den Hörer ab. Nachdem er sich gemeldet hatte, hörte er konzentriert zu. Seine Kollegen sahen an seiner Mimik, dass es um ein ernstes Thema ging.

»Seit gestern Abend?«, fragte er in den Hörer hinein. Erneut hörte er zu. »Meine Kollegen und ich sind in einer Dreiviertelstunde an der Schule. Warten Sie bitte dort auf uns«, sagte er dann. Er beendete das Gespräch und legte den Hörer auf.

»Es war der Ehemann von Frau el Saloum«, erklärte er. »Sie ist seit gestern verschwunden.«

Sie schauten einander ratlos an.

»Er ist heute Morgen zum Berufskolleg gefahren, weil er seine Frau dort vermutete«, setzte Horst fort. »Ihr PKW, ein roter Škoda Fabia, den ich gestern dort gesehen habe, steht auf dem Lehrerparkplatz. Sie selbst ist in der Schule nicht zu finden.«

»Wäre es möglich, dass dein gestriges Gespräch mit ihr sie gewarnt hat?«, vermutete Michael Becker.

»Ja, vielleicht ist sie geflüchtet«, schloss Kurt Buller sich an.

»Möglich wäre es, wenngleich ich es nicht glauben kann«, antwortete Horst nachdenklich. »Eventuell steckt aber gar nichts dahinter.«

»Was nun?«, wollte Anne wissen. »Werden wir die Gespräche mit den Lehrern wie geplant führen?«

Horst hatte bereits nach seiner Jacke gegriffen. »Auf jeden Fall fahren wir jetzt sofort zum Berufskolleg. Alles Weitere werden wir dort entscheiden«, sagte er und öffnete die Tür. »Kurt, du bleibst besser hier als Bereitschaft. Wer weiß, was noch alles passiert.«

Anne und ihre beiden Kollegen eilten zum Parkplatz vor dem Präsidium. »Wie nehmen meinen Wagen«, entschied Horst spontan.

Die Autobahnen in Richtung Duisburg waren verhältnismäßig frei. Kurz vor 9 Uhr rollte Horsts Wagen auf den Lehrerparkplatz des Berufskollegs. Der Ehemann von Miriam el Saloum, der sich als Turan el Saloum vorstellte, stand neben dem roten Škoda seiner Frau.

»Der Wagen steht an der gleichen Stelle wie gestern«, sagte Horst, nachdem er sich und seine Kollegen vorgestellt hatte. Er schaute durch die Scheibe auf den Beifahrersitz. »Der Briefumschlag liegt auch noch am gleichen Platz.«

Turan el Saloum sah ihn fragend an. »Ich war gestern aus bestimmten Gründen schon hier auf dem Parkplatz und habe mir einige der abgestellten Fahrzeuge angesehen«, erklärte Horst. »Der Wagen Ihrer Frau stand genau hier. Das bedeutet, dass der Wagen seit gestern Mittag nicht mehr bewegt wurde. Entweder ist Ihre Frau noch im Schulgebäude, oder sie hat sich zu Fuß entfernt.«

»Eine Flucht von Frau el Saloum, über die wir vorhin spekulierten, erscheint mir nach Lage der Dinge eher unwahrscheinlich«, raunte Michael zu Anne hinüber. Sie pflichtete ihm bei. »Ja, danach sieht es wirklich nicht aus.«

»Bleiben Sie ruhig«, sagte Horst an den verzweifelt wirkenden Ehemann gewandt. »In den meisten Fällen, in denen Personen zeitweise verschwinden, klärt sich alles als Verkettung von Zufällen auf.«

»Die Befragungen der Lehrer schieben wir erst einmal nach hinten«, sagte er zu Anne und Michael. »Wir gehen zuerst ins Sekretariat. Eventuell weiß dort jemand mehr als wir.«

Sie betraten das Gebäude des Kerschensteiner-Berufskollegs durch einen Nebeneingang. Als sie sich auf der Treppe in die erste Etage befanden, ertönte ein Gong, der den Beginn der ersten Pause signalisierte. »Heute ist Freitag, oder?«, murmelte Horst zu Michael Becker. »Ja klar«, stichelte Michael. »Fängt bei dir schon die Demenz an?«

»Nein, ich wollte nur sicher sein.« Horst wusste selbst nicht genau, warum er diese Frage gestellt hatte. Sein Unterbewusstsein sagte ihm jedoch, dass diese Information wichtig für ihn war.

Sandra Krämer und ihre Kollegin Pia Siebold bearbeiteten gerade den Posteingang, als Reiter und seine Kollegen das Sekretariat betraten.

Reiter stellte Anne und Michael kurz vor und kam sofort zur Sache. »Sie haben sicherlich mitbekommen, dass Frau Dr. el Saloum von ihrem Ehemann«, dabei wies er auf den in der Tür stehenden Mann von Miriam el Saloum, »vermisst wird. Haben Sie eine Ahnung, wo sie sich befinden könnte?«

»Nein«, antwortete Sandra Krämer. »Herr el Saloum hat uns das auch schon gefragt. Wir haben absolut keine Idee davon, wo sie sein könnte.«

»Ich habe sie gestern Nachmittag auf dem Gang gesehen«, ergänzte Pia Siebold. »Sie stand dort zusammen mit Studienrat Walter und sprach mit ihm.«

»Um welche Uhrzeit war das?«, wollte Horst wissen.

»Das muss so gegen 15 Uhr gewesen sein«, antwortete Frau Siebold nach kurzem Nachdenken. »Ich war gerade dabei, mich auf den Arbeitsschluss vorzubereiten. Die beiden standen vor der Tür zum Lehrerzimmer.«

»Haben Sie mitbekommen, worum es in dem Gespräch ging?«, forschte Horst weiter.

»Nein, das geht mich ja auch nichts an«, gab sie zur Antwort. »Ich hatte aber das Gefühl, dass die beiden miteinander stritten.«

Horst schaute seine beiden Kollegen bedeutungsvoll an. »Woran machen Sie das fest?«, wollte er weiter wissen.

»Nun, das sieht man doch. An der Mimik und an der Körpersprache. Außerdem bemühten sich beide, nicht zu laut zu sprechen, damit niemand zuhören kann. Herr Walter sprach so „gepresst" mit Frau el Saloum, wenn Sie verstehen, was ich meine.«

»Haben Sie noch weitere Beobachtungen gemacht?«, fragte Michael. »Jede auch noch so unwichtig wirkende Kleinigkeit kann uns weiterbringen.«

»Nein«, antwortete sie. »Ich hatte mir nichts weiter dabei gedacht. Es kommt ab und zu mal vor, dass Lehrer Kontroversen miteinander haben. Meistens geht es um Schüler oder Unterrichtsmethoden. Die beiden standen noch dort, als ich nach Hause ging.«

»Dann war Herr Walter der Letzte, der Frau Dr. el Saloum gesehen hat«, bemerkte Anne. »Bis jetzt wenigstens.«

»Wir sollten uns mit ihm unterhalten«, sagte Horst. »Können Sie mir sagen, wo er jetzt gleich Unterricht hat?«, ergänzte er zu den Sekretärinnen gewandt.

Sandra Krämer schaute in den Stundenplänen nach. »Er hatte in den ersten beiden Stunden Unterricht in der Klasse MET141 im Raum 320«, las sie vor. »In den nächsten beiden Stunden ist er unterrichtsfrei.« Sie griff nach einer anderen Liste und überflog den Text, der darauf gedruckt war. »Für eine Vertretung ist er auch nicht vorgesehen. Es ist möglich, dass er nach Hause gefahren ist, er hat es nicht sehr weit bis dahin. Oder er sitzt im Lehrerzimmer.«

Der Schulgong ertönte und beendete die Pause. »In welchem Raum befindet sich die Klasse MET141 jetzt?«, wollte Reiter noch wissen.

»Im gleichen Raum 320. Dritte Etage.«

»Dann schauen wir erst einmal im Lehrerzimmer nach«, beschloss Horst. »Wenn er dort nicht ist, möchte ich gerne mit den Schülern sprechen.«

»Ich führe Sie dorthin«, bot Frau Siebold an.

»Nein danke. Ich kenne den Weg«, lehnte Horst ab und verließ das Sekretariat. Anne, Michael und Turan el Saloum folgten ihm.

Als sie vor der Tür des Lehrerzimmers standen, wurde sie von innen geöffnet. Die Pause war beendet und die Lehrerinnen und Lehrer begaben sich zu den Unterrichtsräumen. Horst Reiter, seine Kollegen und Turan el Saloum nutzten die Gelegenheit, das Lehrerzimmer zu betreten. Einige Lehrer, die unterrichtsfrei hatten, saßen um einen Tisch herum und diskutierten kopfschüttelnd das Ergebnis der Präsidentenwahl in den USA. Auch Horst war über den Wahlausgang entsetzt, war aber in den letzten Tagen nicht dazu gekommen, sich weitere Gedanken dazu zu machen.

»Mich würde interessieren, was der Prinzipal dazu sagt«, sagte ein Lehrer zu seinen Kollegen. »Der Prinzipal?«, fragte sein Kollege nach. »Ja, Heinz-Werner Walter meine ich. Der hat doch den Spitznamen „Der Prinzipal" bei seinen Schülern«.

»Wie ist er denn daran gekommen?«, wollte der Kollege wissen. »Er hat vor vier Jahren einmal eine Klassenfahrt in die USA gemacht«, erklärte der Lehrer. »Dort hat er mit der Klasse mehrere Institutionen besucht, zum Beispiel die Börse oder das Pentagon in Washington. Dafür hat er sich ein Namensschild gefertigt, auf dem Studienrat Heinz-Werner Walter, Principal zu lesen stand.«

»So heißt in England und den USA doch der Schulleiter, oder?«, fragte der Kollege nach.

»Ja, damit hat er damals reichlich übertrieben, unser geschätzter Kollege. Zumal hatte er seine Dienstbezeichnung „Studienrat" mit auf das Schildchen geschrieben. Ein Studienrat ist niemals Schulleiter. Damals entstand der Spruch „Frag' doch den Prinzipal". Der Spitzname hat sich bis heute gehalten.«

»Ich habe ungewollt zugehört«, mischte sich Horst in das Gespräch ein. »Sie haben sich über Herrn Walter unterhalten. Haben Sie ihn heute schon gesehen?«

Die Lehrer schauten ihn erstaunt und mit leichter Ablehnung an. »Darf ich fragen, wer Sie sind?«, fragte dann einer von ihnen mit kritischem Unterton.

Horst entschuldigte sich und stellte sich und seine Kollegen vor.

»Hat der Kollege etwas angestellt?«, wollte einer wissen.

»Nein, wir hoffen nur, dass er uns bei der Aufklärung eines Sachverhalts helfen kann«, antwortete Horst ausweichend.

»Gesehen habe ich ihn heute noch nicht«, sagte ein Teilnehmer der Runde. »Aber er war heute Morgen in meiner Klasse im Unterricht.«

»Wo kann ich die Klasse finden?« wollte Reiter wissen.

»Raum 320, dritte Etage, Raum 20«, antwortete der Lehrer. Es war der gleiche Raum, den bereits Frau Krämer genannt hatte. »Ich gehe alleine hoch«, sagte Reiter zu seinen Kollegen. »Ich möchte nicht, dass wir Aufsehen erregen. Ihr könnt hier im Lehrerzimmer bleiben und euch ein wenig umsehen.«

37

Horst verließ das Lehrerzimmer und ging die Treppe zur dritten Etage hoch. Unwillkürlich musste er an seine eigene Schulzeit zurückdenken. »Schulen riechen irgendwie alle gleich. Es ist eine merkwürdige Mischung aus Schweiß, verbrauchter Luft und Bohnerwachs«, dachte er.

Er fand den Raum 320 sofort. Auf dem Gang war gedämpftes Sprechen zu hören.

Er klopfte an und öffnete die Tür. Am Lehrerpult saß Frau Große-Steiner. Horst erkannte sie sofort wieder. Er hatte sich im Gespräch mit ihr gefragt, wie diese kleine, ältliche Person mit den halbstarken Schülern auskäme. Er hatte fast schon Mitleid mit ihr gehabt. Nun sah er sie im Unterricht. Ihr gegenüber saßen mehr als 20 junge Männer zu zweit an den Schulbanken und arbeiteten brav wie Erstklässler konzentriert einen Text durch. Horst war erstaunt, denn diese Disziplin hatte er nicht erwartet. Die Lehrerin erkannte Horst ebenfalls sofort wieder. »Was kann ich für Sie tun, Herr Reiter?«, fragte sie und erhob sich.

»Darf ich Ihren Unterricht kurz unterbrechen, um den Schülern eine Frage zu stellen?«

»Ja, kein Problem«, antwortete sie freundlich.

Sie wandte sich an die Schüler, die sie neugierig ansahen. »Dies ist Herr Reiter von der Polizei. Er bittet darum, euch ein paar Fragen stellen zu dürfen.«

»Null Prob, Frau Große-Steiner«, sagte ein Schüler aus der hinteren Reihe. »Hauptsache, er nimmt uns nicht Hops.« Die Schüler lachten laut los. Mit einer kurzen, bestimmten Handbewegung der Lehrerin ebbte das Lachen schnell wieder ab. Horst stellte sich vor das Pult, so, dass er in alle Gesichter sehen konnte.

»Guten Morgen«, begrüßte er die Schüler. »Ihre Lehrerin hat mich und meine Tätigkeit bereits vorgestellt. Es geht darum, dass wir in einem Fall ermitteln und hoffen, dass Ihr Lehrer, Herr Walter, uns weiterhelfen kann. Da es sehr dringend ist und ich ihn nicht erreichen kann, habe ich ein paar Fragen an Sie.«

»Hat der Prinzipal etwas ausgefressen?«, wollte ein Schüler vorlaut wissen.

»Nein«, log Reiter und überhörte das Wort „Prinzipal" geflissentlich. »Wie gesagt, wir hoffen, dass er uns bei einer Ermittlung weiterhelfen kann. Hatten Sie heute Morgen bei Herrn Walter Unterricht?«

Die Schüler nickten einhellig. »Ja, wir hatten zwei Stunden Englisch bei ihm.«

»Ist Ihnen etwas aufgefallen? War er anders als sonst?«, bohrte Reiter nach.

Die Klasse wurde unruhig, einige Schüler kicherten. »Er war zerstreut wie immer«, sagte einer. »Wobei zerstreut schon stark untertrieben ist.«

»Herr Walter ist manchmal etwas unvorbereitet«, murmelte Frau Große-Steiner, die neben Horst stand, ihm ins Ohr. »Man sagt ihm nach, dass er, nun, äh, nicht unbedingt eine Koryphäe seines Fachs ist, um es sehr vorsichtig zu formulieren. Ich will mir aber kein Urteil darüber erlauben«, schränkte sie sofort ein. »Man hört halt dies und jenes immer wieder.«

»Der Prinzipal ist schon ein bisschen durch, wenn Sie verstehen, was ich meine«, blökte ein anderer Schüler aus der letzten Reihe. »Und Ahnung vom Fach hat er auch keine. Ohne Musterlösungen ist der Trottel total verloren.« Wieder hörte Horst geflissentlich weg.

»Ist er nach dem Unterricht bei Ihnen nach Hause gefahren?«, fragte Horst weiter, ohne darauf einzugehen.

Ein Schüler sprang unaufgefordert auf und eilte zum Fenster. Von dort aus konnte er auf den Lehrerparkplatz sehen.

»Seine Schrottkiste steht noch da unten«, rief er unter dem Gelächter seiner Mitschüler. »Dann kann er nicht weit weg sein. Laufen ist nicht sein Ding.«

»Jungs, seid bitte etwas ruhiger und benehmt euch anständig«, mahnte Frau Große-Steiner halblaut. Es wurde sofort wieder ruhig. Reiter war erstaunt, dass die Klasse gehorchte. »Wenn man die jungen Männer richtig behandelt, sind sie ganz in Ordnung«, sagte sie zu Reiter, denn sein erstaunter Blick war ihr nicht entgangen.

Horsts Achtung vor der Frau wuchs mit jeder Minute. Er hatte ein berufsbedingtes Gespür für schwierige Jugendliche, und er spürte, dass er hier 20 davon vor sich hatte. Wahrscheinlich würde er selbst hier als Lehrer mit fliegenden Fahnen untergehen.

»Dann wird er ja noch im Haus sein«, sagte Horst zu den Schülern. »Ich lasse ihn per Lautsprecher ausrufen, wenn das möglich ist.«

»Das ist möglich, vom Sekretariat aus«, erklärte Frau Große-Steiner.

»Ich habe noch eine Frage«, sagte Horst spontan zu den Schülern. »Hatten Sie vor zwei Wochen auch Unterricht bei ihm? Freitags, meine ich, in den ersten beiden Stunden.«

Die Klasse schwieg. Die jungen Männer sahen einander verlegen an.

»Hat er doch etwas ausgefressen, wenn Sie das wissen wollen?«, fragte der Schüler in der hinteren Reihe erneut.

»Ich bitte nur um eine Antwort auf meine Frage«, wich Horst aus. Er spürte, dass er in ein Wespennest gestochen hatte.

»Was ist, wenn nicht?«, fragte ein Schüler.

»Nichts«, beruhigte sie Reiter. »Es wird nichts passieren. Ich möchte es nur wissen.«

Horst wartete einige quälend lange Sekunden, bis sich ein Schüler meldete.

»Der Prinzipal hat uns vor zwei Wochen erst zur dritten Unterrichtsstunde bestellt«, gab er zu. »Wir sollten es niemandem sagen. Er hatte uns am Tag vorher gesagt, dass er schlaflose Nächte gehabt hätte und dringend ausschlafen müsste. Geglaubt haben wir das nicht – wir sind ja nicht blöd – aber wenn man selbst zwei Stunden länger im Bett bleiben kann und dafür auch noch bezahlt wird, dann fragt man nicht weiter nach.«

»Und Sie haben alle dichtgehalten?«, fragte Horst. Die Schüler nickten einhellig. »Das ist eine Berufsschulklasse«, erklärte Frau Große-Steiner. »Ausbildung zum Mechaniker. Einige Ausbildungsbetriebe würden den Lohn entsprechend kürzen.« Horst verstand.

»Das wirft ein ganz neues Licht auf die Angelegenheit«, dachte er. »Die Klassenbucheinträge waren also offensichtlich gefälscht, und Walter hat kein Alibi für die Tatzeit in Schmachtendorf.«

»Danke, das war es schon«, beendete Horst die Befragung. »Eventuell komme ich noch einmal wieder. Ich danke Ihnen für Ihre Offenheit und wünsche Ihnen ein schönes Wochenende.«

»Der Prinzi..., äh, Herr Walter wird ja im Gebäude sein«, sagte Frau Große-Steiner, bevor Horst den Raum verlassen konnte. »Vielleicht ist er in seinem Büroraum. Haben Sie dort schon einmal nachgesehen?«

Horst sah die zierliche Lehrerin fragend an. »Herr Walter hat einen Büroraum direkt neben dem Klassenzimmer«, erklärte sie. »Sie können ihn durch diese Tür« , dabei wies sie auf eine zweite Tür neben der Tafel, »betreten. Ich schließe Ihnen auf, wenn Sie es wollen.« Horst nickte.

Sie nestelte ihren Schulschlüssel vom Lehrerpult und öffnete den Raum. Sie schaute um die Ecke in den Raum hinein und rief »Heinz-Werner, bist du da?«

Sie drehte sich herum und schüttelte den Kopf. »Hier ist er auch nicht«.

Gerade in dem Augenblick, als sie die Tür wieder verschließen wollte, sagte Horst intuitiv »Bitte lassen Sie mich mal in das Büro gehen.«

Frau Große-Steiner trat beiseite und machte eine einladende Handbewegung. »Bitte, nur zu«, sagte sie.

Horst betrat den Büroraum. Es sah sehr unordentlich aus. Stapelweise lagen Bücher und Arbeitsblätter auf dem Schreibtisch. Im Regal neben dem Schreibtisch stand eine versiffte Kaffeemaschine zwischen Papierstapeln, denen man auf den ersten Blick ansehen konnte, dass sie dort seit Jahren unberührt herumlagen. Neben dem Regal befand sich ein großer, verschlossener Schrank. Die fadenscheinigen Vorhänge vor den Fenstern waren zugezogen. Auf der anderen Seite des Raumes befand sich eine weitere Tür, die wahrscheinlich zum Gang hinführte. Horst ging in den Raum hinein, um einen Blick auf den Schreibtisch zu werfen. Gerade, als er sich darauf zu bewegte, hörte er, wie ein Schlüssel im Schloss der Tür zum Gang herumgedreht wurde. Die Tür öffnete sich und Heinz-Werner Walter schaute Horst verblüfft an.

Plötzlich ging alles sehr schnell. Der Lehrer stürzte sich auf Horst und warf ihn mit einem erstickten Schrei auf den Boden. Horst war so überrumpelt, dass er sich nicht so, wie er es gelernt hatte, wehren konnte. Walter schlug ihm mit voller Wucht ins Gesicht, so dass er für einen Augenblick die Besinnung verlor. Als Reiter wieder zu sich kam, hatte Walter seine Waffe in der Hand. Horst trug seine Dienstwaffe immer geladen, aber gesichert unter seiner Jacke. Walter hatte sie an sich genommen und richtete sie auf ihn.

»Was wollen Sie hier?«, schrie er. Dabei bewegte er sich einige Schritte rückwärts, so dass er gleichzeitig durch die offene Tür den Klassenraum beobachten konnte. »Ihr bleibt sitzen, da, wo Ihr seid«, rief er den Schülern zu. »Wenn sich einer muckt, dann knallt's. Verstanden?«

Die Schüler saßen wie gelähmt auf ihren Plätzen. Frau Große-Steiner hatte sich während des Vorfalls in den Klassenraum geflüchtet. Walter konnte sie von seinem Standpunkt aus nicht sehen. »Karin, ich weiß, dass du da bist. Setze dich zwischen die Schüler, damit ich dich sehen kann.«

Horst war noch immer halb betäubt von dem Schlag und den Schmerzen des Sturzes. Im Klassenraum rührte sich nichts. »Karin, du Schlampe, mach' hin«, schrie Walter außer sich vor Wut. »Sonst knall' ich dich ab.«

Er machte einen Schritt weiter in Richtung des Klassenraumes, damit er sie sehen konnte. »Schmeiß sofort das Handy weg«, brüllte er, als er sah, dass Frau Große-Steiner ihr Mobiltelefon in der Hand hatte. »Los, schmeiß es auf den Boden, hierhin«, brüllte er und zeigte mit Horsts Waffe auf den Boden vor seinen Füßen. Horst hörte, wie das Handy auf den Boden aufschlug und von Walter zertreten wurde.

»Holt eure Handys raus«, schrie er die Schüler an. »Ab auf den Boden damit.« Die Schüler zogen ihre Mobiltelefone aus ihren Taschen und legten sie vor sich auf den Boden. »Rübertreten«, befahl er. Die jungen Männer kickten ihre Handys folgsam in Richtung der Tür. Walter schob sie ärgerlich mit dem Fuß zusammen.

»Steh' auf«, schrie er Horst an. »Ab mit dir in den Klassenraum, zu den anderen.«

Mühsam stand Horst auf. Er kalkulierte seine Chancen, Walter zu überwältigen, sah aber sofort, dass es sinnlos sein würde. Er hatte sich gerade hochgerappelt, da ertönte eine Durchsage über die Lautsprecheranlage der Schule. »Achtung. Dies ist eine Meldung der Schulleitung. Heute ist um 13 Uhr Unterrichtsschluss! Ende der Durchsage.«

Heinz-Werner Walter war außer sich vor Wut. »Du Schlampe! Du hast den Amokalarm mit dem Handy ausgelöst«, schrie er. Horst schloss daraus, dass dieser Durchsagetext für den Fall eines Amoklaufes vereinbart war. »Gleich wird es hier von Kollegen wimmeln«, dachte er. »Hoffentlich geht das gut aus.«

Mit der Waffe in der Hand dirigierte Walter Horst in den Klassenraum. »Alle ab in die Ecke da hinten«, schrie Walter die Schüler an, die total verängstigt der Anweisung Folge leisteten. »Ihr auch«, schrie er Reiter und Frau Große-Steiner an. Horst humpelte zu den Schülern. »Jungs, bleibt ruhig, das wird schon gutgehen«, versuchte die Lehrerin ihre Schützlinge zu beruhigen.

Walter bewegte sich langsam rückwärtsgehend in sein Büro, ohne seine Geiseln aus den Augen zu verlieren. Er schloss den Schrank in seinem Büro auf und öffnete die Tür. Horst konnte sehen, wie ein menschlicher Körper aus dem Schrank herauskippte. Es war Miriam el Saloum. Sie war an Händen und Füßen gefesselt, ihr Mund war mit Klebeband abgeklebt. Mit einer Hand schleifte er seine Kollegin in den Klassenraum, mit der anderen Hand hielt er Reiters Dienstwaffe in Richtung der Schüler.

»Gleich werden jede Menge Bullen hier sein«, schrie er, immer noch außer sich. »Ihr alle seid meine Lebensversicherung. Ihr rührt euch keinen Millimeter, verstanden?«

Horst, inzwischen wieder zu sich gekommen, dachte fieberhaft über eine Lösung der Situation nach. Seine Kollegen würden auf keinen Fall den Raum stürmen, um das Leben der Geiseln nicht zu gefährden. Mit Sicherheit würden sie versuchen, mit Walter zu verhandeln und ihn im Notfall bei günstiger Gelegenheit erschießen. Das Beste wäre, zu versuchen, die Lage im Klassenraum zu klären.

»Herr Walter«, sagte er, um mit dem Lehrer ins Gespräch zu kommen. »Sie haben keine Chance. Geben Sie auf! Richten Sie nicht noch mehr Unheil an!«

»Halt' die Fresse, Bulle«, schrie Walter und wedelte mit der Pistole hin und her, »oder ich mach' dich platt.«

»Der Mann hat einen Wortschatz, den ich einem Lehrer niemals zugetraut hätte«, schoss es Reiter unwillkürlich durch den Kopf.

Frau Dr. el Saloum lag stöhnend auf dem Boden. Walter stellte sich hinter sie und schob sie mit den Füßen bis in die Mitte des Raumes. Dann ging er rückwärts bis zum Pult. »Abholen«, sagte er nur und deutete auf die Schüler. Zwei kräftige Schüler setzten sich auf Reiters Kopfbewegung hin in Richtung Raummitte in Bewegung und hoben die Lehrerin vom Boden auf. Vorsichtig trugen sie Dr. el Saloum zu den anderen Geiseln in der Raumecke.

»Darf ich ihr das Klebeband abnehmen?«, fragte Horst. »Sie bekommt kaum noch Luft.«

»Mach' das von mir aus«, stieß Walter hervor. »Aber keinen Mucks, du Schlampe«, drohte er seiner Kollegin.

Vorsichtig entfernte Horst das Klebeband von ihrem Mund. Sie atmete tief durch. »Vielen Dank«, sagte sie. »Das wurde auch Zeit.«

»Die Fesseln bleiben dran«, bestimmte Walter. »Sonst gehst du Miststück noch laufen.«

Horst wusste, dass im Fall eines Amoklaufs die Streifenwagen ohne Sirene und so leise wie möglich vorfahren würden. Zudem, so kalkulierte er, war die Lage für seine Kollegen im Gegensatz zu einem anderen Amoklauf relativ überschaubar. Michael Becker und Anne konnten sicherlich eins und eins zusammenzählen und den Alarm mit seinem Besuch im Klassenraum in Verbindung bringen. Mit einiger Sicherheit war das Schulgebäude bereits umstellt und abgeriegelt. Heinz-Werner Walter schien ähnliche Gedanken zu haben. Er ging zur Fensterfront des Raumes und schaute nach draußen. Dabei vermied er, von draußen gesehen werden zu können.

Offensichtlich stellte ihn der Ausblick zufrieden. »Die Kollegen wissen sich gut zu verbergen«, dachte Horst. »So einfach bekommst du Armleuchter sie nicht zu Gesicht.« Er beobachtete jede Bewegung des Geiselnehmers mit gespannter Aufmerksamkeit.

Walter schien ein Stück seiner inneren Ruhe zurückbekommen zu haben. Er setzte sich, seine Geiseln nicht aus dem Blick lassend, auf den Lehrerstuhl hinter dem Pult. Horst konnte spüren, wie sein Gegenüber angestrengt über eine für ihn günstige Lösung der Situation nachdachte. »Eine Gemeinsamkeit von uns beiden, nur mit entgegengesetztem Vorzeichen«, dachte Horst. Er nutzte den Augenblick der Ruhe, um sich zu den Schülern hinter ihm umzudrehen. Allen stand die blanke Angst ins Gesicht geschrieben, einige zitterten wie Espenlaub.

»Unter dem Trauma dieses Erlebnisses werden die Jungs für den Rest ihres Lebens leiden«, dachte er wütend, wohl wissend, wie posttraumatische Belastungsstörungen sich lebenslang auswirken konnten. Er ahnte, dass seine Kollegen bereits draußen vor der Tür zum Klassenzimmer mit schussbereiten Waffen in den Händen standen. »Ich gebe ihnen noch fünf Minuten«, dachte er. »Bis dahin muss ich mir etwas einfallen lassen.«

»Stillhalten, Serkan«, schrie Walter einen Schüler an, der sich etwas bewegt hatte. »Ich donner' dir eine Kugel zwischen die Augen, du Arsch, wenn du nicht stillhältst.« Dabei drohte er mit Horsts Dienstwaffe in Richtung des Schülers.

Erneut wunderte sich Horst über den eigenwilligen Wortschatz des Studienrates. »Da stimmt etwas nicht«, dachte er.

»Du machst alles nur noch schlimmer, als es schon ist«, sagte Horst laut dem Lehrer zu. Er hatte sich dazu entschlossen, in die Offensive zu gehen. Das „Du" wählte er ganz bewusst als Antwort auf Walters Duzerei. »Gib auf, leg' die Waffe hin«, setzte er fort. »Das kann dir vor Gericht positiv angerechnet werden.«

Heinz-Werner Walter sah ihn entgeistert an. »Du willst mir doch nicht allen Ernstes erzählen, dass ich nach den drei toten Schulleitern noch auf Gnade oder Strafminderung hoffen kann«, brüllte er.

»Jetzt ist es heraus«, dachte Horst. »Ein Geständnis vor mehr als 20 Zeugen. Insoweit ist der Fall gelöst.«

»Obwohl ich im Recht bin«, setzte Walter fort. »Es war richtig, was ich getan habe. Die Typen mussten bestraft werden.«

»Warum mussten sie bestraft werden?«, hakte Horst aus seiner Ecke heraus nach. Ihm wurde schlagartig klar, dass der Geiselnehmer anscheinend in einer Parallelwelt lebte und dachte.

»Weil sie mich nicht befördert haben. Ich war dran. Meine Leistungen sind von denen in keiner Weise gewürdigt worden. Sie haben mich angelogen.«

Er redete sich immer weiter in seine Wut hinein. Horst versuchte abzuwiegeln. »Vielleicht wärst du als Nächster dran gewesen«, sagte er deshalb. »Ich kenne das von der Polizei, auch da geht es immer schön der Reihe nach.«

»Quatsch!«, entgegnete Walter. »Ich könnte schon lange Schulleiter sein, wenn ich nicht immer übergangen worden wäre. Die drei Schweine haben sich gegen mich verbündet, weil ich eine Konkurrenz für die war.«

»Jetzt haben wir auch noch eine Verschwörungstheorie«, schoss es Horst durch den Kopf. »Der Mann ist vollkommen neben der Spur. Total durchgeknallt und von daher brandgefährlich.« Er versuchte weiter, den aufgebrachten Lehrer zu beruhigen.

»Denk' doch einmal nach«, sagte er ruhig und bewegte sich langsam, fast unmerklich auf Walter zu. »Warum sollten sich Schulleiter gegen dich verbünden? Welchen Sinn könnte das haben?«

»Weil sie neidisch waren auf mich. Weil ich immer guten Unterricht gemacht habe. Weil sie Angst hatten, dass ich ihnen Konkurrenz mache.«

»Schulleiter sind ebenso Beamte wie wir«, antwortete Horst und ging einen weiteren Schritt in Walters Richtung. »Sie behalten so oder so ihr Amt. Vor Konkurrenz brauchen sie sich nicht zu fürchten.«

»Es war blanker Neid«, beharrte Walter. »Und Mobbing. Sander wollte die Stelle der Frau da geben«, dabei wies er mit der Pistole auf Miriam el Saloum. »Einer Frau! Statt mir! Einer Ausländerin noch dazu.«

»Frau el Saloum ist nach meinem Kenntnisstand hier in Deutschland geboren und hat einen deutschen Pass, wenn ich mich recht erinnere«, erwiderte Horst in ruhigem Tonfall. Er blickte Dr. el Saloum kurz an, die bestätigend nickte. Erneut schob er seine Füße dabei um wenige Zentimeter nach vorne.

»Das ist doch scheißegal«, konterte Walter. »Die Beförderung steht nur mir zu. Die Frau da muss weg, damit der Weg frei ist für mich.«

Horst hatte sich inzwischen um gut einen Meter in Richtung Heinz-Werner Walter bewegt, ohne dass dieser es bewusst wahrgenommen hatte. Er kalkulierte kühl Walters Reaktionszeit, wenn er jetzt versuchen würde, ihn zu überwältigen. Zudem rechnete er damit, dass seine Kollegen schon vor der Tür des Klassenzimmers stehen würden.

»Du hast sie also entführt, um sie für dich unschädlich zu machen?«, fragte Horst zur Ablenkung weiter.

»Ja, sie hätte heute dran glauben müssen«, bestätigte Walter. »Heute hätte sie gehangen. Wie die anderen beiden.«

»Du hast sie erdrosselt und dann aufgehängt?«, bohrte Horst nach.

»Ja, wie Schweine nach dem Schlachten aufgehängt werden. So sah es nach Selbstmord aus. Genial geplant, nicht? Bis jetzt habt Ihr Dummköpfe das auch nicht gemerkt.«

Horst ließ ihn in dem Glauben und befragte Walter weiter. »Und was war mit Korbat? Warum hast du den nicht aufgehängt?«

»Der war mir zu schwer, der Kerl«, gab Walter die ehrliche Antwort. »Den habe ich aus dem Fenster geschubst.« Er lachte. »Das hättest du sehen müssen.« Er schlug seine Hände zusammen, um das Geräusch zu imitieren.

»Wie hast du Korbat zu später Stunde in die Schule locken können?«, wollte Horst jetzt wissen.

»Ganz einfach«, gab Walter zurück. »Ich hatte mich mit ihm verabredet, um mit ihm über meine Rückkehr an die Krusestraße zu reden. Er wollte mich zwar nicht, wollte mich aber trotzdem anhören.«

Horst war klar, dass Walter an dieser Stelle log oder sich seine eigene Wahrheit zurechtbog.

»Die Luft wegnehmen konnte ich ihm nicht, dafür war er zu kräftig. Deshalb habe ich ihm K-O-Tropfen in einer Cola untergejubelt. Als er schlapp wurde, brauchte ich nur noch kräftig zu stoßen.«

»Das mag nun wieder stimmen«, dachte Reiter und machte einen weiteren Schritt vorwärts. Nun war er nahe genug an Walter heran, um eine Chance im Zweikampf gegen ihn zu haben. Genau in diesem Augenblick realisierte Walter, wie nah ihm der Kommissar inzwischen gekommen war. »Zurück nach hinten!«, brüllte er. »Ich knall' dich ab.«

Ohne groß darüber nachzudenken machte Horst einen Satz nach vorne, um Walter zu Boden zu reißen. Das Letzte, was er noch zu hören bekam, war ein lauter Knall. Mit einem stechenden Schmerz in der linken Schulter fiel er zu Boden und verlor das Bewusstsein.

Die als Geisel genommenen Schüler und Lehrerinnen schrien auf. Gleichzeitig flog die Tür zum Klassenraum mit einem heftigen Stoß auf, einen Wimpernschlag später peitschte ein weiterer Schuss durch den Raum. Michael Becker stand in der Tür, die Waffe auf Walter gerichtet. Schon der eine Schuss aus seiner Dienstwaffe reichte aus. Er hatte den Studienrat im Oberbauch getroffen. Durch die Wucht des Schusses war der Lehrer aus dem Gleichgewicht geraten, strauchelte kurz und ging dann bewusstlos zu Boden.

Zwei Polizisten, wie Michael Becker ausgestattet mit kugelsicheren Westen, stürmten in den Klassenraum und fixierten den bewusstlosen Lehrer sicherheitshalber am Boden.

Anne Herweg und Michael eilten zum am Boden liegenden Horst Reiter. Anne bestellte per Funk die Sanitäter, die wegen des laufenden Amokalarms schon im Haus waren und im Gang bereitstanden. Vorsichtig drehten Anne und Michael Reiter um und fühlten seinen Puls. Michael warf einen prüfenden Blick auf die Schusswunde. »Es sieht schlimmer aus, als es ist«, stellte er fest. »Es ist ein Schuss durch die Schulter. Es sieht nicht danach aus, als würden innere Verletzungen vorliegen.«

Horst kam noch einmal kurz zu Bewusstsein. Er stöhnte und wollte sich an die Schulter fassen. Anne hielt seine Hand zurück. »Das wird schon wieder, sagte sie. »Nur eine Fleischwunde.«

»Was ist mit den Jungs und den Lehrerinnen?«, wollte Horst als Erstes wissen.

»Sie sind in Ordnung«, antwortete Anne. »Körperlich jedenfalls.«

»Und Walter?«, fragte Horst weiter. »Was ist mit dem?«

»Schwer verletzt und ohne Bewusstsein«, erwiderte Michael Becker. »Aber er wird's überleben, denke ich.« Die Sanitäter transportierten die beiden Verletzten auf Tragen ab. Erst dann durfte der Ehemann von Miriam el Saloum den Raum betreten und sie in seine Arme schließen.

»Bitte bringt mich nach Sterkrade ins Krankenhaus«, bat Horst mit matter Stimme die Sanitäter. »Und ruft bitte meine Frau an. Sie soll kommen und mir die Unterlagen von meinem Schreibtisch mitbringen. Die Uraufführung werde ich heute Abend leider nicht besuchen. Sagt ihr das bitte.« Dann verlor er wieder sein Bewusstsein.

Die Schüler und die beiden Lehrerinnen wurden sofort nach der Beendigung des Polizeieinsatzes in psychologische Behandlung genommen, um die Gefahr einer posttraumatischen Belastungsstörung zu verringern.

»Der Amokalarm kann aufgehoben werden«, sagte

Michael Becker zu seinen Kollegen. Er sah aus dem Fenster des Klassenraums nach draußen. Auf der Straße hatten sich Schaulustige versammelt. »Die Presse ist auch schon da«, bemerkte er beiläufig, nachdem er zwei Reporter erkannt hatte. »Ich kümmere mich darum.«

38
Samstag, 21. November 2015

»So hatte ich mir das Wochenende nicht vorgestellt«, sagte Horst aus dem Krankenbett heraus zu Beate.

»Ich mir auch nicht«, antwortete sie. »Warum musstest du auch den Helden spielen?«, schloss sie vorwurfsvoll an.

»Ich habe an unsere Töchter gedacht«, murmelte Horst. »Ich stellte mir vor, wie es wäre, wenn sie als Geisel genommen worden wären.«

»Du kannst dem Himmel danken, dass es halbwegs gut ausgegangen ist«, antwortete Beate. »Ausgerechnet du, der immer darauf achtet, dass alles regelgemäß läuft, startet eine so gefährliche Einzelaktion! Ich kann es nicht fassen.«

»Es gibt Situationen, in denen ich so handeln muss. Das weißt du!«, sagte Horst in einem Ton, der keinen weiteren Widerspruch zuließ.

»Wie war die Aufführung gestern Abend?«, fragte er, um das Thema zu wechseln. »Ich konnte ja leider nicht kommen.«

»Ich wollte eigentlich absagen, um bei dir sein zu können«, antwortete Beate. »Nachdem die Ärzte mir gesagt hatten, dass bei dir alles wieder gut wird, habe ich doch mitgespielt. Es war gut. Die gesprochenen

Texte stimmten meistens sogar mit dem Original überein«, ergänzte sie mit einem breiten Lächeln.

Ehe sie weiter miteinander sprechen konnten, betraten Anne und Michael das Krankenzimmer. Anne hatte einen großen Strauß Blumen mit dabei. »Da, für dich«, sagte sie. »Der ist nicht von uns, sondern von der Polizeipräsidentin«, gab sie ehrlich zu. »Mit den besten Wünschen zur guten Besserung.«

Beate holte eine Blumenvase. Horst deutete mit seinem Kopf auf die beiden Besucherstühle. Anne und Michael nahmen Platz.

»Wie ist es gestern weiter gegangen?«, fragte er neugierig.

»Wir sind nicht gekommen, um mit dir Dienstliches zu besprechen«, erwiderte Michael. »Werde erst wieder gesund, dann erzählen wir dir alles.«

Horst sah ihn streng an. »Wer ist hier der Chef?«, fragte er. »Ihr berichtet mir jetzt, oder ihr werdet den Rest eures Lebens am Schreibtisch Formulare ausfüllen.« Dabei konnte er sich ein Grinsen nicht verkneifen.

»Das meiste weißt du ja«, knickte Michael Becker ein, »Walter war tatsächlich der Täter in allen drei Mordfällen und im Entführungsfall mit Tötungsabsicht.«

»Wie geht es Frau el Saloum?«, unterbrach Horst seinen Mitarbeiter.

»Nun, wie es nach einer solchen Entführung gehen kann«, antwortete Anne. »Sie war einer großen Gefahr ausgesetzt, das geht nicht spurlos an einem vorüber. Aber körperlich ist alles in Ordnung. Das Gleiche gilt für Frau Große-Steiner und die 20 Schüler. Alle befinden sich noch in der psychologischen Betreuung.«

»Im Laufe des gestrigen Tages haben wir noch weitere Erkenntnisse gewonnen«, setzte Becker seinen Bericht fort. »Bei der Überprüfung des Hintergrundes von Walter und in einer ersten Vernehmung des Täters stellte sich heraus, dass er vor 10 Jahren im Saarland aus dem Schuldienst entfernt worden war. Der Grund dafür war, dass alle seine Unterlagen – vom Abiturzeugnis bis hin zum Zeugnis des II Staatsexamens – Fälschungen waren. Er wurde damals zu einer Bewährungsstrafe von lediglich neun Monaten verurteilt, weil er keinen Schaden angerichtet hatte. Er hatte sich dann hier in Nordrhein-Westfalen beworben. Seine Fälschungen waren damals auch niemandem aufgefallen.«

»Irgendetwas in dieser Richtung hatte ich mir gestern schon gedacht«, unterbrach Horst wieder. »So wie der gestern sprach, so spricht kein Studienrat.«

»Walter hat überhaupt keine Ausbildung, nicht einmal einen Schulabschluss«, stimmte Becker indirekt zu. »Er war in der 12. Klasse von seiner Schule geflogen. Wegen Gewalttätigkeit gegen eine Lehrerin.«

»Das passt«, kommentierte Reiter.

»Es sieht momentan danach aus, dass Studiendirektor Rogall ihm damals auf die Schliche gekommen ist. Er hatte gedroht, ihn bei der Bezirksregierung anzuzeigen. Das musste er mit seinem Leben büßen.«

»Ich denke, dass Rogall damals während der Vorbereitung des Beförderungsverfahrens die Fälschungen der Zeugnisse entdeckt hat«, vermutete Anne.

»So ähnlich war es vor einigen Wochen«, setzte Michael fort. »Sander hatte wohl ebenfalls Unstimmigkeiten in Walters Lebenslauf entdeckt und ihn daraufhin angesprochen. Nachdem er ihm zusätzlich im Beförderungsverfahren Unfähigkeit attestiert hatte, war sein Tod beschlossene Sache.«

»Die Gefahr der Entdeckung war ihm zu groß«, ergänzte Anne.

»Und wie kam Korbat ins Spiel?«, wollte Reiter wissen. »Warum wurde er ermordet?«

»Korbat hatte offensichtlich von Walters Zeugnisfälschungen Kenntnis erhalten. Wahrscheinlich hatte Sander mit Korbat im Rahmen der dienstlichen Beurteilung darüber gesprochen. Korbat setzte den Lehrer nach Sanders Tod unter Druck. Das war sein Todesurteil. Ob eine Erpressung des Täters durch Korbat mit im Spiel war, muss noch geklärt werden.«

»Bei der Hausdurchsuchung in Walters Wohnung fanden wir auch den Schulschlüssel, der seit Rogalls Tod vermisst wurde und ein Knäuel Wäscheleine aus Jutefaser, mit denen die Opfer aufgehängt wurden«, setzte Anne fort. »Mit dem Schlüssel war es möglich, auch spätabends oder am Wochenende in das Gebäude zu kommen. Dadurch konnte Walter die entführte Frau el Saloum in seinem Büro verstecken. Er hatte übrigens vor, sie ebenfalls zu erdrosseln und im Lehrerzimmer aufzuhängen.«

»Der neuerliche Einbruch in Sanders Haus geht auch auf sein Konto«, ergänzte Michael Becker. »Sander hatte Walters Personalunterlagen mit zu sich nach Hause genommen, um sie genauer zu prüfen. Walter hatte Angst, dass sie dort gefunden werden würden. Das erklärt auch die gezielte Suche im Arbeitszimmer.«

»Unglaublich«, murmelte Horst. »Man meint, mittlerweile alles erlebt zu haben. Aber man wird jeden Tag eines Besseren belehrt.«

»Ja«, stimmte Anne zu. »Ich hatte auch geglaubt, schon viel gesehen zu haben. Aber die Wohnung, die Behausung von Walter schlug alles. Der Mann ist ein Messie, wie ich es noch nie erlebt habe. Zwischen Müll und sinnlos gesammelten Gegenständen waren nur noch schmale Pfade, durch die wir gehen konnten. Manchmal schlief Walter in seinem Kraftwagen, weil er in seiner Wohnung keinen Platz mehr hatte.

Den Schlüssel konnten wir nur finden, weil er sich in seiner Manteltasche befand. Walter hat ein vollkommen schräges Bild von sich. Er hielt sich tatsächlich für den besten Lehrer aller Zeiten und träumte davon, Schulleiter zu werden.«

»Er wollte Chef werden. Prinzipal eben. Das klingt ja auch besser«, sinnierte Horst.

Beate hatte die ganze Zeit mit im Raum gesessen und zugehört. »Ich glaube, mein Mann braucht jetzt noch etwas Ruhe«, sagte sie zu den beiden Mitarbeitern.

»Meine Frau ist immer besorgt um mich«, kommentierte Horst ironisch. »Ich bin tatsächlich etwas müde. Ihr könnt mir am Montag alles Weitere berichten.«

»Hast du mir die Tageszeitung mitgebracht?«, fragte er Beate, nachdem Anne und Michael gegangen waren.« Sie reichte ihm die aktuelle Ausgabe der Zeitung. Horst schlug sie auf. Kreuzworträtsel und Sudoku waren bereits gelöst.

»Ein Vorhaben kann nun in die Tat umgesetzt werden«, las er vor. *»Ihre Gesundheit ist angeschlagen. Schonen Sie sich.«*

Horst sah Beate triumphierend an. »Siehst du, das trifft doch genau meine derzeitige Situation. Das Vorhaben ist der Seniorenwettbewerb, ich bin angeschlagen und schone mich hier im Bett.«

Beate sah ihn vorwurfsvoll an. »Seniorenwettbewerb? Daran denkst du jetzt? Du kannst wohl nicht ohne Arbeit, oder?«

Horst grinste. »Quatsch«, murmelte er und lachte leise. »Bring mir den MP3-Player mit Kopfhörer, das Notebook, die stumme Gitarre und die Unterlagen, die auf dem Schreibtisch liegen, mit. Mir ist langweilig«, ergänzte er.

»Manchmal könnte ich dich an die Wand klatschen«, schimpfte Beate.

»Nicht nötig«, erwiderte Horst. »Es fühlt sich in meiner linken Schulter so an, als wäre das schon geschehen.«

»Warum musst du immer etwas zu tun haben? Ich habe das Gefühl, dass es bei dir immer schlimmer wird. Kannst du nicht einmal ausspannen und chillen, wie alle anderen auch?«

»Es mag sein, dass mein Alltag voller wird«, sinnierte Horst. »Manchmal habe ich das Gefühl, dass ich mit zunehmendem Alter immer mehr zu dem werde, der ich immer schon war.«

»Das muss ich jetzt nicht verstehen«, erwiderte sie verständnislos. Sie nahm ihren Horst in den Arm und drückte ihn liebevoll. »Du Miststück«, flüsterte sie.

»Lass mich einfach schlafen«, murmelte er noch, bevor er eindöste. »Du olle Zicke.«

Epilog

Horst blieb nicht lange in der Klinik. Bereits am Montag ließ er sich auf eigene Verantwortung unter energischem Protest des behandelnden Arztes entlassen. Er hatte jedoch vor, den Rest der Woche zu Hause zu bleiben. Seine linke Schulter war mit einem dicken Druckverband versehen. Trotzdem schaffte er es, einige kleine Stückchen für seinen „Nudelordner" zu üben.

Im Lauf der Woche rief er mehrfach im Präsidium an, um sich über den Gang der Dinge zu informieren. Heinz-Werner Walter war inzwischen in ein Justizvollzugskrankenhaus überstellt worden. Ihn erwartete ein Prozess für drei vorsätzliche Morde , Entführung, versuchten Mord, Einbruch und Geiselnahme. Mit großer Sicherheit würde nach der lebenslangen Haftstrafe Sicherungsverwahrung angeordnet.

Horst hatte sich auch die Zeit genommen, um die Liste mit den Pflichtstücken für den „Seniorenwettbewerb" zusammenzustellen. Er war fest entschlossen, selbst aktiv an dem Wettbewerb teilzunehmen, wenngleich auch „außer Konkurrenz". Damit er sich selbst nicht den Vorwurf des „Insiderwissens" machen musste, vermied er es, diese Stücke selbst zu spielen, bevor die Veröffentlichung der Ausschreibung des Wettbewerbs erfolgte.

Am Samstagnachmittag rief er Hellmann an. Er erzählte ihm nichts von seiner Verletzung und von der Dramatik der letzten Woche. »Klaus-Jürgen«, sagte Horst am Telefon, »das Gemeindehaus können wir für kleines Geld mieten. Zwei Konzerte sind in der Kirche vorgesehen. Wie geplant in der Reihe „Schmachtendorfer Abendmusiken".«

»Das hört sich gut an«, antwortete Hellmann am anderen Ende der Leitung. »Wie sieht es mit der Ausschreibung aus?«

»Die kann jetzt veröffentlicht werden«, erwiderte Horst. »Die Modalitäten und die Pflichtstücke sind festgelegt.«

»Prima. Und die Jury? Hast du schon Juroren angefragt?«

»Ja klar«, antwortete Horst. »Es sind fünf an der Zahl. Alles reifere Damen und Herren«, ergänzte er mit ironischem Unterton. »Wer lässt sich schon gerne in einem Wettbewerb von jemandem bewerten, der jünger ist als man selber?«

»Ein kluger Gedanke«, sagte Hellmann nach einer kurzen Pause. »Und hast du auch Parkplätze für die Rollatoren der Teilnehmer und der Jury vorgesehen?«

Beide lachten laut los. Horsts verletzte linke Schulter schmerzte dabei, aber er ignorierte das Stechen.

»Kannst du mir die Pflichtstücke nennen?«, fragte Hellmann, nachdem sie sich beruhigt hatten. »Ich bin neugierig darauf, was du ausgesucht hast.«

»Das kann ich mir lebhaft vorstellen. Aber ich verrate sie erst, wenn Helmut Richter den dritten Krimi mit uns und der Konzertgitarre schreibt.« Erneut lachten die beiden laut über seinen Scherz.

»Für heute muss ich unser Gespräch erst einmal beenden. Meine Töchter kommen gleich zu Besuch. Wir wollen endlich Rommé und Doppelkopf miteinander spielen. Tut mir leid. die Familie geht nun mal vor. Je älter ich werde, desto mehr «

Die beiden verabschiedeten sich voneinander. Horst zündete sich einen Zigarillo an und sog den Rauch genussvoll ein. »Wie heißt eigentlich der Direktor eines Gitarrenfestivals in seiner Funktion?«, fragte er sich. »Prinzipal«, dachte er. »Ja, das klingt gut und wichtig.«

»Prinzipal«, murmelte er. »Prinzipal Horst Reiter«.

Er griff nach seiner immer bereitstehenden Gitarre und spielte das Lied, mit dem Frank Sinatra Weltruhm erlangt hatte: „My Way", in einer Fassung für Konzertgitarre, die ein Jugendfreund von Horst angefertigt hatte. »Yes, Sir, I, the „Mister Principal" did it in my way«, dachte er lächelnd.

Wohl gelaunt lehnte er sich zurück, verschränkte seine Arme hinter seinem Kopf und wartete auf die Ankunft seiner Töchter.

Angaben zur zugehörigen CD

Die zum Buch gehörende CD zu verschiedenen Zeiten auf unterschiedlichen Gitarren aufgenommen.

Gitarren:
Richard Jacob „Weißgerber", 35.8/2, 1946/59
Anton Sandner 1A (103 S), 1978
Rainaldo DiGiorgio, 1976
Erwin von Grüner 1A, 1977
Saiten: D'Addario JP46 und La Bella 900 (g-Saite)
Technik:
Mikrophone: Neumann KM 184
Recorder: Tascam DR 40
Nachbearbeitung/Schnitt: SEKD Samplitude

Die Aufnahmen erfolgten weitgehend „trocken", d. h. es wurde nur ein minimaler Hall hinzugefügt. Der Abstand zwischen Mikrophonen und Gitarre betrug ca. 60 cm.

Die CD „Der Prinzipal" kann aus technischen Gründen nicht zusammen mit diesem Buch ausgeliefert werden. Sie können diese per Mail zum Preis von 7,50 Euro + 1,50 Euro für Porto und Verpackung bestellen über die Homepage

www.helmut-richter.de

Der kostenfreie Download von MP3-Dateien mit der zum Buch gehörenden Musik ist möglich. Bitte fordern Sie über die oben angegebene Seite per E-Mail das Passwort für den Zugang zum Downloadbereich an.

Verzeichnis der Abbildungen
Die Illustrationen sind nach derzeitigem Erkenntnisstand frei von Urheberrechten bzw. aus dem Privatbestand des Autors.

Miguel Llobet in einer Zeichnung von Ramon Casas 14
Polizeipräsidium Oberhausen-Sterkrade 15
Attilio Bernardini 30
Aus einem Lautenbuch von Thomas Robinson 45
Baden Powell de Aquino 52
Siegfried Behrend 77
Siegfried und Claudia Behrend 98
José Feliciano 108
Heinrich Bohr 115
Silent Guitar 164
Bartolomé Calatayud 176
Turlough O'Carolan 219

Herzlichen Dank an Anke Roeßing und Dr. Christoph Joosten für Ratschläge und Korrekturen.

Der erste Kriminalroman, in dem die Gitarre eine Hauptrolle spielt.

Ein unbekanntes Mordopfer liegt, mit bloßen Händen erwürgt, in einem mit Wasser gefüllten Bombenkrater aus dem II. Weltkrieg im Schmachtendorfer Wald im Oberhausener Norden. Dem Toten wurde eine Angelschnur um den Hals gewickelt.

Ein Fall für Kommissar Horst Reiter und seine Kollegen. Zu Beginn seiner Ermittlungen ahnt er nicht, dass der Fall sehr viel mit seiner eigenen Vergangenheit und Gegenwart zu tun hat. Bis er zu dieser Erkenntnis kommt, müssen noch einige Menschen sterben.

Hauptkommissar Horst Reiter, der als junger Mann sein Gitarrestudium nach einem sieglosen Wettbewerb in Mettmann 1985 abbrach, liebt die Konzertgitarre und deren Musik. Auf seinen Autofahrten zu den Tatorten und zu Hause hört und spielt er Gitarrenmusik, die auf der zum Buch gehörenden CD eingespielt ist.

Ein spannender Krimi, nicht nur für Gitarristen.
Taschenbuch, 264 Seiten.
BOD, Norderstedt.
ISBN: 978-3-732-28513-6

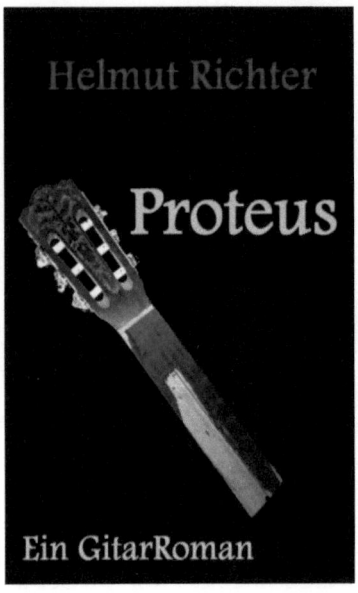

Horst Reiter hat sein Ziel endlich erreicht: Die Durchführung eines „Seniorenwettbewerbs" für Spieler der Konzertgitarre jenseits der 55 Lebensjahre in Oberhausen-Schmachtendorf. Doch die Veranstaltung wird von einem tragischen Todesfall überschattet. Schnell stellt sich heraus, dass der Tod eines Teilnehmers am Wettbewerb alles andere als natürlich war. Horst Reiter wird nun nicht mehr nur als Gitarrist und Veranstalter des Wettbewerbs, sondern zusammen mit seinen Kollegen als Polizist und Ermittler voll gefordert. Ein weiterer spannender Kriminalroman, in dem die Konzertgitarre keine Nebenrolle spielt.

Erscheint im Sommer 2017

Kurze Texte, Gedichte, Gedanken und Betrachtungen zu den zentralen Themen meines Alltags: Schule und Musik.
Sie entstanden in den Dämmerstunden später Abende und reflektieren häufig das, was ich über den Tag hinweg erlebte.
Sie sind meiner Familie, meinen Freunden und Bekannten gewidmet.
Taschenbuch, 168 Seiten
2016, BOD Norderstedt

Helmut Richter
Kompositionen Band 1
Mittelschwere Werke
für Gitarre solo
100 Seiten, DIN A4
2016, BOD Norderstedt

Helmut Richter
Kompositionen Band 2
Kammermusik mit Gi-
tarre
104 Seiten, DIN A4
2016, BOD Norderstedt

Helmut Richter
Transkriptionen für Gitarre
Band 1
Renaissance und Barock
160 Seiten, DIN A4
2016, BOD Norderstedt

Helmut Richter
Transkriptionen für Gitarre
Band 2
168 Seiten, DIN A4
2016, BOD Norderstedt

Stimmungsbilder

Kompositionen von Szordikowski, Herweg, Riera, Richter, Baden Powell, Merlin, Piazzolla und anderen für Gitarre solo

Toute Suite

Barocke Suiten von Purcell, Baron, Brescianello, Grenerin, Schenk, Kühnel und de Murcia für Gitarre solo

GesundZeit - Sinnerwachen

Texte von Walter Machtemes - vom Autor gelesen - mit Gitarrenmusik von und mit H. Richter

GesundZeit 2 – Ansichten, Einsichten und Aussichten

Texte von Walter Machtemes - vom Autor gelesen - mit Gitarrenmusik von und mit H. Richter

Der Polyphem – Die Musik zum Buch

Gitarrenmusik von Newsidler, Dowland, da Milano, Sanz, Giuliani, Carulli, Tàrrega, Smith-Brindle u. v. a.

Folklore!
Folkloristische Musik für Gitarre solo von Attilio Bernardini, Bartolomé Calatayud, Luigi Mozzani, Giovanni Murtula, José Ferre, Julian Arcas, Siegfried Behrend u.a.

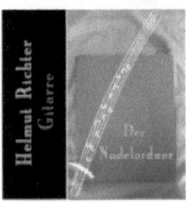

Der Nudelordner

Kleine Kostbarkeiten für Gitarre solo- Werke von Dowland, Brescianello, Albert, Behrend Baden-Powell, Helmut Richter u. a.

Energon - Eine Sinngeschichte

Gelesen vom Autor Walter Machtemes, Musik von H. Richter. Drei CDs, Gesamtspielzeit 210 min.

Bruno Szordikowski - Kompositionen und Bearbeitungen

Werke von Bruno Szordikowski und Turlough O'Carrolan für Gitarre solo und Gitarrenensemble.

Folklore für Konzertgitarre

Werke von Aguado, Yoccoh, Maxwell-Davies, Mertz, Tárrega, Bernardini und Lecuona/Feliciano

Eigene Kompositionen für Gitarre
Eine Sammlung eigener Stücke für Gitarre solo

Sonett Nr. 66
Das berühmte Sonett von William Shakespeare, in dem er den Zustand der Welt beklagt, in 15 unterschiedlichen Übersetzungen, gelesen von 15 Personen, gepaart mit Lautenmusik von John Dowland.

Helmut Richter
Werkverzeichnisse komponierender Gitarristen
Band 1
200 Seiten, DIN A4
2016, BOD Norderstedt